우주 끝에서 만나

우주 끝에서 만나

안지숙 장편소설

문이당

작가의 말

행간의 의미를 읽는 데 도가 튼 소설가가 내 첫 소설집을 읽고 이런 말을 돌려주었다.

— 안 샘 소설의 인물들은 몸에서 끊어져 나온 〈청게〉의 발과 같다. 다들 자신의 원래 몸을 찾아 헤매는 존재들이다.

그는 물었다. 그들은 왜 몸통을 찾아서 헤매는가.

나는 반문했다. 그들은 청게의 발이 아닌데? 집게발을 잃어버리고 몸통으로 살아내고 있는 청게인데?

아니었다.

비를 맞듯 종종 두들겨 맞고, 젖은 채 7킬로를 걷는 것으로 견디는 날이 이어지던 어느 날 보니, 나는 몸통을 찾아 벌벌거리는 청게의 끊어진 발이었다.

내가 물었다.

왜 몸통을 찾아서 헤매는가. 몸통은 어디 있는가. 몸통이 있기는 한가.

몸통은 꿈보다 멀고 애매하고 오리무중에 의심스러웠고, 안락이 안락하지 않았다.

모종의 그리움이 등을 쪼았다. 꿈은 식상했다.

미쳐야 하나.

스스로를 방전시키며 꿈의 길을 헤매다 누군가 띄워놓은 브이알의 문을 만났다.

지체 없이 들어섰다. 와우~

거기서 내 몸통의 이름을 건졌다. 몸통의 형상을 그렸고, 몸통을 찾아 헤매는 이유를 찾았다. 나는 내가 아는 가장 오래되고 튼튼하고 근원적인 구원의 키워드, '에덴'을 몸통에 걸어주며 말했다.

에덴! 너를 찾아갈게. 우주 끝에서 만나.

『우주 끝에서 만나』는 부서진 내가 온전한 나의 원형을 찾아가는 이야기다. 이야기는 VR 게임의 가상현실에서 펼쳐진다. 내가 너를 끊어낸 게 아니라 너 스스로 떨어져 나갔던 거야. 방전된 채 블랙홀과도 같은 마음의 심연으로 가라앉았을 때 수박처럼 깨진 나를, 청계의 발처럼 잃어졌던 나를 맞아준 몸통이 말했다.

소설의 전체 줄거리는 마블닷컴 사장 현도가 원재를 불러들여 블랙홀 게임을 출시하기까지의 여정을 담았다. 이 여정은 현도가 자신의 직원이자 절친인 원재가 만든 블랙홀 게임 속에 갇히면서 시작되고, 자신이 살아온 인생의 여러 국면을 회상하고 부딪치는 것으로 전개되다가 게임아웃으로 끝이 난다. 무의식 탐구라는 형태로 진행되는 이 소설에서 현도는 자신의 또 다른 자아와도 같은 원재와의 관계에서 자신이 어떤 인간이며 무엇을 욕망하며 어떻게 살아왔는지를 보게 된다.

작가로서 이 소설의 원고를 시작할 때 가졌던 욕심은 인간의 욕망을 밑바닥까지 들여다보자는 거였다. 인간의 욕망 속에 숨겨진 선의와 악의를 조명하면서 '그럼에도 불구하고 구원'이라는 결론에 도달하고 싶었다. 가능할까 자신 없어 하면서 가상현실과 무의식의 영역을 현실 속으로 끌어들였고, 현실과 가상현실의 경계를 넘나드는 문체의 실험을 시도했다. 현재와 과거와 미래를 오가며 정신 사납게 구는 데다 밉상 짓을 하는 주인공을 너무 미워하지 마시길.

VR은 욕망의 밑바닥을 들여다보기 위해 차용한 장치였다. 전문가가 보기에 게임장면의 묘사나 제작상의 기술 내용에 미흡함이 있더라도 주인공의 방황을 위한 공간을 제공하고팠던 작가의 마음이겠거니 관대히 봐주시길 바란다.

2019년 아르코 문학창작기금을 받지 않았다면 이 글을 끝까지 쓸 수 있었을까 싶다. 원주 토지문화관, 부악문원, 글을낳는집 등 세 곳의 레지던시도 작업하는 데 크게 도움이 됐다. 고마운 일이다. 도움을 준 마지막 주자는 다소 헷갈리는 이 소설 원고를 기꺼이 받아 책으로 내준 문이당출판사 편집부 직원들이다. 감사드린다. 세상에 목소리를 내기에 너무나 연약한 소설 하나가 태어나는 데에도 온 우주가 동원되는 거 아닌가 싶다.

작년 여름, 코로나19로 요양원에 갇혀 외로운 시간을 보내다 떠나신 아버지를 생각한다. 이 소설을 쓰는 동안 이기적으로 흘러갔던 시간 속에 당신의 서운함도 들어있을 것이다. 문득문득 그립고 죄송하고 마음이 아프다. 내 생의 요양원이며 에덴이었던 아버지께 이 소설을 바친다.

2021년 10월
안 지 숙

차례

작가의 말

프롤로그

로그인하는 순간 세계가 열린다. 세상을 처음 본 어린아이처럼 현도는 잠시 어리둥절해 한다. 그는 에덴을 선택한다. 프로그램이 어떤 에덴으로 그를 이끌지 알 수는 없다. 현도가 현명하다면 길 끝에 나타날 세상을 현실로 받아들이게 될 것이다.

원재는 벽에 있는 프로젝션 스크린으로 현도를 지켜본다. 현도의 움직임과 함께 그의 시야에 펼쳐지는 상황이 그대로 보인다. 그는 가상 망막 디스플레이로 무기를 바꿀 수 있고 이동을 할 수 있다. 무기는 물론 옷이나 신발, 보호 장비도 마찬가지다. 디스플레이를 터치하는 순간 그의 몸에 장착이 된다. 무기나 복장을 선택할 때 제 모습을 미리보기 방식으로 확인할 수도 있다. 이빈 게임을 만들면서 원재는 디테일한 부분에 신경을 꽤 썼다.

현도는 옷과 신발을 이것저것 장착해보더니 무사로 변신한다.

복장은 전형적인데 집어 든 무기는 마법 창이다. 순진하고 공격적인 현도가 좋아할 만한 캐릭터다. 종종 잔머리를 굴리기도 하지만 기본적으로 그는 몽상가다. 그 사실을 현도 자신은 모른다. 현도가 변신한 아바타는 그 자신과 비슷하다. 브이알 게임의 매력 가운데 하나가 아바타를 통해 자신이 게임 속 캐릭터가 되는 것. 현도는 미림이 만든 조지아 오키프 풍의 배경과 자연스럽게 어우러진다.

옆구리에 비상용 칼과 총을 차는 것으로 무장을 마친 현도는 스타트 버튼을 누른다. 짧은 로밍을 거쳐 눈앞의 그래픽 배경이 바뀐다. 현도는 두세 명이 겨우 설 수 있는 암벽의 렛지에 서 있다. 이 순간부터는 목숨을 걸고 전장에 들어선 무사다. 살아남거나 죽게 될 운명 앞에서 현도는 숨을 고른 후 암벽 로프를 위로 던진다. 바일이 제대로 걸렸는지 몇 차례 당겨본 뒤 암벽에 발을 디딘다. 첫발을 야무지게 디디고 균형을 잡은 뒤 왼발을 떼고, 왼손으로 확보지점을 잡은 뒤 오른발을 위로 옮긴다. 슬랩 등반의 기본 동작을 반복하며 올라가는 동안 아무 생각도 하지 않는다.

생각할 건 아무것도 없다. 묵묵히 몸이 움직이는 대로 따른다. 추락에 대한 공포심을 이기는 방법이다. 바위 면에 발 앞부리를 딛고 손끝으로 바위 돌기를 잡아 몸을 지탱하면서 위로 올라갈 방향을 살피는데 암벽화에서 미세한 진동이 느껴진다. 원재는 현도가 느끼는 진동을 스크린을 통해 보면서 프로그램 수치를 체크한다. 가상 망막 스크린에 나타날 충격을 가늠하며 옵션 수치를 높인다. 그 직후 1톤가량의 바윗돌이 굴러떨어지며 현도를 덮친다. 현도는 그만 로프를 놓친다. 비명의 여운이 길다.

보너스.

출발지점에서 주는 단 한 번의 극적 구조를 받은 현도는 상처 하나 없이 깨어난다. 위이이잉 하는 기계음이 산만하게 뻗치는 그의 의식을 붙잡는다. 주변은 온통 암석 천지다. 꺅꺅! 꺄아아아악! 그는 머리 위로 날아오는 비행물체를 발견한다. 작은 용이다. 괜히 놀랐잖아, 하는 표정으로 현도는 몸을 가볍게 띄우고는 마법 창을 휘두른다. 창에 스친 작은 용들이 투두둑 떨어진다.

현도는 곧바로 몸을 날려 암석의 언덕을 훌쩍훌쩍 넘어간다. 작은 분지처럼 누운 모래사막이 펼쳐지고 회오리바람이 분다. 그가 두 팔로 몸을 감싸는 순간 온몸에 따끔한 통증이 느껴진다. 사막에 떠다니는 선인장 가시가 바람을 타고 와 살에 박힌 모양이다. 그는 짜증스러운 소리를 뱉고는 식물체가 없는 백색 암석으로 뛰어오른다. 아오올! 사막여우가 그의 눈앞에 모습을 드러낸다. 동시에 살기를 뿜은 비행물체가 그를 노리고 날아든다. 조금 진 그의 손에 죽은 작은 용들의 어미다. 마법 창만으로 상대가 되지 않을 놈이다.

현도는 본능적으로 백색 암석 아래로 몸을 던진다. 사방이 컴컴해지고 그는 암벽 아래로 내리꽂힌다. 심박수가 빨라지고 손바닥에는 땀이 배어난다. 그의 의식은 자신이 브이알 게임 중이라는 걸 알지만 지배적인 감각은 공포다. 암벽 끝 바닥을 치는 순간 현도는 죽음의 공포에 휩싸인다.

오케이.

원재는 키보드의 Q버튼을 눌러 지진을 일으킨다. 체험실 바닥에 진동판이 설치돼 있어 플레이어는 하늘과 땅이 흔들리고 돌과 나무가 부서져 내리는 세상을 경험할 수 있다. 입체 음향스피커 시스템이 위이이잉 소리를 내는 가운데 원재는 모니터로 관찰한 반응을 하나하나 체크한다. 현도는 시스템에 반응하리라고 예측한 그대로 감정 동요와 행동을 보여주고 있다. 혼비백산해 있는 그의 스트레스 지수는 이미 한계를 벗어났다. 그는 곧 무너질 것이다.

구치소에서 원재를 만나다

무영구치소로 가자고 했는데 택시기사는 무영빌딩을 입력한다. 나는 기사를 쳐다본다. 그런 데는 내비게이션에 안 나옵니다. 기사가 차를 출발시키면서 말한다. 구치소도 지도에 나오지 않는 섬과 같군. 나는 라홀린섬을 떠올리며 중얼거린다. 기사는 아무것도 못 들은 척 앞만 보고 운전한다. 나도 잠자코 창밖을 보며 왼쪽 귀를 문지른다.

택시에서 내려 구치소 정문을 통과해 3백 미터쯤 걸어가자 계단이 보인다. 계단 위에 민원실 팻말이 붙은 건물이 서 있다. 고개를 젖히고 건물을 올려다보는 순간 무릎이 꺾인다. 앞이 깜깜해지는 어지럼증을 견디며 눈을 꾹 감았다가 뜬다. 정오를 지났는지 사선으로 비껴 떨어지는 햇살 속에서 민원실 건물이 어딘지 삐뚜름하다. 건물뿐 아니라 주위의 나무와 계단과 안내판도 한쪽으로 기운 듯이 삐뚜름하다.

눈에 보이는 모든 것이 기울어져 보이는 건 시력 때문이 아니다. 내 왼쪽 시력과 오른쪽 시력은 둘 다 1.2로 아주 양호하다. 34년 인생에 안경을 써본 적이 없다. 눈이 아니라 뇌의 문제다. 병원에서 깨났을 때도 이랬다. 눈에 들어오는 모든 사물이 왼쪽으로 기울어져 보였다. 내가 죽을 고비를 넘기는 동안 세상이 시계 반대 방향으로 15도쯤 기운 것 같다.

병원에서는 후유증으로 착시현상이 있을 거라고 했다. 거기다 약 기운이 남아있어서인지 머리가 띵하다. 이 상태로는 원재를 만나도 이야기를 제대로 할 수 없을 것 같다. 그렇다고 이대로 돌아갈 수도 없다. 나는 심호흡을 하고 계단을 오른다.

원재를 만나기 위해 접견 신청서를 작성하고 면회번호를 받는다. 저쪽으로…… 우물거리는 창구직원의 말을 겨우 알아듣고 복도 안쪽으로 걸어간다. 대형병원 로비 같은 장소가 나온다. 빈 의자를 찾아 앉자 몸이 마대 자루처럼 구겨진다. 옆자리에 앉은 여자가 벌떡 일어나 접견실 쪽으로 걸음을 옮긴다. 천장에 매달린 모니터를 올려다보며 졸다가 깨다가 하는데 내 번호가 뜬다. 나는 접견실 번호를 중얼거리며 일어선다.

접견실 유리 벽 너머에 원재가 앉아있다. 옅은 하늘색 수의를 입은 원재를 보자 목과 눈이 칼칼해진다. 원재는 나를 물끄러미 본다. 덤덤한 표정이 낯익어 나는 조금 울컥한다.

"지낼 만하냐?"

목소리가 갈라져 나올 것 같아 목청을 높여 묻는다. 원재는 다소 초췌하지만 편안한 표정이다.

"고맙다, 현도야."

원재가 말한다.

"고맙긴. 뭐가."

나는 조심스럽게, 심상한 투로 말한다. 평소 대화에서 나는 좀 몰아붙이는 경향이 있다. 말투도 퉁명한 편이다. 마블닷컴에 와서 일하는 동안 원재는 내가 자신을 몰아붙인다고 느꼈을지 모른다. 그러지 말 걸 그랬다.

"힘들었을 텐데 이렇게 와준 것만도 고맙지. 너, 호흡기 꽂고 누워 있는 거 보니 마음이 안 좋더라."

마이크와 스피커를 통해 전해지는 목소리는 하울링이 심했다. 웅얼웅얼 느리게 당도한 말을 처치 곤란한 무릎담요처럼 받아 안고서 나는 원재를 본다.

"그래도 널 만나러 오긴 와야겠더라."

그와 마주 앉아 얼굴을 바라보고 있으니 옆구리가 따뜻해지는 느낌이다. 뜻밖의 온기에 나는 좀 당황한다.

"애썼다. 이젠 좀 조심조심 다녀."

원재가 나이 든 사람처럼 말한다.

"지금 남 걱정할 때냐?"

내 말에 자신의 처지를 깨달은 듯 원재의 표정이 시무룩해진다. 수심이 담긴 이마와 부드럽게 내려온 코와 다소 무뚝뚝한 입매와 턱을 나는 쓰다듬듯이 본다. 너는 내 심정이 어땠을지 짐작조차 못 했을 거다. 여기까지 오면서 그에게 하고 싶었던 말을 삼킨 채 나는 표정을 바꾼다.

"밥은 잘 나오냐?"

내 몰골도 엉망이지만 원재도 살이 빠진 것 같다. 볼살이 빠져 얼굴이 길어 보인다.

"먹을만해. 오늘 아침은 국, 김치, 콩자반이 나왔어. 일식 삼찬이야."

"콩밥에 콩자반이면 먹기 좀 그렇겠다."

내 말에 원재가 눈가에 주름을 잡으며 웃는다. 한 번씩 그에게서는 노인의 얼굴이 보인다. 고등학교 때부터 그랬던 것 같다.

"밥은 보리가 약간 섞인 쌀밥이야. 먹고 자는 건 여기나 거기나 다를 거 없어."

"여기는 여기고 거기는 거기지. 어떻게 같을 수가 있겠냐."

나는 괜히 뚝뚝하게 말한다.

"같지는 않지."

원재는 고개를 끄덕인다. 막연하고 약간은 감미로운 느낌으로 원재와 나는 마주 본다.

"원재야."

허용된 시간을 이대로 흘려보낼 수는 없어 내가 먼저 정신을 차린다. 늘 그랬듯 현실적인 문제에 신경을 쓰는 쪽은 나다.

"사람의 일이란 게 하루 앞을 모르는 것 같다. 인생이 참 잔인하지 않냐."

불현듯 솔직해지고 싶다. 원재에게 내 진심을 전하고 싶은데 말을 어떻게 꺼내야 할지 모르겠다. 말을 고르던 나는 허튼소리를 늘어놓는다.

"여기서 이렇게 앉아있으니 꼭 꿈을 꾸는 것 같다. 현실 같지가 않아."

나는 내 진심이 뭔지 잊은 것을 깨닫는다. 잊은 게 아니라 내 진심을 내가 정확히 알지 못하는지도 모른다.

"블랙홀에 들어갔다 나온 느낌이야."

나는 하고 싶은 말들의 뭉치에서 꼬리만 달랑 잘라 던진다. 원재는 나를 물끄러미 본다. 물고기처럼 무심한 눈으로 나를 바라보는 원재에게 나는 늘 잘 보이고 싶어 했다. 그러는 내가 싫었나. 내가 원재에게 부루퉁하게 구는 이유일 거다.

"빠져나오기가 쉽지 않았을 텐데……."

원재의 얼굴에서 수심이 걷히고 뭔가에 몰두할 때의 표정이 떠오른다. 잠깐 사이에 주위 공기가 바뀌면서 여느 때의 월요일 아침 같다. 직원 전체회의를 마치고 둘이서 이야기를 좀 더 나누려고 사장실로 자리를 옮겨 앉은, 그런 어느 날의 아침.

"튕겨 나가기 쉬운데 궤도를 통해 빠져나왔다면 대단한 거지. 네가 통로를 만든 셈이야."

네가 내게로 오는 통로를 만든 거야. 원재의 말은 공갈빵처럼 가벼운데 그렇게 멋대로 바꿔 듣는 내가 지겹다. 내가 아직 그가 만든 시스템에 갇혀 있는 걸 알고 있는 건가.

"우리 마음속에는 각자의 가상세계가 있고, 그 가상세계는 무의식이 작동하는 방식으로 의지를 행사하지. 무의식이 우리 의식의 상태로 어떻게 넘어가는지는 예측 불가일 테고."

원재는 내 궁금증을 읽은 듯이 말한다. 내가 돈을 대고 원재가 개발 총책을 맡은 게임 속 가상세계를 둘이서 공유는 하되 우리가 같은 세계 안에 있는 건 아니라는 거군. 나는 마음이 식는 것을 느끼며 입을 연다.

"아무래도 우리 둘 중 하나는 괴물인 거 같다."

원재는 내 말을 곱씹는 표정으로 침묵을 지킨다.

"나는 가슴에 구멍이 났어. 심실상성 빈맥인 거 너한테도 말했던 거 같은데…… 워낙 쿵쿵거리며 두들겨대니 구멍이 날밖에.

그 구멍으로 내 인생이 다 흘러나가 버린 거 같아."

나는 손을 들어 왼쪽에서 오른쪽으로 눈앞에 놓인, 보이지 않는 것들을 쓸어버리는 시늉을 한다.

"여기까지 잘 와놓고 그래."

"시간을 되돌릴 수만 있다면…… 혹시 되돌릴 수 있는 건가?"

내가 묻고 원재는 시선을 내리깐 채 이마를 문지른다. 내가 어떤 상태인지 알지만, 그 문제를 논하고 싶지는 않은 눈치다.

"네가 이 게임의 개발자잖아. 개발자 재량으로 시스템을 조작하든지 렉이 걸리게 하든지 해서."

내 말에 원재가 입 모양으로만 짧게 웃는다. 그렇게 해줄 수만 있다면 나도 좋겠다. 그런 표정이라도 지어주지, 무정한 새끼.

"시간이 가고 있어."

원재 뒤편에 있는 시계를 보면서 내가 말한다. 교도관의 책상에 놓인 전자시계의 숫자가 5:00으로 바뀌어 있다. 주어진 10분에서 반이 지났다.

"그나저나 내가 뭘 하면 되지? 읽을 책은 있어? 필요하면 말해. 아, 변호사를 구해 줄까."

원재가 10퍼센트의 다정한 미소와 90퍼센트의 무심한 표정으로 왼손을 내민다. 내 손을 잡을 듯 내민 손이 머뭇거리다 유리창을 짚는다. 원재는 왼손잡이다. 벼랑 위에 서 있는 나와 원재의 모습이 스틸 컷처럼 떠오른다. 등반대회를 하러 간 그날, 원재가 내밀었던 손이 왼손이었나. 원재가 내민 손이 왼손이었는지 오른손이었는지 기억나지 않는다.

"현도야."

원재가 조심스럽게 나를 부른다. 나는 숙이고 있던 고개를 들어 그를 본다.

"네가 바위에서 떨어진 위치가 문제가 됐나 봐. 마치 내가 너를 밀친 것처럼 위치가 애매하게 나왔어. 목격자도 있어서 구속까지 될 줄은 몰랐는데."

"목격자…… 누구?"

"우리 식구들. 등반대회 때 다들 그 자리에 있었잖아."

우리 식구들이라는 말을 나는 입에 맞지 않은 음식처럼 삼킨다. 원재가 우리 식구들이라고 말하는 사람들은, 엄밀히 따지면 내 회사 직원들, 내 사람들이다.

"우리가 서 있던 데서 다들 멀리 떨어져 있었지. 사실 정확히 볼 수 있는 위치는 아니었어."

나는 기억을 더듬어 말한다. 원재가 유리창에 대고 있던 손을 떼고 자세를 고쳐 앉는다. 뭔가 망설이는 표정이더니 마이크 가까이 입을 갖다 댄다.

"개장수라고 변호사가 있어."

"개장수?"

"본명은 김장수인데, 개장수로 검색하면 사무실이 바로 뜰 거래. 그 변호사를 사면 사건이 잘 풀린다고 하네."

먼 곳을 돌아오는 메아리처럼 원재의 목소리가 구불거리며 밀려온다. 원재는 부탁을 한 사람답지 않게 담담한 표정으로 나를 본다. 4분, 3분…… 시간이 흐르고 있다. 원재를 빼내고 나면 일을 처리하는 과정에서 이유가 밝혀지겠지만, 지금 한마디쯤 내 고통에 대해 말하고 싶다. 나는 마른 입술을 달싹이며 적절한 말을 찾는다. 남은 시간이 2분으로 줄어든다. 갈증이 일면서 목이 탄다. 내 머릿속을 가로지른 고무줄이 땅기는 것처럼 조이고 아프다. 1:00으로 숫자가 바뀐 전자시계를 보면서 나는 원재 가까이 몸을 기울인다. 내 뱃속에서, 목구멍에서 뭔가 튀어나오려고 꿈틀거린다.

"내가 발이 미끄러져 떨어진 거라고 증언할게. 변호사도 살게. 그 개장수로."

이건 내 목구멍에서 튀어나오려고 했던 말이 아니다. 사업가 마인드가 내 본심을 덮은 모양이다. 에덴 어드벤처 게임은 끝내야 하고, 그러기 위해서는 원재가 필요했다.

원재가 뒤에 앉은 교도관을 돌아본다. 교도관 책상에 놓인 전자시계가 0으로 바뀐다. 시간이 됐다. 원재는 10분을 성공적으로 방어했다.

"네 손을 놓친 건…… 해서는 안 될 실수였어."

원재가 나를 쳐다보며 말한다.

"그건 실수가 아니라 고의였어."

내가 말한다.

원재는 내 말에 아무 대꾸가 없다. 나는 떨어지지 않으려고 용을 쓰던 순간 내가 본 것에 대해 입에 담지 않는다. 내 마음을 채운 슬픔과 분노를 읽지 못하고 원재는 자리에서 일어선다.

나는 접견실을 걸어 나오며 돌아보지 않는다. 돌아보지 않아도 안다. 원재는 일어서서 등을 보인 채 걸어가고 있다. 마르고 긴 등과 어깨가 유난히 벌어진 원재의 뒷모습을 나는 투시하듯 본다. 회사 옥상에서 담배 연기를 내뿜으며 서 있는 원재를 본다. 벼랑 위 너럭바위로 걸어오는 원재를 본다. 미림을 바라보며 웃는 원재를 본다. 농구대 골망에 슛을 하고 땀내를 풍기며 달려오던 열일곱 살의 원재를 본다. 원재에게 나는, 나한테 원재는 모르는 남이 아니었다. 우리는 서로에게 남이 될 수 없는 사이였다.

원재와 현도, 미림

가을볕이 좋은 마당에 면회객들이 드문드문 보인다. 몇몇은 뭔가 궁리하는 표정으로 제자리를 서성이고, 몇몇은 내가 보이지도 않는지 어깨며 팔을 건드리며 지나간다. 무례한 행동에 한마디 하고 싶은데 힘이 없다. 배가 고프다. 병원에서 퇴원한 뒤로 뭘 먹은 기억이 없다. 사경을 헤매는 동안에도 뭘 먹었을 것 같지 않다. 링거로 영양분을 공급받았을 테지만 속이 허하다. 뭐든 먹을 것을 씹고 싶다고 생각하며 나는 주변을 두리번거린다.

지나가던 남자가 걸음을 멈추더니 식당을 찾느냐고 묻는다. 그렇다고 하니 계단을 돌아가면 별관이 있다고 한다. 식당이 별관에 들어있는 모양이다. 계단을 돌아 덩그러니 선 창고 건물 같은 곳으로 걸어가자 미닫이문이 보인다. 저렇게 생긴 함석 문을 본 적이 있는데, 생각하며 가까이 간다. 함석 문에 '일반인 식사

됩니다'라고 적힌 종이가 붙어있다.

미닫이문이 삐걱거려서 미는 데 애를 먹고는 안으로 들어선다. 내가 들어선 게 식당 후문이었던지 바로 옆이 주방이다. 밖에서 보는 것과 달리 꽤 너른 식당이다. 탁자 수십 개가 다닥다닥 놓였고 식사하는 사람은 없다.

"식사 됩니까?"

주방에서 혼자 그릇을 씻고 있는 뚱뚱한 아주머니에게 묻는다. 귀가 어두운 건가. 들은 척도 않고 그릇을 씻는 아주머니의 등이 완강해 보인다. 접견실에서 바글거리던 사람들이 죄다 바깥 식당으로 가버려 화가 난 거로군. 그렇게 생각하자 주방에서 음식 냄새가 나지 않는 게 이해가 된다. 나는 주방 가까운 곳에 자리를 잡고 윗도리 단추를 잠근다. 햇볕이 내리쬐는 구치소 마당에 비해 식당 안은 한기가 돌 만큼 춥다. 뚱뚱한 아주머니는 계속 그릇을 씻는다. 어깨를 숙인 아주머니의 등이 낯익다. 식당의 구린 분위기도 낯설지 않다.

그때 그 훈련소 구내식당 같군.

12년이나 지난 일인데 기억이 생생하다. 냄새가 살아나고 주변 공기가 데워지면서 시끌벅적한 소리가 귀를 채운다. 게임 속에서 다른 차원의 세계로 미끄러져 들어가듯 시공간 이동을 한 것 같다. 원재가 훈련소 수료식을 하는 날이다.

"장난 아니다. 전쟁터가 따로 없잖아."

미림이 동의를 구하는 표정으로 나와 원재를 쳐다보았다. 나도 그렇고 원재도 훈련소 수료식 날의 풍경은 처음이라서 구경꾼처럼 식당을 둘러보았다. 빈자리가 없어 밖으로 나가려는데 홀서빙을 하던 남자가 주방 쪽을 가리켰다.

우리는 주방 쪽에 붙은 탁자 하나를 차지했다. 근처 개수대에서 뚱뚱한 아주머니가 입을 꾹 다문 채 사람들이 버리고 간 음식을 치우고 있었다. 면회 온 가족들로 왁자한 식당에는 탁자마다 음식이 그득했다. 우리가 차지한 탁자 위에도 닭강정과 떡볶이와 갈비찜이 놓였다. 식당 전자레인지에 데워온 음식은 따끈따끈하고 먹음직스러웠다.

"아까 병사들 입장하는데 원재 네가 제일 멋지더라. 완전 군계일학! 다른 애들은 배경이더라."

미림이 말했다. 옆자리에서 먹자판을 벌이고 있던 우리 또래 남자들이 놀고 있네, 하는 표정으로 쳐다보았다.

"헛소리 그만하고 이거나 처리해라, 추미림."

나는 배낭에 든 캐러멜과 초콜릿과 카스텔라와 콜라를 탁자에 쏟아놓았다. 훈련소에서는 달달한 게 당긴대. 미림이 어디서 그런 소리를 듣고 와서는 터미널 매장에서 내 배낭을 채워놓았다. 원재 엄마가 맡긴 음식만 해도 한 보따리라고 말렸지만 들을 애가 아니었다.

"오늘 수료식 했으니 이제 대전 가는 거냐?"

미림이 또 원재에게 말을 건넬 태세라 내가 끼어들었다.

"며칠 심화교육 받고 자대로 갈 거야. 자대 배치되고 2주 후부터는 면박도 된다더라."

묻기는 내가 물었는데 원재는 미림을 보고 대답했다.

"면박? 면회 가서 외박 신청하는 거 맞지?"

"면박도 알고."

원재가 말했다.

"남친 군대 보낸 애들 블로그를 뒤져봤어."

미림이 아무렇지도 않게 뱉은 남친이란 말에 놀란 건 원재가 아니라 나였다. 원재는 표정 변화가 없었다. 내가 알아챘으니 원재도 알아챘을 것이다. 의뭉스러운 자식.

"고생하는 장병을 모른 체할 수 있냐. 면박 되는 그날로 우리가 달려갈게."

끼어드는 나를 미림이 힐긋 돌아보았다. 아주 잠깐이었지만, 미림의 눈에 어린 것이 짜증이라는 것을 못 알아볼 정도로 짧지는 않았다. 나는 미림이 자신의 기분을 못 알아차렸기를 바랐다.

"고생은 뭐. 학교 다니는 것보다 지금이 편해. 잠도 푹 잘 수 있고."

"말이 되는 소리를 해라."

말은 그렇게 했어도 원재가 농담한 게 아니라는 건 알고 있었다. 공모전 준비를 하는 동안에도 원재는 아르바이트를 하느라 늘 시간에 쫓겼다. 거기다 자바JAVA니 시뿔뿔C++이니 하는 프로그래밍 언어를 파고 데스크톱 응용프로그램을 공부하느라 종종 밤을 샜다.

"내가 여기 있어서 가장 좋은 게 뭔지 아냐."

원재가 닭강정을 골라 들고 전에 없던 식탐을 보이면서 말했다. 입가에 고추장 양념을 묻힌 채 시선은 이번에도 미림을 향했다.

"그거, 현도 말투잖아. 인간적으로 절대 용서받을 수 없는 일이 뭔지 아냐. 세상에서 가장 치졸한 게 뭔지 아냐."

미림이 집게손가락을 세우고 내 말투를 흉내 냈다. 집게손가락을 세우는 건 말하다 흥분하면 나오는 내 버릇이었다.

"야, 재미없거든."

나는 소리를 질렀다. 내 흉을 봐서가 아니라 사람을 옆에 앉혀놓고 자기들끼리만 찧고 까부는 게 진심 기분이 나빴다. 원재와 미림이 키득거리는 소리가 팥알처럼 튀면서 내 귀와 뺨을 때렸다. 관두자. 관둬. 나는 우걱부걱 올라오는 마음을 두드려 넣었다. 원재와 미림은 내게 없어서 안 될 사람들이었다. 특히 원재는……

고등학교 때 한동안 유령 취급을 당한 뒤로 나는 사람들과 쉽게 어울리지 못했다. 상황이 꽤 심각해서 원재가 아니었으면 자퇴까지 갔을 것이다. 사건이 잠잠해지고 나를 없는 사람 취급했던 애들과 다시 어울리게 됐지만, 앓고 난 흔적처럼 내 몸과 기억 속에는 나를 통과해 지나가던 반 아이들의 냉담한 시선이 남아있었다.

대학 진학 때 문화콘텐츠학과를 택한 건 콘텐츠가 미래라던 원재의 말에 넘어가서인데 다니다 보니 적성에 맞았다. 졸업한 뒤에 취직도 같은 분야로 하고 싶었다. 그러려면 스펙을 쌓기 위한 팀 프로젝트에 신경을 써야했다. HD기업에서 대학생 대상으로 공모하는 청년상상영상 공모전이 떴을 때 나는 일단 원재부터 끌어들였다. 원재는 팀을 짤 때 다들 잡고 싶어하는 영순위였다. 내가 리더를 맡겠다고 해도 원재는 투표로 정하자느니 어쩌니 치사하게 굴 것 같지 않았다. 공모전 요강을 살펴보던 원재는 한 사람 더 있으면 좋겠다고 했다.

"난 산디과 2학년 추미림. 두 분도 2학년이죠?"

산업디자인과 과방에 붙여놓은 쪽지를 손에 쥐고 휴게실에 등장한 미림은 원재와 나를 번갈아 보더니 표정이 밝아졌다. 면접이라 생각하고 만난 자리였다. 미림은 눈을 반짝이며 원재를 빤히 쳐다보았다. 원재는 이마를 문지르며 나를 쳐다보았다. 원재는 물론 나도 여자를 사귀어본 적이 없었다. 나는 표정을 가다듬고 입을 열었다.

"주최하는 데가 HD기업인데 어떤 회산지는 아시죠? 공모 주제는 HD와 함께하는 꿈과 희망이고요. 올해가 첫 공모니까 경쟁이 세지는 않을 겁니다."

내가 나서서 설명을 한 건 셋 중에 누가 리더인지 분명히 하고 싶어서였다. 취업에 소용되는 이력에서 같은 프로젝트를 해도 리더를 맡으면 팀원으로 참가하는 것보다 평가점수가 높았다.

"지방대 출신이 어떻게 면접까지 올라왔냐고 갑질한 회사 맞죠? 여자 지원자한테 정글에 가도 살아남을 외모라면서 조롱하고…… 그 회사제품 불매운동에 서명도 했는데."

미림이 말했다.

"공모전으로 이미지 세탁을 하려는 거죠. 주최측 의도를 충족시키는 데 포커스를 맞춰야 대상에 가까워지는 겁니다."

내가 다시 미림의 말을 받았다. 미림이 고개를 크게 한번 끄덕였다.

"감 잡았어요. 근데 제가 영상 쪽은 잘 몰라요. 관심은 있는데…… 저는 뭘 하면 되죠?"

미림이 말을 하면서 눈길을 원재에게 주었다.

"HD기업 이미지를 상징하는 로고 같은 게 필요해요. 그림으로 할지 모형 같은 것으로 할지, 제가 대본을 완성할 테니 다시 만나서 의논해보죠."

원재가 말했다.

"며칠이면 돼요?"

"네?"

"대본을 완성해야 우리가 다시 만나잖아요."

"아, 네."

원재가 다시 이마를 문질렀다. 왜 저러냐. 내가 아는 한 원재가 여자를 사귄 적은 없지만 여자 앞에서 부끄러워하는 타입은 아니었다.

"사흘…… 금요일 세 시에 여기서 모이는 걸로 합시다."

원재가 군인 같은 말투로 말했다. 미림이 이의 없다는 듯 어깨를 으쓱했다.

두 번째 만난 자리에서 원재가 복사해온 대본을 나와 미림에게 한 부씩 건넸다. 미림은 대본을 건네받고서 첫날처럼 오해의 소지가 있는 눈길을 원재에게 주었다. 원재는 첫날과 달리 덤덤한 표정이었다. 취향 특이하네. 미림이 다 들리게 중얼거렸다. 혀를 톡 차는 미림이 나는 좀 귀여웠다.

우리는 주말에 모여 원재가 쓴 대본을 검토하고 수정한 뒤 다음 주 다 같이 오후 수업이 비는 수요일에 촬영장소를 물색하러 다녔다. 같이 몰려다니는 동안 미림은 존재감을 충분히 드러냈다. 미림은 스스로 무장해제하여 다른 사람을 무장해제 시키는 재주가 있었다. 공모전을 준비하는 동안 장소 협찬을 받거나 영화과 교수를 찾아가 촬영 장비를 빌려오는 일은 미림이 도맡았다.

남자 둘에 여자 하나라는 불편한 조합에서 일어날법한 감정 낭비나 소소한 잡음 없이 우리는 팀워크가 좋았다. 원재와 나는 PD170 카메라를 들고 거리로 나갔다. 촬영하는 동안 HD기업 홍보실에 부탁해서 받은 로고파일을 스티커로 만들어 카메라에 붙였다. 미림은 우드락과 두꺼운 크라프트지로 HD아트센터를 모형으로 만들었다. 중세유럽의 성처럼 생긴 모형이 만들어지는 단계를 저속촬영한 것과 우리가 촬영한 인터뷰의 내용을 비교하면서 필름을 자르고 붙였다. 막판 작업으로 두 가지 필름을 교차 편집하는 것으로 기업탄생의 신화를 완성했다. 영상의 제목은……기억을 따라가던 시간이 우뚝 멈췄다.

제목이 뭐였더라.

천장 어름에 제목이 떠 있기라도 한 것처럼 나는 고개를 뒤로 젖혔다. 천공의 성…… 어쩌고는 아니었다. 그건 고등학교 때 만들려고 했던 단편영화였지. 공모작 제목이 무슨 성이었는데. 아니 성채였나. 제목조차 기억나지 않는 우리 셋의 공동작품은 HD기업 주최 청년상상 공모전에서 우수작으로 선정됐다. 시상식이

12월에 치러진 건 기억이 났다. 중간고사와 기말고사까지 다 치르고 나서 상패와 상금을 받았다. 상금 3백만 원이 공모전 신청자인 내 계좌에 들어왔다. 원재가 아르바이트를 가야 해서 그날 저녁 다시 모여 수상 파티 겸 송년회를 하기로 했다.

"나는 다음 공모전을 같이 할 수가 없어."

비싼 고량주에 쟁반짜장과 탕수육과 깐쇼새우를 앞에 놓고 원재가 말했다. 그날 낮 시상식 자리에서 우리 다음번에는 좀 큰 걸 노려보자면서 상금을 공모전 자금으로 못박은 게 원재 자신이었다.

"왜? 무슨? 왜 때문에?"

미림이 부서진 어법으로 더듬거렸다.

"한 달 전에 영장 나왔는데 잊고 있었어."

말해놓고 원재가 웃었다. 스스로 생각해도 기가 막힌 모양이었다.

"웃음이 나오냐. 입소일이 언젠데?"

"내일."

원재가 말했다.

"아, 진짜 재수 없는 새끼."

내 말에 미림이 딱딱한 표정으로 웃었다. 나도 못잖게 화가 치밀었지만, 마음속에 고여 오르는 화가 기포처럼 꺼졌다. 원재가 떠난다는 건 미림과 나, 둘만 남게 된다는 뜻이었다. 사랑은 타이밍이라는 속설을 나는 믿는 편이었다.

그때까지 나는 미림을 여자로서 마음에 담지는 않았다. 원재를 바라보는 미림의 눈길이 나를 볼 때와 달랐지만 딱히 질투를 느끼지도 않았다. 미림을 대하는 원재의 태도가 그만큼 덤덤했다.

원재가 훈련소에 간 뒤에 미림과 나는 학교 후문에 있는 스트레인저를 들락거렸다. 셋이서 자주 갔던 카페였다. 미림은 스트레인저에서 나를 요모조모 뜯어보며 부위별로 스케치를 하곤 했다. 미림은 내 눈과 코와 입이 하나하나 뜯어보면 괜찮게 생겼다고 했다. 뜯어보면 괜찮은 내 이목구비가 조화를 이루지 못한 건 나도 알고 있었다. 사람들이 먼저 다가와 말을 걸거나 눈을 맞추고 싶어 하지 않는 이유가 균형이 깨진 생김새에다 무뚝뚝한 성격 때문이란 것도 알고 있었다. 나를 모델로 스케치를 하는 미림의 눈길을 받고 있을 때면 균형이 깨진 채 접혀있던 내 속의 어떤 감정이 구물거리며 살아났다. 그 느낌이 좋았다. 원재가 훈련소로 떠나고 없던 한 달 동안 내가 미림의 마음에 조금은 자리를 잡았을 거라 기대했다.

"가장 좋은 게 뭔데?"

나는 닭강정을 집어드는 원재에게 물었다. 지난 한 달간 혼자 실실거렸던 건 바보짓이었다.

"여기 있으면서 가장 좋은 게 뭔지 아냐고 물었잖아."

내가 따지듯 묻는 말에 원재는 눈을 끔벅거렸다. 나도 곧 신검 받을 건데 좋은 건 미리 알아둬야지. 나는 목소리를 눅여 덧붙였 다. 이상하게 나는 말을 하다 보면 의도치 않게 말투가 공격적으 로 변하곤 했다.

"한밤중에 걸려오는 전화를 받지 않아도 되니까 마음이 편해. 전화통 붙잡고 엄마가 쩔쩔매는 거 안 봐도 되고…… 빚 독촉 전 화는 몇 년을 겪어도 적응이 안 돼."

빚 독촉 전화라는 말이 귀에 와서 꽂힌 건 원재가 그 말에 유 난히 힘을 주어서였다. 미림의 얼굴이 어두워졌다. 미림이 원재 에게 보낸, 나는 네 여자라는 신호에 대한 원재의 대답이었을 것 이다. 미림은 원재가 보낸 신호를 모른 척했다.

그 뒤로 나와 미림은 몇 번 더 원재에게 면회를 갔다. 미림 혼 자서도 면회를 갔을 것이다. 미림이나 원재한테서 둘이 어떤 관 계인지 직접 들은 적은 없었다. 내가 두 사람 입을 통해 그 말을 듣게 될까 봐 피했던 건지도 모른다. 피하고 싶었던 말이 무엇인 지 나는 정확히 알지 못했다. 정확히 알고 싶지 않은 감정도 있는 거라고 나는 모호한 마음을 정리했다.

우리 세 사람의 관계는 원재가 제대할 무렵 깨졌다. 내가 미림 과 잤다고 했을 때 나를 바라보던 원재의 눈길은 10년 남짓 세월이 흘렀어도 잊히지 않았다. 원재가 떠나고, 몇 년간 함께했던 미림이 내게 등을 돌리면서 한동안 나는 혼자 떠도는 느낌이었다. 작년 말 나는 원재를 내 회사로 불러들이고 얼마 뒤에는 미림까지 불러들였다. 그리고 지금 나는 다시 혼자다.

이번엔 내 잘못이 아냐.

중얼거리며 주변을 둘러본다. 식당은 텅 비어 있다. 나는 자리에서 일어나 주방 왼편에 나있는 미닫이문을 연다. 아까 온 길을 찾을 수 없어 이리저리 헤매다 별관을 빠져나오니 구치소 마당이 텅 비었다. 마당을 오가던 사람들이 한 명도 보이지 않는다. 그새 해가 기운 모양이다. 날은 어둑하고, 어깨에 닿는 공기가 차갑다. 몸이 썰렁해지면서 통증처럼 허기가 밀려든다.

하트 디자인

하나 둘 셋…… 세 마리의 뱀이 대가리를 꼿꼿이 세우고 있다. 어디서 나타난 뱀들인지 알 수가 없다. 개중 덩치가 작은 놈이 호기심을 드러내며 내 앞으로 쓱쓱 다가왔다. 꼬리가 올라간 눈으로 나를 유심히 관찰하는데, 갑자기 휙 달려들어 뺨을 물어뜯을지 모른다는 생각이 들었다. 내 뺨이나 목에 이빨을 박고 매달린 모습을 상상하자 소름이 끼치면서 웃음이 터졌다. 웃음소리로 인해 생겨난 공기의 파동 탓인지 세 마리 뱀이 꿈적거리기 시작했다. 그들이 움직이는 데 방해가 되지 않도록 뒤로 물러섰다. 기묘한 공연처럼, 세 마리 뱀이 기다란 몸을 휘휘 저으며 서로를 휘감았다.

연두색 계열의 밝고 화려한 몸통이 공처럼 둥글게 얽힌 것을 보고 있으니 징그럽기도 하고 아름답다는 느낌도 들었다. 나는 합체된 듯한 덩어리에 조심스럽게 손을 얹었다. 잘 마른 면티를 만질 때의 감촉이 났다. 개의 등짝을 쓰다듬듯 쓸어내리는데 손바닥에 뭔가 혹처럼 걸리는 느낌이었다. 놀라 손을 뗐다. 뭉쳐진 뱀의 덩어리에서 면티의 자락이 도르르 말리는 것처럼 작은 덩어리가 떨어져 나왔다. 말린 채 떨어져나온 덩어리가 사람처럼 몸을 죽 폈다. 미림이었다.

미림이 벌거벗은 몸으로 태평하게 누워 잠에 빠지자 꿈쩍 않고 기다리던 덩어리에서 뱀 한 마리가 용을 쓰며 떨어져 나왔다. 제 몸을 뜯어내듯 떨어져 나온 뱀은 미림의 배 위로 기어올랐다. 기다란 등과 살집이 없는 각진 어깨가 눈에 익었다. 두 사람은 잠시 몸을 포개고 있더니 섹스를 시작했다. 혼자 남은 뱀은 똬리를 틀고 오도카니 있는가 싶더니 제 꼬리를 꾸역꾸역 삼켰다. 목구멍이 미어터지는 느낌이었다. 나는 목에 박힌 뱀의 몸통이 수치스러워 괴로워하며 흐느꼈다.

나는 꺽꺽 울다가 잠에서 깼다. 잠에서 깨어났는데도 눈물은 계속해서 흐른다. 꿈이 너무 선명하여 현실 속으로 의식을 온전히 빼내지 못한 채 울음만 겨우 삼킨다. 한바탕 속 시원히 울고 싶지만, 그럴 수도 없다. 서른네 살이나 먹은 놈이 길거리 벤치에 앉아 울 수는 없는 노릇인 데다 나는 누군가를 기다리는 중이다. 느낌상 그렇다. 기억이 뚜렷하진 않은데 내가 무턱대고 여기 와 있는 건 아닐 것이다. 나는 새삼 주위를 둘러본다. 빌딩숲속의 광장 같은 곳으로 앞이 훤하게 틔어있다. 세 갈래로 뻗어 나간 도로가 한눈에 보인다.

멋지네.

중얼거리며, 광장을 정원으로 안듯이 서 있는 건물을 올려다본다. 건물은 중세유럽의 고풍스러운 성처럼 생겼는데 외관이 눈에 익다. 본격적인 감상 포즈로 고개를 젖힌 채 오른쪽 다리를 왼쪽 다리 위에 걸쳤다가 도로 내려놓는다. 다리를 꼬고 앉는 게 십수 년 버릇인데 자세가 나오지 않는다. 왼쪽 다리를 오른쪽 다리에 걸쳐본다. 어떤 자세를 취해도 편치 않다.

"놋쇠 벤치에 앉은 남자. 그럴싸한 조형물인데?"

밝은 빛을 등지고 누군가 내 앞에 서서 말을 건넨다. 목소리가 귀에 익다.

"누구?"

"자기 분위기랑 놋쇠 벤치의 질감이 잘 어울려."

착 감기는 투로 말을 붙이면서 여자가 손을 내민다. 손을 잡으라는 건가. 나는 주춤거리다 두 손으로 여자의 손을 감싼다. 초점이 맞춰지면서 내가 사람들에게 어떤 모습으로 비치는지 일러주는 표정이 눈에 들어온다. 미림이다. 와락 반갑다. 속도 없지.

"내가 그렇게 근사해 보이나?"

미림을 보니 안심이 돼서 농담이 다 나온다. 미림이 몇 걸음 물러나 나를 살피더니 혀를 찬다. 자세히 보니 내 꼴이 더 형편없나 보다. 원래도 미림은 내 외모를 썩 좋아하지 않았다. 나는 일어서서 엉덩이를 터는 시늉을 하다가 엎어지듯 벤치 등받이를 짚는다. 어지럼증으로 세상이 휭 돈다.

"들어가자. 일찍 왔으면 안에 들어가 있지 그랬어."

잔소리를 하며 미림이 팔짱을 낀다. 우리가 이혼한 걸 깜박했나. 나는 팔을 잡힌 채 미림을 돌아본다. 프리랜서로 브이알 작업에 합류한 뒤 사무실에서 늘 부딪쳤지만 이렇게 다정한 태도를 보인 적이 없다. 미림이 팔짱을 꼭 끼는 바람에 발걸음을 옮겨 디딜 때마다 브래지어의 감촉이 느껴진다. 11월 초입으로 제법 선선한 날씨인데 미림은 흰색 면 블라우스에 도트 무늬가 들어간 카디건을 걸치고 있다. 감촉이 무지하게 부드럽다. 내 손을 부자유스럽게 가둔 팔짱을 풀고 부드러운 옷 속에서 낭창거리는 미림의 허리를 힘껏 끌어안고 싶다. 가쁜 숨이 새 나오며 몸에 전율이 흐른다.

"왜 이렇게 떨어. 아직 많이 안 좋은 거야?"

"괜찮아."

"안 괜찮은 것 같은데…… 얼굴도 벌겋고 열나는 거 아냐?"

"의사가 퇴원해도 된다고 했으니 괜찮겠지."

의사가 퇴원해도 된다는 말을 한 기억이 없지만 나는 말끝에
힘을 준다. 퇴원은 물론이고 입원한 기억조차 머리에 또렷이 떠
오르지 않는다.

"암튼 조심해. 사고 났단 소식 듣고 심장마비 걸리는 줄 알았
잖아."

미림의 말에 나는 코끝이 시큰해진다. 미림이 계속 잔소리를
이어갔으면 싶다. 카랑카랑한 목소리로 내쏘는 미림의 잔소리를
듣고 싶어 하다니, 내가 죽을 고비를 넘기긴 넘긴 모양이다. 미림
이 성질이 나면 목소리가 카랑카랑해진다는 사실을 안 것은 결혼
하고 나서였다. 미림도 나한테 그렇게 성격이 모난 사람인지 몰
랐다는 말을 했다.

결혼해서 사는 동안 미림은 나한테서 발견하는 단점들을 빼놓
지 않고 지적했다. 미림의 지적대로라면, 나는 마음속에 화가 차
있는 사람이고, 청소는 안 하면서 혼자 깔끔을 떨고, 별 볼 일 없
는 사람과 힘이 돼줄 인맥을 구별하지 못하고, 사교성과 아부를
구분하지 못하고, 자존감이 낮고 자존심은 높은 사람이었다. 미
림이 지적을 할 때마다 뭔가 기시감을 느끼면서도 처음에는 몰랐
다. 나한테서 못난 점을 짚어내는 미림이 누굴 닮았는지.

"조심해."

뭔가에 발이 걸려 고꾸라지는 나를 미림이 붙잡는다. 건물 앞

출입구와 인도 사이의 턱에 걸렸던 모양이다. 손아귀 힘이 센 미림에게 팔을 잡힌 채 나는 중세유럽의 성처럼 꾸며놓은 출입구에 섰다. 미림이 앞장서 회전문을 밀고 들어간다.

"여기 입장권 사서 들어가는 데 아닌가?"

농담을 한 건데 미림은 웃지 않는다.

"여기 HD아트센터잖아."

"HD아트센터?"

"우리 대학 공모전 때 내가 만든 모형의 모델이잖아. 기억 안나?"

아, 하고 나는 로비를 둘러본다.

로비에는 청동과 대리석 조각이 군데군데 서 있고 천장에는 천체모형이 설치돼 있다. 완전 미술관이네. 감탄을 늘어놓는데 뒤가 조용하다. 돌아보자 로비 저편 카페 쪽으로 미림이 걸어가는 게 보인다. 접히려는 무릎에 힘을 주면서 나는 미림을 뒤쫓는다.

"이러다 혹 갈지도 모르겠다."

나는 숨을 헐떡거리며 미림의 옆에 선다. 병원에서 퇴원한 지 얼마 되지 않은 사람을 두고 혼자 쌩하니 가버리는 경우 없는 짓에 대해 한마디 할 수 있지만 나는 거기까지만 말한다.

"여기 조용하고 좋아. 커피도 되게 맛있어."

미림이 출구 바로 옆에 있는 테이블로 가서 앉으며 맞은편 의자를 턱짓으로 가리킨다. 내가 출구 쪽에 앉는 것을 싫어한다는 것을 미림이 기억하고 있을 거라고 생각하지만 역시 입을 다물기로 한다. 나는 늘 입을 다무는 편이었다.

신혼 시절 미림은 내게 거슬리는 것들을 조목조목 지적했지만 나는 그러지 않았다. 나는 아버지처럼 아내에게 지적이나 하는 남편이 되고 싶지 않았다.

"내가 초등학교 때 발레 배웠다고 했잖아."

미림이 테이블에 팔꿈치를 놓고 두 손을 맞잡으며 말을 꺼낸다. 적극적으로 대화를 이어나가려 할 때 나오는 포즈다. 나는 잠자코 미림을 쳐다본다.

"내가 다른 건 곧잘 했는데 턴이 안 되는 거야. 집에서도 연습하고 다른 애들보다 일찍 나와서 연습을 해도 절대로 턴이 안 되는 거야."

미림이 어린 시절의 자기 심정을 이해하겠느냐는 눈길을 던진다.

"속 많이 상했겠네."

성의 없이 들리지 않도록 억양을 조심하면서 나는 가슴을 문지른다. 어감 탓인가. 턴이라는 소리가 가슴을 텅 치는 느낌이다.

"팽이 알지?"

미림이 묻는다.

"알지."

나는 미림의 얘기에 집중하려고 몸을 앞으로 당겨 앉는다. 턴을 해야 할 지점을 놓치는 바람에 내 삶이 엉뚱한 방향으로 흘러가고 있는 것 같은 불안이 밀려들지만 나는 애써 떨쳐 낸다.

"팽이를 잘못 던지면 이게 잘 돌아갈 것 같다가 금세 균형을 잃고 쓰러지잖아. 턴도 똑같아. 발끝을 세우고 앞을 보다가, 몸을 돌려 옆과 뒤를 본 뒤에 다시 앞을 보는 것. 이 간단한 것만 지키면 되는 데 몇 초를 못 버티는 거야, 내가."

얘는 아픈 사람 만나자고 하더니 왜 자꾸 턴 이야기를 늘어놓나 싶다. 갈피를 잡지 못하고 있는 내 상황을 빗대는 건가. 미림의 이야기가 나를 위로해주는 데서 지나쳐 충고로 가지는 말았으면 싶다.

"발레 선생님이 몸에 힘을 빼라고 하더라고. 그래서 힘을 뺐지. 힘을 빼는 게 뭔 느낌인지 알지?"

"어, 대충."

"긴장 풀고 힘 빼고 다 했지. 근데 빼고 돌아도 마찬가지야. 안 돼. 절대 안 돼. 나중에 알았어. 왜 그렇게 안 됐는지."

"왜 안 됐는데?"

내가 묻는다. 스마트폰에 설치된 대화봇도 나보다 낫겠다는 생각이 든다.

"발레 하기 전에 내가 태권도를 배웠거든. 자세를 취하면 나도 모르게 힘이 들어갔던 거야."

아, 그랬구나. 응대하면서 힘이 들어가지 않는 몸을 세워 앉는다. 지나치게 힘을 주고 살다가 몸이 박살 난 사람이 내가 아니고 원재였다면, 미림은 턴이니 팽이니 하는 이야기를 늘어놓고 있지는 않을 것이다.

"그래도 넌 결국 턴을 했겠지."

"했지. 이를 악물고 돌았거든. 하늘이 빙빙 돌고 손은 바닥으로 향하고 속은 울렁거리고 얼마나 어지러웠는데."

"반대로 돌아보지 그랬냐."

잠시 가만히 있던 미림이 입꼬리를 살짝 올리며 나를 본다. 농담으로 좁힐 수 있는 거리는 여기까지, 라고 말하는 표정이다.

"반대로 몸을 돌리면 시간이 되돌아가는 애니메이션이 있어."

내가 화제를 바꾸자 미림이 눈을 좁히고서 쳐다본다.

"애니메이션을 보는데 그런 생각이 들더라. 저렇게 시간을 되돌릴 수 있다면 어떨까, 다른 인생을 살 수 있을까. 내 인생이 바뀔 수 있을까…… 궁금하더라고."

내 말을 미림이 오해할 수도 있겠는데, 하면서 머리에 떠오른 말을 주절거린다.

"시간을 되돌린다?"

미림이 내 말의 진의를 생각하는 표정으로 중얼거리더니 다시 말을 잇는다.

"시간을 되돌려 다른 인생을 산다 해도 한 번 살았던 삶은 어떤 식으로든 기억날 것 같아. 내 인생에서 무슨 일인가 일어났는데 막상 그게 뭔지는 모르는 채……."

생각에 잠긴 표정으로 말을 흐리던 미림이 고개를 젓는다.

"다른 인생을 다시 사는 거, 난 별로야. 내가 이 나이를 어떻게 먹었는데, 되돌아가라면 아깝잖아. 그냥 단 한 번의 삶이니까 이렇게라도 감당하는 거야."

미림이 단호하게 말하고 나를 본다. 실무적인 일을 처리할 때 짓는 표정이다.

"근데 무슨 일이야?"

미림이 정색하고 묻는다.

"뭐가?"

"확인할 게 있다면서 만나자고 했잖아."

"내가?"

만나자고 한 게 미림이 아니라 나였던가. 기억이 나지 않지만 이유가 있을 것이다. 내가 미림을 불러낸 거라면 이유는 한 가지뿐이다.

"원재한테 갔다 왔는데, 개장수라는 변호사를 붙여달라더라.

근데 내가 몸도 안 좋고…… 미림이 네가 원재 일을 봐주면 좋겠다. 수임료는 내가 줄게."

"알았어. 걱정 마. 참 현도 씨 배고프지? 여기 스콘이 맛있어. 파스타도 되니까 마실 거랑 같이 좀 시켜야겠다. 뭐 마실래?"

미림이 일어선다.

"커피. 뜨거운 걸로. 목이 마르네."

"그래, 커피는 받아서 바로 가져올게."

커피라는 말을 입에 올리자 갈증이 밀려온다. 아까부터 커피가 몹시 당겼는데 내 몸의 신호를 알아채지 못하고 있다가 지금 막 깨달은 느낌이다. 미림은 순간이동을 한 듯 프런트를 겸한 주방의 바 앞에 서 있다. 바 테이블을 맡은 남자가 미림과 무슨 이야기를 나누더니 고개를 돌려 쳐다본다. 각도를 가늠하니 뚫어지게 보는 대상이 나인 것 같다.

등을 보이고 섰던 미림이 몸을 돌려 이쪽으로 걸어온다. 빈손이다. 커피는? 가까이 오기 전에 외치려다 말고 입을 다문다. 미림이 똑 똑 똑 구두 소리를 내며 걸어와서 자리에 앉는다. 앉아서 나를 쳐다본다. 할 말을 고르는 눈치다.

"네가 원재 일에 적극 나설 줄 알았어. 원재가 그럴 리가 없잖아."

미림이 진작 하고 싶었을 말을 꺼낸다.

"그건 다른 문제고."

내 대답이 마음에 들지 않는지 미림의 입매가 단단해진다.

"원재, 좋은 사람인 거 알잖아. 너한테 원재만큼 한 사람이 어딨니?"

미림이 비난 투로 들리지 않도록 말을 조심하는 게 느껴진다. 미림은 대답을 재촉하는 눈길로 나를 본다. 넌 좋은 사람이 아냐. 언젠가 미림이 내게 그 말을 할 때의 표정이 떠오른다. 내게 했던 말들을 미림은 기억하지 못할 것이다. 커피를 가져오겠다고 좀 전에 했던 말도 기억하지 못하는 애니까.

"알지. 나한테 원재만큼 한 사람은 없지. 그러니까 나도 갚아야지."

농담처럼 하려던 말인데 말끝이 떨려 나온다. 미림의 눈빛이 매서워진다. 짝을 지키려는 암컷 맹수 같다.

"원재가 일부러 손을 피했다고 생각하는 건 아니지? 성용 씨랑 다른 사람들이 거기 같이 있었잖아. 이야기 다 들었어."

미림의 목소리에 날이 선다.

"누가 뭐래. 원재한테 뭘 어떻게 해줘야 할지 몰라서 하는 말이지."

미림에게는 말을 하다 보면 나도 모르게 빈정 조가 된다. 결혼 생활의 후유증이다.

"현도야."

미림이 정색하고 내 이름을 부른다.

"니들 둘이 얼마나 친했는지 생각해 봐. 대학 때 너랑 원재 곁에서 내가 곁다리로 붙어 지냈잖아. 모를 거야, 내가 두 사람 사이를 얼마나 부러워했는지. 친형제처럼 통하는 친구가 있다는 건 인생 최고의 선물 아니니. 애인이나 부부관계보다 훨씬 소중한 인간관계가 그런 친구 사일 거야. 두 사람, 서로한테 그런 친구잖아."

나는 어이가 없어 입을 벌린 채 미림을 본다. 우리 셋이 어울릴 때 나는 늘 내가 곁다리 같은 느낌이었다. 나를 제쳐두고 원재와 미림, 둘이서만 통하는 눈짓과 표정에 수시로 마음이 긁히곤 했다. 나를 설득하는 척하며 미림이 나를 놀리고 있는 것 같다. 새벽녘 꿈속에서 본 뱀이 머리를 스친다. 제 꼬리를 목에 꾸역꾸역 밀어 넣던 뱀이 내가 아니라 미림 자신이라고 말하는 짓궂은 농담 같다. 내가 잠자코 있자 미림이 가방을 끌어당겨 스케치북을 꺼낸다.

"이 디자인 어때?"

미림이 몇 장을 쓱쓱 넘기고는 내 앞에 내민다. 펼쳐진 스케치북에 하트 디자인이 그려져 있다.

"새로 만든 건가? 라홀린섬 본뜬 로고 있잖아."

"마커 디자인이야."

"에이알 게임에서 맵 돌릴 때 없는 그 마커?"

"응, 0.2초 안에 기본정보 인식은 물론 가상의 오브젝트 제공이 가능하게끔 할 거래. 에이알 안에서 브이알이 구현되도록 할거고. 마커를 브이알로 연계해주는 용도에 중점을 두고 설계를할 건가 봐. 근데 재밌는 사실이 뭔지 알아? 사람의 마음을 읽는데 걸리는 시간이 0.2초래."

재미는 없지만 나는 고개를 끄덕인다. 0.2초라. 대학 2학년 때부터 지금까지 12년을 알고 지냈고, 몇 년을 함께 살기도 했는데나는 미림의 마음을 알지 못했다. 모르기는 고1 때부터 알아온원재의 마음도 마찬가지였다.

"그게 하트와 무슨 관계가 있나?"

나는 대화에 성의를 보인다. 같이 사는 동안 미림은 내가 대화를 건성으로 한다는 지적을 종종 했다.

"네가 이의를 제기하지 말았으면 해서지. 0.2초니까 너무 신박한 것보단 기존에 인지된 디자인을 가져와서 변형을 하는 게 유리하거든. 심장을 의미하는 하트는 인류 공용어잖아. 우리 게임에서는 에덴의 상징이기도 하고 말이야. 아, 뒤에도 몇 장 더 있어. 네가 픽스하면 에덴 마커가 탄생하는 거지."

미림이 팔을 뻗어 내가 덮으려는 스케치북을 한 장씩 넘긴다.

머리가 어질어질하다. 아파서 며칠 쉬는 동안 뇌 에너지가 다 빠져나간 모양이다. 색깔과 모양이 다른 하트가 스케치북 마지막 장까지 그려져 있다. 나는 스케치북에서 눈을 들어 미림을 본다. 어때 보여? 미림이 눈썹을 치뜬다. 공기가 뻑뻑하게 느껴진다. 나는 얼굴을 문지르고 가슴을 문지른다. 뭔가 잘못되었다는 느낌이 든다. 에덴 마커라니, 웬 마커? 우리가 만들고 있는 게임은 에이알이 아니고 브이알이다.

"미림이 너는…… 그래픽 마무리에 집중해야 하는 거 아냐?"

나는 가슴을 누른 채 묻는다. 미림이 입술 끝에 올리고 있던 미소를 지운다. 에덴 어드벤처는 퀘스트와 함께 무기가 주어지는 브이알 게임 콘텐츠다. 영업을 뛰느라 게임의 진행 상황을 세세하게 알지는 못해도 GPS 기반으로 맵을 돌리는 기법을 넣지 않았다는 건 알고 있다. 내가 모르는 게임을 왜 내 회사에서 미림과 원재가 만들고 있는 건가. 내 표정을 살피던 미림이 입을 연다.

"에덴 어드벤처, 브이알로 출시하고 나서 에이알로 다시 만들어보기로 했잖아. 기억 안 나?"

기억나지 않는다.

"원재가 그래? 내가 에덴 어드벤처를 에이알로 만드는 걸 찬성했다고?"

"너도 좋다고 했잖아. 디자인이 마음에 안 들어서 그래? 나 이

거 현도 너 생각해서 하트로 만든 건데."

그런데 이제 와서 왜 딴소리를 하느냐는 듯 미림이 의아한 눈길을 보낸다. 나야말로 모든 것이 다 의아한데, 마음 한편에서는 내가 공연한 트집을 잡는 건지도 모른다는 느낌이 든다. 다시, 모든 게 내 탓이다. 잊고 있던 두통이 살아나면서 위이이잉 하는 이명 소리가 울려댄다. 모기떼가 몰려드는 것처럼 윙윙거리는 소리를 뚫고 미림의 말이 귀에 닿는다.

"현도야, 나 이 위에 누굴 좀 만나야 돼."

미림이 스케치북과 가방을 챙겨 든다. 어? 소리를 내며 나는 엉거주춤 미림을 따라 일어선다.

"아냐, 금방 갔다 올 거야. 예전에 같이 일했던 선배가 여기 올스캔스토리 팀장으로 왔다네. 꼭 한번 만나자는데 가봐야지. 오래 안 걸려."

미림이 나를 만류하며 일어선다. 나를 만나려고 여기 온 게 아니었나. 나는 미림이 로비 반대편 엘리베이터로 걸어가는 것을 지켜본다. 엘리베이터에서 여자 한 명이 내리고, 미림이 문 안으로 들어선다. 엘리베이터에서 내린 여자가 구두 소리를 내면서 걸어온다. 똑 똑 똑 여자가 걸어오면서 내는 소리가 이명처럼 반복된다. 왠지 모양새가 나를 겨냥하고 걸어오는 것 같다. 나는 인사를 해야 하는 사이인지 얼굴을 살핀다. 아는 여자가 아니다.

빈 의자가 많은데 여자가 하필 내 앞으로 온다. 다시 봐도 내 기억에 없는 여자가 미림이 앉았던 자리에 앉는다. 왜? 물으려다 입을 다문다. 왠지 한마디 하면 분란이 일어날 것 같다. 가까이서 보니 여자는 얼핏 본 것과 달리 나이가 꽤 들어 보인다. 미림과는 전혀 닮지 않은 얼굴인데 분위기랄지 인상이 비슷하다.

여자가 고개를 빼고 주위를 두리번거리다가 주머니에서 휴대폰을 꺼낸다. 뭐가 잘못된 듯 인상을 찡그린다. 찡그린 얼굴이 험상궂어 여자의 짜증이 나한테 옮아 붙는 느낌이다. 여자는 휴대폰을 들여다보며 손가락을 빠르게 움직인다. 미친 듯이 문자를 찍어대던 여자가 문득 고개를 쳐든다. 앉아있는 잠깐 사이에 십수 년 나이를 먹어버린 듯 여자의 얼굴이 노파 같다. 딱 붙는 치마를 입고 애들이나 입는 프릴 재킷을 걸친 모습이 보기 민망하다. 입술을 안으로 말고 초조하고 골똘한 표정을 짓던 여자가 클러치백을 들고 일어선다. 실례했다는 말 따위는 없다. 없는 사람 취급하는 태도가 무례하긴 한데 모욕감을 느낄 정도로 불쾌하지는 않다. 보이지 않는 유령 취급을 당한 게 처음도 아니다.

에덴이 구원의 땅이라고

처음 유령 취급을 당한 건 고등학교 때다. 면학실로 들어설 때면 두 가지 마음이 복닥거렸다. 그냥 집으로 갈까. 아냐, 내가 왜. 나는 잘못한 게 없는데. 그렇게 널뛰는 마음을 누르고 면학실을 둘러보았다. 형석과 병규의 중간 자리가 비어 있었다. 짜식이 자리 잡아놓고 어딜 간 거야. 내가 가방을 내려놓자 왼쪽에 앉은 형석이 중얼거렸다. 빈자리가 아니라는 소리였다. 매점 갔다 금방 온댔는데. 오른쪽에 앉아있는 병규가 형석을 보며 말했다.

나는 수학 문제집과 오답노트를 꺼냈다. 쫄지 말자. 사동고등학교 면학실 규정에는 자리를 잡아놓는 게 금지돼 있었다. 나는 양쪽에서 날아와 박히는 시선을 견디며 문제집을 폈다. 아이들이 나를 좀비나 유령쯤으로 취급하게 된 발단은 영화반 모임에서 일어난 추행 사건이었다. 학교 영화반은 아니고 교당의 영화반이었다.

사동성회교당 영화반의 실체는 자살할 생각 따위는 전혀 없는 애들이 즉흥적으로 만든 '자살 동아리'였다. 초반 핵심 멤버는 사동성회교당 목사 아들인 나와 교당 아르바이트를 하는 원재, 죽음이 나를 구원하리라 헛소리를 해대는 홍규였다. 고등부 예배가 끝난 뒤 가지 않고 미적거리던 두 명의 여학생도 합류했다. 우리는 교당에 모임 장소를 확보하기 위해 실체를 숨기면서 정체성을 담을 수 있는 동아리 이름을 고민했다.

"세상에 뻐큐를 날린다는 의미를 살려서 뻐큐는 어떨까."

홍규가 제안했다.

"뻐큐가 메시지를 날리는 거니까…… 메시지 큐는 어때? 퀘스천의 큐!"

"메시지 큐, 좋은데. 마음에 들어."

원재의 말에 여학생 둘 다 뻐큐보다 낫다고 했다.

"큐보다야 엑스가 낫지. 어차피 정답 같은 건 없으니까 엑스가 맞잖아. 메시지 엑스."

내가 말했다.

"기존의 의미나 가치를 부정하는 메시지라면 엑스가 더 어울릴 것 같다."

원재가 좋다고 했고, 나머지 애들도 찬성했다. 표기는 엑스가 아닌 영어 X를 쓰기로 의견을 모았다. '메시지 X'를 결성하고 첫 모임에서 우리는 자살 기사를 오려 붙인 스크랩북을 들고 와 자살의 당위성에 대해 떠들었다. 두 번째 모임에서는 원재가 『회색 노트』라는 소설을 가지고 왔다. 원재가 줄거리를 프린트해와 같이 읽었고, 구름 잡는 식의 토론을 했다.

"다음 모임부터 자살이나 죽음을 다룬 책을 한 권 선정해서 한 챕터씩 발제를 하면 어떨까. 메시지를 던지려면 일단 우리의 메시지를 가져야 하잖아."

원재의 제안에 아무도 대답을 안 했다. 원재를 빼고는 다들 학원을 한두 개씩 다녔으므로 교과목 외의 책을 정독하기는 힘들었다.

"책은 됐고, 내가 끝내주는 거 갖고 올게. 기대하시라."

헤어지면서 홍규가 큰소리를 쳤다. 그다음 모임 때 홍규는 자기 집에서 캠코더를 가져왔다. 〈자살클럽〉, 〈처음 만나는 자유〉, 〈감각의 제국〉이 담긴 테이프 세 개도 같이 가져왔다. 홍규가 먼저 집어 든 건 〈감각의 제국〉이었다. 우리는 집중해서 봤다.

"섹스하면서 여자가 남자 목 조르는 거 봤지? 어떤 평론가가 쓴 글을 봤는데 섹스의 욕망이랑 죽음의 욕망이 서로 다른 게 아니라는 거야. 내가 이 영화를 세 번 풀로 봤는데 과연 그럴지도 모른다는 생각이 들더라."

홍규가 영화 감상의 포문을 열었다. '과연 그럴지도 모른다'는 말이 약간 멋있게 들렸다.

"섹스하면 죽고 싶어진다는 뜻이야?"

여학생 하나가 물었다. 여학생 둘은 2학년으로 우리보다 한 학년이 높았다.

"그 질문에 대해 프로이트가 답을 제시해 놨어요. 인간은 삶에 대한 집착과 죽음의 욕망을 동시에 가지고 있는 존재다."

오우, 하고 두 여학생 선배가 홍규의 대답에 감탄했다.

"섹스야말로 리비도와 타나토스를 동시에 극단까지 느끼게 해 주는 거니까, 하다 보면 엄청 살고 싶기도 하고 엄청 죽고 싶기도 하다는 뭐 그런 뜻일 거야."

홍규가 해설을 마치고 어깨를 으쓱했다. 평소 쌍꺼풀눈을 게슴츠레 뜨고 조는 듯 마는 듯 앉아있던 홍규가 아니었다.

"이제 소개 영상 찍자."

자신에게 향하는 존경의 눈길에 흐뭇해하던 홍규가 캠코더를 어깨에 걸치며 말했다. 그날은 완전히 홍규가 주인공인 줄 알았는데, 아니었다. 캠코더 앞에서 다들 하고 싶은 말이 넘쳤다. 다들 인생이 피곤하고 괴롭고 힘들고, 외롭고 쓸쓸한 비극의 주인공들이었다. 원재는 캠코더를 이리저리 들여다보면서 작동을 해보고는 이런 건 얼마면 살 수 있냐고 물었다. 교당에서도 캠코더가 필요할 거란 생각이 머리를 스쳤지만, 나는 고개를 저었다. 아버지한테 말을 꺼내기가 싫었다.

그다음 수요일은 학교 중간고사가 있어서 고등부 수요예배에 결석자가 많았다. 여학생 두 명과 학원을 다니는 홍규도 예배에 빠졌다.

"이거 읽어봐."

메시지 X는 둘이서 하는 건가, 생각하고 있는데 원재가 가방에서 책을 한 권 꺼냈다. 소설책 『데미안』이었다.

"읽어봐."

원재는 내게 책을 건네고는 과자부스러기가 어질러진 탁자 위를 물티슈로 닦아냈다. 이걸 왜 내게 빌려주는지, 묻는 눈길을 보냈다. 원재는 회의용으로 모아놓은 책상과 의자를 칠판 쪽을 향하게 돌려놓느라 바빴다. 나는 책을 가방에 넣었다. 책 읽을 시간이 날까 싶었다.

나는 고등부 예배 모임이 있는 수요일을 빼고 월화목금 4일을 학원에 갔다. 일요일은 공부할 분위기가 아니었다. 일요일은 주일이라고 교당에 오는 신도들이 하루 종일 집을 점거했다. 나와 현서는 독서실로 피신하는 게 허락되지 않았다. 나는 『데미안』을 가방에 넣고 다니며 틈날 때마다 조금씩 읽었다.

내가 『데미안』을 두 번이나 읽는 동인 홍규는 나름 바빴던 모양이다. 돌아가며 한 사람씩 인터뷰한 영상을 편집해 멋대로 교당 홈피 게시판에 올렸다. 찍기는 했어도 올리라고는 안 했다며 여학생 한 명이 싫은 소리를 했다. 홍규는 누나 얼굴 되게 예쁘게 나왔는데 왜 그러냐며 되레 큰소리를 쳤다.

"오홍규, 촬영 실력이 훌륭하데. 편집은 언제 또 그렇게 배웠노."

그다음 주 수요 고등부 예배가 끝나고 메시지 X 모임을 막 시작하려던 차였다. 고등부 담당 전도사가 홍규를 추켜세우며 들어왔다. 다들 홍규를 쏘아보았다.

"쌤, 저…… 저희, 여기서 영화반 모임 할 건데요."

홍규가 우리 눈치를 보며 말했다. 전도사는 홍규 말을 무시하고 의미심장한 눈길로 우리를 둘러보았다.

"너희들, 전도회별 찬양제 하는 건 알고 있지?"

전도사의 말에 우리는 고개를 끄덕였다. 전도사는 신학대학원을 다니면서 주말에만 사동교당에 출근했고, 평일에는 우리가 다니는 사동고등학교 진로교육 선생님으로 근무했다.

"찬양제가 1부, 2부로 진행되는데 1부 2부 사이에 학생들이 제작한 영상을 보여주자는 의견이 나왔거든. 임원들 회의에서 그런 이야기가 나오는데 쌤이 우째 가만 있겠노. 우리 교당 영화반 애들한테 기회를 주자고 했다."

전도사의 말이 끝나기도 전에 애들이 비명을 질렀다.

"쌔앰! 왜 그러셨어요."

"방학 동안 우린 기숙학원 들어가는데요."

2학년 여학생 둘이 합창을 했다.

"어, 반응이 왜 이렇노. 13분짜리 영화 하나로 자소서에 채워 넣을 어마어마한 광맥을 얻는 건데?"

전도사는 여학생들을 건너뛰고 원재와 나를 사랑스러운 듯 쳐다보고, 홍규와 길게 눈을 맞췄다. 중세를 배경으로 한 영화에서 늙은 수도사가 순진한 희생자를 바라보는 눈길이었다.

"장비나 소품 필요한 거 있으면 곽 집사님한테 가서 상의해 봐. 카메라나 녹음기는 대여점이 있다고 하니까 거기서 빌리고. 음, 그러면 뭐 또 질문할 거 있는 사람?"

질문? 우리는 서로의 얼굴을 돌아보았다. 영화제작에 대해 뭘 알아야 질문도 하지.

"도원재, 니는 성경에서 영화로 만들고 싶은 거 없나? 성서가 스토리텔링의 보고인데, 영화로 만들기 좋은 거 생각 안 나나?"

전도사가 원재를 찍어서 물었다.

"카인과 아벨이라면, 재미있을 거 같은데요. 라이벌의 갈등과 살인, 용서, 모든 게 다 들어가잖아요."

원재가 말했다.

"원재가 할리우드 스타일이네."

전도사가 농담을 했다.

"살인에 대한 면죄부의 의미도 다뤄볼 만하고요."

원재가 덧붙여 말했다.

"재밌는 주제지. 카인의 낙인이 꼭 면죄부라고 하기는 글치만……. 현도는 뭐 생각나는 거 없나?"

전도사가 내게 물었다. 목사 아들의 말도 들어봐 줘야 한다는 배려였다. 내가 내놓을 대답은 하나밖에 없었다.

"에덴이요."

애들이 고개를 돌려 나를 보았다. 목사 아들이 대개 그렇듯 나도 교당 활동은 하지만 기독을 빈정거리는 아이였다. 다들 내가 다윗과 골리앗의 싸움 같은 소재를 내밀 줄 알았을 것이다.

"에덴, 좋잖아. 구원의 땅이라는데 영화로 영광 돌릴 만하잖아요?"

애들에게 한마디 하고 전도사에게 확인하듯 물었다. 원재가 알 듯 모를 듯한 미소를 지었다. 원재가 빌려준 책에서 내가 베껴 쓴 글을 머리에 떠올리며 나도 웃음을 흘렸다. 책에는 몇 군데 밑줄이 그어져 있었고 그 가운데 한 단락을 내 수첩에 옮겨 적었다.

난 네가 사람들한테 말할 수 없는 그 이상의 것을 생각하고 있는 걸 알아. 너 역시 생각대로 인생 전부를 살아 보지 못했다는 건 알겠지. 그건 좋은 일이 아니야. 우리를 살아가게 하는 생각이 가치 있는 거야. 넌 이미 너한테 '공인된 세계'가 세계의 절반에 불과하다는 것을 알고 있어. 그러면서도 신부님이나 선생님들의 말씀처럼 다른 절반의 세계를 숨기려고 애썼던 거야. 그걸 숨길 수는 없어!

책에서 데미안이 싱클레어를 깨운 그 말은 내게 전율로 와 닿았다. '공인된' 이 세계가 세계의 일부일 뿐이라 믿지 않았다면 나는 미쳐버렸을 것이다. 메시지 X 모임을 같이하면서 원재는 내가 무엇을 꿈꾸는지 알아차렸다. 원재는 내가 목사 아버지로 인해 받는 고통을 알고 있었다.

"야아, 영화동아리라 그런가. 확실히 다르네. 다 좋은 주제니까 니들이 주제를 골라서 만들고 찍는 게 좋겠다. 찍고 나서 편집 간단하게 하고."

마음만 먹으면 하루 만에 영화를 뚝딱 만들 수 있을 것처럼 말하고 나서 전도사는 두 손을 마주쳤다.

"쌤은 너희들 믿는다. 수요일 오후는 여기 통으로 비어 있으니까 필요하면 얼마든지 사용해라. 의논들 잘하고."

전도사는 말을 마치고 우리가 다른 말을 할 새도 없이 후다닥 성경 공부방을 나갔다. 아주 홀가분한 표정이었다.

"찬양제 콘티 봤는데 첫 곡이 아름답고 은혜로운 에덴동산이었어."

키가 작고 늘 뭔가에 놀란 듯 눈을 동그랗게 뜨는 여학생이 말했다.

"그래요? 에덴이 이번 찬양제 콘셉트인가. 그럼 다른 의견 없으면 주제를 에덴으로 하고 제목부터 정할까."

원재가 말했다.

"우리 진짜 영화반 되는 거야? 메시지 X가 아니고?"

키가 큰 여학생이 원재에게 물었는데 지금 그게 중요하냐고 키 작은 여학생이 쏘듯이 말했다.

"천공의 성 에덴!"

영화광인 홍규가 '천공의 성 라퓨타'에서 따온 제목을 말했다.

"우리는 에덴으로 간다!"

"에덴, 오 마이 에덴!"

제각기 떠들어대는 동안 제목이 정해지고 줄거리가 나왔다. 제목은 '천공의 섬 에덴'이었고, 줄거리는 어딘가에 구원의 섬 에덴이 존재한다는 루머가 돌자 집 없는 소년 소녀가 에덴을 찾아간다는 내용이었다. 원고로 정리하는 건 원재가 맡기로 했다.

"대본작성 때 한 가지 지켜야 할 게 있어."

내가 말했다.

"그게 뭔데?"

홍규가 물었다. 영화는 자기만큼 아는 애가 없다 싶어서인지 말투가 시건방졌다. 나는 무시했다.

"그게 뭐냐면, 에덴이 구원의 땅이어서는 안 된다는 거지."

나는 뜸을 들이다가 말했다. 아이들 얼굴에 멈칫, 하는 표정이 떠올랐다. 표면적으로 영화반인 우리의 소속은 사동성회교당이었다. 사동성회교당은 에덴성회 교파에 속했다. 개신교의 일부 목회자들로부터 이단 소리를 듣기도 하지만 에덴성회교 역시 성경 말씀을 익히고 실천하려 노력하는 종교였다. 다른 게 있다면 하나님이 인류에게 준 첫 번째 선물인 에덴을 십자가처럼 믿음의 상징으로 내세운다는 점이었다.

"에덴에 도착했는데 온난화로 에덴이 완전 불덩어리가 돼 있는 거야. 에덴이 살 수 없는 땅으로 변해 있는 거지."

내 아이디어에 다들 충격을 받았는지 아무도 대꾸를 하지 않았다. 이런 창의적인 생각을 내가 해내다니. 나는 내심 기분이 좋았다. 영화를 찍는 과정에서 홍규가 성추행 사건에 휘말리고 그걸 목격했던 내가 아이들한테 유령 취급을 당하게 될 줄 그때는 상상도 못 했다.

악의는 선의에 그어지는 균열

사건이 터진 건 영화촬영 마지막 날이었다. 사건인지 사고인지 애매한 그날 일을 처음부터 끝까지 지켜본 건 나였다.

체육실 문을 열었을 때 홍규와 미소가 서로 몸이 붙다시피 가까이 서 있었다. 문을 여는 순간 미소가 아악 소리를 내며 홍규에게 달려들었다. 살쾡이처럼 달려드는 미소의 공격에 홍규는 주먹을 휘둘렀다. 주먹은 정확하게 미소의 왼쪽 관자놀이를 쳤다. 홍규가 키만 크고 휘청거리는 체구였기 망정이지 다른 남자애였다면 크게 다쳤을 주먹질이었다.

자빠졌던 미소가 일어나며 멍하게 서 있는 홍규에게 몸을 날렸다. 북을 치듯 양팔로 두들겨대는 미소의 공격에 일방적으로 당하던 홍규가 팔을 붙잡았고 서로 드잡이를 하던 끝에 둘이 엉긴 채 체육실 바닥에 쓰러졌다.

"야, 정미소! 오홍규! 그만 좀 해."

나는 뭘 어찌하면 좋을지 몰라 문간에 서서 그만하라고 소리만 질렀다.

"무슨 일 있냐."

등 뒤에서 원재의 목소리가 들렸다. 바닥에 쓰러진 상태에서도 홍규와 미소는 멱살잡이를 하며 버둥거렸다.

"빨리 촬영 들어가자. 오늘 장비 다 반납해야 돼."

원재가 조명판을 내려놓으며 말했다. 난장판을 모른 척하며 촬영을 재촉하는 원재의 말에 홍규와 미소 사이의 험한 분위기가 다소 가라앉았다. 미소가 꾸물거리며 일어나더니 으허헝 울음을 터트렸다. 미소의 블라우스 단추가 풀려 브래지어가 보였다.

"오늘이 마지막 촬영인데……."

홍규는 자리에서 일어나며 중얼거렸다.

영화는 인류 최후의 땅, 에덴에 도착한 소년 소녀가 불덩어리가 돼가는 환경에 절망하여 자살하는 것으로 촬영이 끝나게 돼 있었다. 소년 역할을 맡은 홍규가 칼로 정미소를 찌르고 자살을 하는 게 오늘 촬영분이었다. 소년 소녀의 절망을 메시지 X로 던지고 엔딩 크레디트를 올리는 장면이 내 머릿속에서는 이미 완성돼 있었다. 전도회별 찬양제에 낼 다른 버전도 생각해 뒀었다. 소년 소녀가 세 번의 죽을 고비를 넘기고 마침내 에덴에 도착해서

감격하는 장면을 제출용 엔딩신으로 삼을 계획이었다.

"정미소, 괜찮냐?"

내가 물었다. 그날이 방학 마지막 날이었고, 다음날이 개학이라 촬영날짜를 다시 잡기가 어려웠다. 녹음 문제도 있고 지나가는 행인을 통제할 수 없어 실내 촬영이 필수인데, 학교 체육관 말고는 달리 빌릴 데도 없었다. 곽 집사님을 통해 빌린 조명판이며 녹음봉이며 장비 대여도 오늘까지였다.

"어?"

입술을 벌린 채 미소가 나를 보았다. 체육관 문을 열었을 때 나와 눈이 마주치지 않았다면, 미소가 비명을 지르지 않았을지도 모른다는 생각이 머리를 스쳤다.

"괜찮냐고."

"안 괜찮아."

정미소가 손으로 블라우스를 여미며 말했다. 정미소를 소녀역으로 추천한 건 홍규였다. 미소가 연기학원에 다닌다는 건 학교 애들도 다 알고 있었다.

"홍규가 연습을 하자면서 일찍 오라고……."

정미소가 말을 하다 말고 홍규에게 쏘아붙였다.

"이게 연습이야? 연습을 빙자해서, 나한테……."

"야, 내, 내가 뭘 했다고 그래. 나 아무 짓도 안 했어. 네가 갑자기 소릴 질렀잖아. 네가 갑자기…… 아, 왜 또 우는데. 진짜 미치겠네.”

정미소가 그쳤던 울음을 다시 터뜨리자 홍규는 원재와 나를 보며 손을 흔들었다.

“아냐, 진짜야. 내가 머리에 총 맞았냐. 여기서 미소를 건드리게. 너들 설마 미소 쟤 말 믿는 거 아니지?”

“네가 만졌잖아! 칼로 찌르는 척…… 가슴을 만졌잖아!”

정미소가 울면서 고함을 질렀다. 원재가 한숨을 쉬었다.

“촬영은 미뤄야겠다.”

두 손으로 얼굴을 가리고 나가는 정미소를 보면서 원재가 말했다.

“지금 촬영이 문제냐. 이건 그냥 넘어갈 사안이 아닌 것 같다.”

내 말에 홍규가 고개를 돌렸다.

“박현도! 지금 그게 무슨 뜻이야?”

“체육관 사용신청을 했으니 일지를 제출해야 돼.”

“그래서?”

홍규가 떨리는 목소리로 물었다.

“원칙대로 해야지. 어떠한 사유로 촬영 진행을 할 수 없었는지!”

나는 솔직히 홍규가 괘씸했다. 영화촬영을 하는 내내 주제도 모르고 미소한테 껄떡대더니 결국 이렇게 사고를 친 거였다.

"이 일은 우리끼리 해결하자. 정확히 무슨 일인지도 모르는데……."

"정확하고 말고 할 것도 없어. 내가 본 대로 쓰면 돼."

나는 원재의 말을 자르고 말했다.

"시발, 뭔 소리야."

홍규가 내 어깨를 잡고 밀쳤다.

"어차피 정미소가 다 불게 돼 있어, 등신아. 미소가 사실대로 다 얘기할 건데 일지에 내가 아무것도 안 쓰면, 난 뭐가 되냐."

나는 홍규의 팔을 뿌리치고 체육관을 먼저 나왔다. 뒷마무리는 원재가 알아서 할 것이다.

개학 첫날 홍규는 수업시간에 교실에 들어가지 않고 종일 상담실에 있었다. 아마 반성문을 쓰면서 시간을 보냈을 것이다. 일주일 정도 근신이나 끽해야 정학으로 마무리될 것 같았던 일을 성추행이라는 어마어마한 사건으로 키운 것은 정미소의 엄마였다. 학운위의 학부모위원 겸 학부모회 회장인 미소 엄마가 분기탱천하여 형사고발까지 간 것이다. 잘못은 했지만 홍규는 재수가 없었다.

재수가 없기는 나도 마찬가지였다. 퇴학 처분을 받은 홍규가 우리 반에 찾아와서 나를 죽인다며 날뛰는 바람에 한바탕 개싸움을 했다. 아이들은 내가 정미소 말만 듣고 홍규를 고자질했다고 여겼다. 나는 아이들의 오해와 비난이 괴로웠다. 더 괴로운 건 미소의 눈길이 문득문득 떠오를 때였다. 미소가 비명을 지르는 것을 내가 본 건지, 내게 뭔가 들키는 바람에 미소가 놀라서 비명을 지른 건지 확실치 않았다. 만약 미소가 홍규의 손에 가슴을 맡기고 있다가 나한테 들켰다 싶어 비명을 지른 거라면…… 아냐. 그렇지는 않을 것이다. 미소의 눈에는 당혹감과 수치심, 두려움이 담겨 있었다. 미소의 눈길이 떠오를 때마다 나는 내 기억을 그렇게 정리했다.

"박현도!"

농구 골대가 있는 운동장 저편에서 원재가 나를 불렀다. 나는 걸음을 멈추고 원재를 바라보았다. 나를 관객으로 세워놓고 원재는 혼자 드리블을 하며 골대 주위를 돌다가 슛을 했다. 두 번의 시도 끝에 공이 그물망에 들어갔다. 원재가 교복 윗도리와 함께 던져놓은 가방을 집어 들었다. 우리 반 종래가 늦어지자 농구를 하면서 나를 기다린 눈치였다.

"넌 시험공부 때려치웠냐?"

운동장을 가로질러 달려오는 원재를 보고 있다가 물었다. 옆에 와서 서는 원재한테서 땀 냄새가 풍겼다. 땀 냄새가 싫지 않았다.

"시간 날 때 좀 뛰어야지. 시험 기간이라고 목사님이 아르바이트도 면제해주셨는데."

목사님이라는 말에 내가 콧방귀를 뀌자 원재가 웃었다.

"시험은 잘 봤냐?"

원재가 물었다.

"잘 봤겠냐. 완전 망했지."

원재가 무슨 말을 할 듯 나를 돌아보더니 그냥 앞을 보고 걸었다. 지난 한 달간 원재는 점심시간에 우리 반 애들이 몰려있는 탁자로 와서 내 옆에 식판을 내려놓았다. 원재를 빼고는 아무도 내게 말을 걸지 않았고 알은체를 안 했다.

"일이 이렇게 커질 줄은 몰랐다."

버스 정류장 표지판 옆에 서며 내가 말했다. 원재는 아무 말 없이 고개만 끄덕였다. 내게 뭔가 할 말이 있어 기다렸을 텐데 그냥 입을 다물기로 한 모양이었다.

"차 온다. 내일 보자."

저만치서 학원 차가 오는 것을 보고 원재에게 말했다. 시험 기간에 학원에서는 새벽 한 시까지 자습실을 개방해주었다.

"만약에……."

원재가 말을 꺼냈다. 나는 원재와 달려오는 학원차를 번갈아 보았다.

"일이 이렇게 커질 줄 알았으면, 그래도 네가 본 그대로 일지를 작성했을 거 같냐?"

원재가 물었다. 그 생각을 나도 여러 번 했다. 열 번 스무 번…… 아이들의 경멸 어린 눈길과 유령 취급을 견디면서 생각했다.

네가 쓴 일지 때문에 홍규가 억울하게 몰릴 수 있어. 내가 일지를 내러 갈 때 원재는 말렸다. 나는 계속 원칙을 고집했다. 왜 그렇게까지 고집을 부렸는지 처음에는 몰랐다. 체육 선생님 책상에 일지를 내려놓는 순간 주저하는 마음을 누르는 정체를 알았다. 원재였다. 원재와 홍규는 전혀 어울릴 것 같지 않은 조합인데 이상하게 둘이 친했다. 홍규가 교당에 나오기 시작한 것도 사동 성회교당에서 원재가 아르바이트를 시작하면서였다. 나는 홍규가 원재 곁에 붙어서 까부는 꼴이 보기 싫었다.

"한 달 전으로 돌아가도 원칙대로 했을 거야."

나는 오기를 드러내며 말했다. 대놓고 무시하고 경멸하는 시선 속에서 나는 한 달을 버텼다. 당할 만큼 당한 지금은 한 달 전으로 되돌아가는 것이 억울했다.

"박현도, 너 원래 그런 애 아니잖아."

"내가 어떤 앤데?"

원재하고 각을 세우려던 게 아닌데 말이 삐딱하게 나왔다.

"안 탈 거냐?"

학원차 아저씨가 소리를 질렀다.

"이따 버스 타고 갈게요."

나는 차가 가는 방향으로 고개를 돌리고 섰다가 원재를 돌아 보았다. 마음 한구석에 꿍쳐놓은 말을 원재에게 꺼내놓고 싶었다. 맞아, 나는 그런 애가 아냐. 나는 다른 사람을 함부로 판단하고 비난하는 그런 애가 아냐. 자기신념과 자기 원칙만 중요한 줄 아는, 우리 아버지 같은 사람이 아냐.

"내일 시험 끝나고 홍규 집에 같이 가자. 너는 또 네 입장이 있어서 그렇게 할 수밖에 없었다고 말하면……."

"피곤해."

나는 원재의 말을 잘랐다. 아이들에게 유령 취급을 당하면서 나는 악에 받쳐있었고, 몸도 마음도 지친 상태였다.

"영화를 완성하지 못한 건 미안하게 됐어. 내가 일지를 쓰지 않았으면…… 아무튼 미안하다."

잘잘못을 떠나서 영화를 마무리하지 못하게 된 건 계속 마음에 걸렸다.

"네가 미안해할 일은 아니지. 애들 저러는 거 곧 괜찮아질 거야."

원재가 다정한 듯 무심하게 말했다. 나는 왠지 울컥해져 차도로 눈길을 돌렸다.

"마음 편히 가지고 시험 잘 쳐라. 내일 시험 마치고 홍규한테 가는 거 생각해 보고."

그렇게 말하고 원재는 등을 보이며 걸어갔다. 뚜벅뚜벅 멀어지는 원재의 뒷모습을 나는 한참 쳐다보았다. 원칙을 지켰다는 네 말을 믿을 테니 앞으로도 너는 네 원칙을 지켜. 그게 너 자신에 대한 면죄부가 될 거야. 원재가 정작 나한테 하고 싶었을 말을 생각하면서.

원재가 아이들에게 유령 취급을 받는 내 옆에서 바리케이드 역할을 한 것은 그 자신의 원칙 때문이었을 것이다. 친구를 다치게 할 줄 알면서도 고발하는 게 내 원칙이었다면, 일종의 내부고발로 왕따가 된 나를 보호하는 게 원재의 원칙이었던 셈이다. 그 원칙이 그가 자신의 삶을 통해 던지게 될 메시지 X였다는 것을 당시에는 알지 못했다.

세상의 모든 원칙이 선의와 악의를 함께 담고 있다는 것을 안 것도 오랜 시간이 지나서였다. 악의는 더 큰 악에 무너지면서 어쩔 수 없이 집어 들게 되는 방책 같은 게 아니었다. 악의는 선의에 그어지는 균열이었다. 원재에 앞서 그것을 내게 가르쳐준 사람은 목사였던 내 아버지였다.

세상에 띄운 방주

아버지가 사동성회교당의 담임목사로 부임한 것은 내가 중학교 1학년 때였다. 사동성회교당은 아버지가 사동마을에 땅과 건물을 사들여 개척한 교당이었다.

"너희들, CCTV가 어떤 건지 알지?"

가족이 교당 사택으로 이사한 이튿날이었다. 아침 식사기도를 마치고 나서 아버지가 입을 열었다. 오늘도 식은 국을 먹게 생겼네. 그런 생각을 하며 아버지의 턱 언저리에 시선을 맞췄다.

"CCTV 수백 개가 우리 가족을 일거수일투족 찍고 있다."

"에이, 설마요."

나도 모르게 튀어나온 대꾸와 함께 고개가 돌아갔다. 아버지의 손등에 맞은 왼쪽 뺨이 얼얼했다. 저 미친…… 나는 속으로 욕을 싸질렀다. 아버지의 손은 거칠고 두꺼웠다.

"교인들 눈이 CCTV나 마찬가지다. 매사 조심해라. 니들이 행실 똑바로 못하면 내가 욕을 얻어먹어."

욕먹는 게 무서워서 아침 밥상에 앉은 자식 얼굴을 후려치느냐고 항의했다간 뼈도 못 추릴 거였다. 아버지가 말하는 '니들'은 나와 현서였다. 엄마도 예외는 아니었다. 아버지는 자신이 광신 목사라는 사실을 알지 못했다.

내가 열 살 때, 아버지는 에덴성회교의 교인이 되었다. 에덴성회교의 교인이 되면서 아버지는 이상해졌다. 당시 아버지는 양말공장을 운영했다. 이런저런 일을 벌이다 말아먹고 은행 빚을 내어 시작한 사업이었다고 했다. 남의 집 지하실을 빌려 시작한 조그만 양말공장이 지상으로 올라왔고 돈이 계속 굴러들어 오면서 찾아오는 사람도 많아졌다. 그 가운데는 한국기독교에덴성회라는 종교의 전도사도 있었다. 전도사의 능력 때문인지 원래 그런 성향이 있었는지 아버지는 에덴성회교에 푹 빠졌다.

교당에 처음 나간 뒤로 주일예배는 물론 장년부 모임, 새벽기도를 단 한 번도 빼먹지 않고 출석했다. 서리집사와 전도부의 권사를 거쳐 강도사가 되자 아버지는 공장을 완전히 접었다. 몇 년간 강도사로 한국기독교에덴성회 본당에서 봉직하던 아버지는 기도 중에 개척교당을 열라는 하나님의 말씀을 들었다고 했다. 아버지는 공장을 정리하면서 생긴 돈의 일부를 본당에 바쳤고,

개척교회를 세우는 영광을 얻었다. 입교入敎 7년 만에 교당의 목사로 부임하게 되었으니 아버지는 자부심과 포부로 제정신이 아니었을 것이다.

사동마을에 교당을 세우고 초대목사가 되면서 아버지의 신앙은 정도를 넘었다. 그 피해는 가족의 몫이었다. 아버지는 박수무당이 나오는 드라마를 본다고 엄마를 쫓아낸 적도 있었다. 엄마는 마을 교인 집에 있다가 날이 저물어 들어왔다. 자신의 실책을 깨달은 아버지는 그 후로 엄마가 믿음의 길에서 벗어나는 행동을 하면 속옷 차림으로 내쫓았다. 나하고 현서가 집에 있을 때면 절대 옷을 내주지 말라고 엄포를 놓았다. 한번은 엄마가 속옷만 걸친 채 수돗가에 앉아 있을 때였다.

"사모님 계시당가."

엄마를 부르는 소리와 동시에 작은 대문이 삐거덕 열렸다. 대문 소리에 퍼뜩 마당에 있는 엄마가 생각나 내 방 창문을 열었다.

"엄마, 여기!"

현관문을 열어주기에는 시간이 없었다. 창문을 열고 손을 내밀었는데 엄마의 운동신경으로 창턱을 넘기는 무리였다.

"반장 여편네 목소리다, 아이고야."

내 손을 잡고 창문으로 올라오려던 엄마는 보일러실로 들어갔다. 수돗가에 슬리퍼를 벗어뒀는지 맨발 차림이었다. 현관문을 열어 주면서 나는 마음속으로 아버지 개새끼라고 욕을 퍼부었다.

"저녁답에 동네 계가 있는디 사모님이 시간이 있으실라나. 우리 사모님이 오시믄 어르신들이 좋아할 것인디."

반장 아줌마가 정이 뚝뚝 떨어지는 투로 말하면서 안방 쪽으로 목을 늘였다. 거들 손이 아쉬워 온 것을 알지만 나는 내색 않고 아버지를 불렀다. 안방에서 귀를 세우고 있었을 아버지가 문을 열고 나왔다.

"황 집사님, 수고 많으십니다. 안사람이 어딜 좀 갔는데 오는 대로 전하지요."

아버지가 반가운 미소를 보이며 말했다. 웃는 얼굴 밑으로 화를 내는 또 다른 얼굴이 땅 위로 올라오는 나무뿌리처럼 울끈불끈 드러났다. 나는 아버지가 징그러웠다. 아버지는 자신이 늘 화를 낸다는 것을 몰랐다. 화가 폭발 직전에 있는 사람과 한집에 살면서 우리가 어떤 고통을 겪고 있는지도 몰랐다.

아버지는 자신이 화가 난 만큼 누군가 고통을 받아야 직성이 풀리는 사람이었다. 만만한 게 나와 현서였다. 우리보다 더 만만한 게 엄마였다. 엄마를 쫓아낼 때 아버지의 표정에는 쾌감을 느끼는 근육이 꿈틀거렸다. 주일날 점심으로 돼지고기가 들어간 짜장면을 시켰다는 이유로 아버지는 교인들이 집으로 돌아간 뒤 엄마의 얼굴을 때렸다. 하나님께 봉사하는 분들에게 부정한 음식을 내놨으니 하나님 면전에 어떻게 서겠으며 구원의 땅 에덴에 감히 이르겠느냐. 아버지는 꽝꽝거리며 참회기도를 했다. 아버지의 머릿속에는 장차 요단강을 건너 들어서게 될 안식과 평온의 땅, 에덴밖에 없었다. 안식과 평온이 그렇게나 좋은 거라면, 구원의 땅 에덴까지 갈 것 없이 지금 당장 여기서 좀 누리면 절대 안 되는 건지, 진심 묻고 싶었으나 묻지 않았다. 내가 먼저 말을 붙인 적이 있다는 기억을 아버지한테 심어주고 싶지 않았다.

가족에게는 엄격하고 가차 없었으나 사동마을 주민에게 아버지는 신심 깊고 거룩한 목회자였다. 사동성회교당은 구원의 땅으로 가기 위해 세상에 띄운 방주였다. 가난하고 늙고 힘없는 사람들에게 아버지는 기꺼이 문을 열었다. 십일조와 감사헌금을 낼 수 있는 능력치로 신도를 차별하는 다른 목사들과는 차원이 달랐다. 본당에서 받는 개척교회 지원금은 물론 목사님 도서비라도 하라며 들어오는 봉투나 심방 사례비까지 형편이 어려운 사람들을 위해 썼다. 한국기독교의 대표적인 단체로부터 이단세력으로 공격을 받고 있어 에덴성회교당이 세를 뻗는 경우는 드물지만 사동성회교당은 사동은 물론 이웃 마을 주민들까지 발걸음하여 몇 년 사이 신도가 3백 명으로 늘었다.

신도 수 3백에 이르기까지 엄마의 희생은 절대적이었다. 나와 현서 역시 에덴성회교 목사의 헌신을 조력하는 종이 돼야 했다.

종은 자신의 생각을 주장할 수 없는 존재였다. 아버지의 교당과 아버지의 집에서 우리 가족 누구도 이치를 따지거나 반항하는 모습을 보이지 않았다. 대꾸를 삼갔고, 대꾸 이전에 판단도 하지 않았다. 생각 자체를 하고 싶지 않았다. 생각을 하게 되면 울화가 치밀었고 마음이 들썩거리면서 아버지를 쓰러트리고 몽둥이를 내리치는 내 모습이 스쳐갔다. 그럴 때면 괴로울 정도로 숨이 가빠졌고 심장은 미친 듯이 쿵쾅거렸다.

"언제 어디서든 하나님 보시기에 부끄러움 없이 행동해라. 하나님이 기뻐하실 일을 하지 않으면서 구원의 땅으로 가기를 바라는 건 부끄러운 짓이다. 항시 명심해라."

성경 속 어떤 구절을 골라 잔소리를 시작해도 끝은 기-승-전-에덴이었다.

"아빠, 지각하면 운동장 삥삥이 돌아요."

아침 식전 잔소리가 유난히 길어지는 날은 현서가 쥐어짜는 소리로 애걸했다. 식은 밥과 국을 퍼먹고 집을 나서는 순간 비로소 숨통이 트였다. 우리한테는 그나마 학교라는 탈출구가 있었지만 엄마한테는 아무것도 없었다. 엄마는 어떻게 아버지 같은 사람을 참고 살까 싶었다. 종이 주인을 섬기듯 엄마는 아버지에게 복종했다.

"바지락 넣고 순두부찌개를 해놨는데 국도 따로 끓여야 될라

나. 반찬을 몇 가지 해놓기는 했는데 뭘을 더 해야 하나 어쩌나."

오랫동안 아버지가 시키는 대로만 했던 엄마는 생각하는 뇌가 말라붙었다. 주일날 사택으로 몰려오는 교인들을 위해 소고기미역국을 할지 육개장을 끓일지 스스로 결정하지 못했다. 제단 장식을 하거나 예배 행사에 소용될 간식거리를 살 때조차도 결정장애에 걸린 것처럼 엄마는 안절부절못했다.

"현서야, 김은숙 집사님 성단 꽃꽂이하러 오실 건데 도와드려라."

꽃꽂이를 돕는 건 언제나 엄마라는 걸 아버지도 알고 있었다. 아버지는 대체로 엄마가 눈에 보이지 않는 것처럼 굴었다.

"현서야, 중등부 애들 성경퀴즈대회 하는데, 음료수하고 과자 있으면 내가야지."

아버지는 엄마가 해야 할 일들을 상기시킬 때마다 현서에게 이야기했다. 설교와 찬송으로 다져져서 볼륨이 우렁우렁한 아버지의 목소리를 엄마가 못 들을 리 없다는 것을 알면서도 현서는 시키는 대로 엄마에게 전했다. 현서는 아버지의 트집에서 자신을 지키기 위해 지능이 떨어지는 아이처럼 행동했다. 현서가 약간 이상해지고 있다는 걸 알았지만 모른 척했다. 아버지를 미워하는 것 말고 내가 할 수 있는 일은 없었다. 반전은 엄마였다. 스스로 노예처럼 자신을 낮추었던 엄마는 주인한테 정나미가 떨어진 그림자처럼 굴면서 오히려 자기 자리를 찾았다.

"목사님 하고 싶은 대로 하세요."

엄마가 할 줄 아는 말은 한 문장으로 줄었다. 현도 아버지, 현서 아빠. 엄마가 아버지를 그렇게 불렀던 기억이 있는데, 어느 날부터 엄마에게 아버지는 목사님이라는 호칭으로 굳었다.

"목사님 하고 싶은 대로 하시라고 해라."

엄마가 할 줄 아는 그 한 문장이 어느 날부턴가는 간접화법으로 바뀌었다. 엄마는 아버지를 영문 모르고 올라탄 시외버스 기사처럼 대하기로 마음먹은 듯했다. 기사가 어디를 가든 엄마는 아무것도 요구할 마음이 없었다. 버스가 벼랑 끝으로 달려간다 한들 내가 뭘 어쩌겠는가. 어디로 가는지 알아보지 않고 엉겁결에 올라탄 내 잘못인 것을. 엄마는 아마 이런 자포자기 비슷한 심정이었던 같다.

아버지는 자신이 먼저 엄마를 유령 취급해서인지 엄마를 대놓고 탓하지 못했다. 간접화법을 쓰는 엄마를 미워하고, 엄마의 그림자 코스프레를 괘씸하게 여기면서도 예전처럼 난리를 치지 못한 것은 아버지를 덮친 암세포 때문이었다. 암세포와 함께 우리 집에는 평화가 찾아왔다. 아버지의 양 날개인 '에덴'과 '은총'은 뻣뻣한 죽지를 접고 암세포가 깃든 가슴 안쪽으로 시부저기 내려 앉았다.

고3과 중2였던 우리 남매는 죽을병에 걸린 사람이 어떤 고통을 겪는지 알지 못했다. '힘내세요, 아버지. 차차 나을 거예요.' 가족 가운데 누구도 그런 입에 발린 말을 안 했다. 혹시 아버지가 그런 말을 기대했다면 많이 뻔뻔한 거였다. 아버지는 앙심을 품은 사람처럼 성경전서에 손을 얹고 방언인지 넋두리인지 알아들을 수 없는 말을 쏟아냈다. 암 치료에 기운을 소진해서인지 우렁찼던 아버지의 음성이 버석해졌다. 인생 말년이 비스킷처럼 부서진 아버지의 기도 소리가 안방에서 흘러나오면 알 수 없는 죄책감이 잔불에 올려놓은 죽처럼 끓었다.

아버지는 이듬해, 내가 대학에 들어간 직후에 세상을 떴다. 아버지가 죽은 뒤 우리 가족은 교당 사택을 나왔다. 아버지는 말기 암 선고를 받고서 우리가 살던 집을 교당건물과 묶어 한국기독교에덴성회라는 단체에 팔았다. 엄마하고 상의하지 않았으므로 우리는 그 사실을 막판에, 임종기도를 온 본당 팀의 김 장로한테 듣고 알았다.

돈은 엄마의 통장으로 들어왔다. 아버지 통장에 남은 돈과 합하니 8억쯤 됐다. 살 집을 구하기 위해 들어간 부동산사무실에서 중개사 아주머니는 혀를 찼다. '그 집 누구한테 팔았수? 아주 날로 먹었네. 부지도 넓고 놔두면 20억까지 받을 물건인데.'

우리는 지하방이 딸린 빌라를 구해 이사했다. 이사한 뒤 우리

가족은 교당이고 교회고 완전히 발을 끊었다. 아버지가 살아있을 때 알았던 사람들과도 관계를 끊었다. 만 10년간 세뇌를 받았던 탓에 우리는 꽤 오래 자발적 죄인으로 살았다. 광광거리던 아버지의 목소리는 에덴에서든 어디에서든 지상까지 내려오지는 못했다.

어디에도 너는 없는 사람 같아

미림은 HD아트센터 건물 안에 근무하는 누군가를 잠시 만나고 오겠다더니 돌아오지 않는다. 카페에 있던 남자가 내게 다가와 문을 닫아야 한다고 말한다. 미림은? 궁금한 표정을 짓는 나를 남자가 무표정하게 내려다본다. 카페 안에는 나와 남자밖에 없다. 나는 남자의 눈길을 등 뒤에 느끼며 카페를 걸어 나온다.

미림은 내가 카페에서 기다리고 있는 것을 잊은 건가. 미림에게 물어보려던 것이 있었는데…… 변호사를 찾아서 원재를 만나러 가보라는 말은 한 것 같다. 그것 말고도 미림을 만나면 꼭 물어볼 말이 있었던 것 같은데 그게 뭐였는지는 기억나지 않는다. 기억은 나지 않지만 이미 물었는지도 모른다. 내가 말한 뭔가가 또 미림을 화나게 했을 것이고, 그래서 나를 버려두고 가버린 것이라 생각하니 마음이 좋지 않다. 미림을 생각하면 마른 모래가 뿌려진 듯 마음이 버석댄다. 나는 미림이 나를 염려하지만 동시에 경멸하고 있다는 것을 안다. 내가 하는 짓이 마음에 들지 않을 때 미림이 짓던 표정이 아직도 생생하다.

"자기는 왜 내가 시키는 대로만 해."

대청소를 하던 날이었다. 결혼하면 아무래도 생활습관을 어느 정도는 바꿔야 할 거라고 생각했다. 그래서 토요일마다 대청소를 할 필요가 있나 싶었지만 미림의 뜻을 따랐다. 나는 환풍기를 닦던 손을 멈추고 미림을 보았다.

"자긴 남의 집에 일하러 와서 주인이 시키는 대로만 하는 사람 같아. 여기, 우리 집이야. 내 집이 아니라 박현도와 추미림 부부의 집!"

미림이 오답을 짚어주듯 힘을 주어 말했다. 나도 모르게 짜증이 섞인 한숨이 나왔다. 늘어지게 자도 모자랄 주말 아침이었다. 신작 영화에 투자할 물주들을 모시고 새벽 두 시까지 달린 몸으로 환풍기를 붙잡고 있는 게 얼마나 짜증 나는 일인지 굳이 말을 해야 아나. 도대체 주말마다 왜 이렇게 둘이서 추리닝을 입고 설쳐야 하는지 이해할 수 없었다. 주말마다 유리창 청소를 꼭 해야만 하는지, 환풍기 따위를 분해까지 해서 닦아야 하는지.

"청소하기 싫으면 안 해도 돼. 청소 안 한다고 어떻게 되는 거 아니잖아."

마른걸레를 바닥에 내던지며 미림이 말했다. 매번 그런 식이었다. 미림과 부부가 되고 한집에 살게 되면서 우리는 자주 삐걱거렸다. 나는, 내 나름으로는 최선을 다했다. 미림이 마른걸레를 던지고 본격적으로 일거리를 물고 오면서 살림을 놓아버렸어도 나는 그러려니 했다. 파출부를 부르는 것도 공과금을 처리하는 것도 주말에 냉장고를 채우는 일도 내 일이 됐지만 나는 군말 없이 했다. 나는 정말이지 잘하고 싶었다.

"너 관대한 남편인 거 알아. 고마워하지 않으면 내가 나쁜 년이지. 근데 왜 나는 네가 고맙지가 않지? 왜 내가 자꾸 독박 쓴 것 같은 기분이 들지? 이러면 내가 정말 나쁜 년 같은데, 나는…… 모르겠어. 이 집 어디에도 너는 없는 사람 같아. 우리가 어떻게 되든 너는 오로지 네 잘못이 없다는 걸 증명하려고 움직이는 유령 같단 말이야."

미림은 자주 내 마음을 할퀴고 헝클어 놓았다. 자신이 던지는 말에 내가 몹시 마음을 다치는 것을 미림은 알기나 했을까. 나는 HD아트센터 건물 앞에서 어둠이 한 겹 발라진 거리를 둘러보며 중얼거린다. 어차피 이렇게 헤어지고 보니 몰랐던 게 다행이다 싶다.

그나저나 미림은 어디로 갔을까. 아까 나한테 보여준 에덴 마커는 무슨 일인지 모르겠다. 에덴 어드벤처를 브이알로 출시하고 나서 에이알로 버전을 바꿔 작업하기로 한 게 내 아이디어라는데 기억에 없다. 나를 위해 하트 모양으로 에덴 마커를 디자인했다는 미림의 말을 떠올리자 내가 상처받았다고 느낀 것도 어쩐지 잘못된 기억 같다. 상처받은 게 내가 아니고 오히려 미림이라면……. 이제 와서 이런 생각을 하고 싶지 않다. 이런 생각을 하면 괜히 가슴이 두근거리고 내가 결정적인 잘못을 저질러버렸다는 불안이 고개를 치켜든다.

미림과의 기억을 털어내며 나는 뻑뻑한 걸음을 뗀다. 무작정 걷는다. 심장 뛰는 소리가 쾅 쾅 쾅 커지면서 마음이 점점 더 불안해진다. 나는 레일에서 낮게 부상하여 달리는 자기부상열차처럼 발이 땅에서 조금 떨어져 공중에 떠 있는 느낌이다. 공중부양한 채 고개를 뒤로 젖히자 15도쯤 세상이 왼쪽으로 기운다. 빌딩숲이 옆으로 기운 채 미세하게 흔들린다. 빌딩숲에서 흘러나온 불빛들로 거리는 휘황한데 바닥에는 어둠이 고여 있다. 바닥의 곳곳, 건물의 곳곳, 건물과 건물 사이의 곳곳에 어둠이 뭉쳐있다. 묵직한 어둠이 음흉한 눈길로 나를 지켜본다. 어둠의 눈길은 적대적이다.

왜 다들 나를 미워하는 걸까. 이런 낯 뜨거운 질문에 맞닥뜨리면 어김없이 원재를 떠올리게 된다. 실은 더 자주 원재를 떠올린다. 고등학교 1학년 때 내게 『데미안』을 내밀었던 날 이후 나는 거의 늘 원재를 의식했고, 원재를 생각했다. 원재가 좋아하는 것, 원재가 흥미 있어 하는 것들에 관심을 가졌다. 미림을 좋아하게 된 것도 그래서였는지 모른다. 그를 흔든 게 미림이 때문이라면…… 미림이 아니라면 어떤 악의가 내 손을, 살려달라고 내민 손을 뿌리치게 한 걸까. 벼랑에서 떨어지면서 마음을 이루는 모든 것이 각설탕처럼 부서져 버린 것을 그는 알까. 이미 오래전에 내 마음은 부서져 있었는데…….

결혼 3년째 접어들던 즈음 미림이 헤어지자는 말을 꺼냈다. 회식에서 3차까지 마시고 집에 들어간 날이었다, 나는 지하 계단을 비틀거리며 내려갔다. 손에 힘 조절이 안 돼 발로 찬 것처럼 문이 벌컥 열렸다. 미림은 방바닥에 펼쳐진 책들 사이로 무릎걸음을 옮기고 있었다. 방 꼴이 엉망이었다. 자료책자와 프린트물과 외국잡지와 무릎담요가 널브러져 있는 작업방은 난장판이었다. 주말마다 대청소하자던 여자는 어디 멀리 갔나 보군. 만나면 말 좀 전해줘. 그 여자 남편 아직 그 집에 살고 있다고. 술에 취해 씨불거리면서 계단을 올라가려는데 미림의 목소리가 들렸다.

"현도야, 우리 이혼하자."

나는 놀라지 않았다. 올 게 왔구나 싶은 마음 한구석을 기다란 꼬챙이로 푹 찔린 거 같은데, 아프지 않았다. 마취 주사를 맞은 듯 아무 느낌 없이 계단을 올라왔다. 미림이 나에 대한 실망과 지

겨움을 잔뜩 안은 채 떠날 것을 생각하면 우울하고 씁쓸했다. 나의 어떤 점이 미림의 마음에 들지 않았는지, 아직도 나는 잘 모른다. 늘 미림이 하자는 대로 했고 미림이 원하는 대로 했다.

결혼하고 내 집에 미림이 들어온 후 그녀와 같이 사는 게 나도 편하지만은 않았다. 미림과 사귀고 결혼까지 한 데는 원재에 대한 질투심이 한몫했지만 나는 미림과 함께 행복해지고 싶었다. 지긋지긋한 아버지의 에덴을 지우기 위해 나는 나의 에덴을 가지고 싶었고, 동반자로 미림을 선택했다. 몸의 욕구인지 마음의 욕구인지 가끔 미림을 생각하며 나는 뜨거워졌고 내 삶이 온전해지는 느낌이 들었다. 그거면 되는 줄 알았다.

자꾸 엉겨드는 기억을 벗어던지고 나는 비틀거리며 걷는다. 내 삶의 플랫폼에서 미림이 떠난 후 나는 게임 제작사를 설립했고 원재를 불러들였다. 원재가 홍규를 불러들이고 미림까지 불러들일 줄은 몰랐다. 지금에 와서는 내가 과연 몰랐을까 싶기도 하다. 그들이 똘똘 뭉쳐 나를 절벽 아래로 던져버릴 거라는 건 정말 몰랐다. 내 의지와 상관없이 머릿속으로 날아드는 생각의 조각들을 헤치며 걷는 동안 눈앞의 풍경이 점점 낯익어진다.

거리의 불빛에 밀려난 어둠의 몸뚱이에서 짐승의 눈알 같은 불빛이 깜박인다. 나는 걸음을 멈추고 길 건너편에 서 있는 13층 빌딩을 쳐다본다. 동정도 사랑도 내 몫이 될 리 만무하니 비참해지기까지 할 필요는 없지. 나는 등신처럼 웃는다. 스스로를 비웃고 나면 다소 마음이 가벼워진다. 나는 길 건너 13층 건물을 향해 걸어간다. 마블닷컴이 입주해 있는 건물이다.

오랜만에 와서 그런지 입구가 조금 낯설다. 불빛이 있나. 고개를 젖히는 순간 건물이 획 기운다. 착시라는 걸 알고 있어도 소용없다. 다가오는 열차를 바라보고 있을 때처럼 선로를 따라 전해지는 진동 같은 것이 멀리서부터 내 몸속으로 밀려든다. 마블닷컴이 힘차게 달리는 열차만 같다면야 이런 멀미쯤……. 속이 심하게 울렁거리면서 신물이 올라온다. 나는 신물을 도로 삼키고 발에 힘을 준다. 내 회사 마블닷컴으로 복귀하기 위해 가상세계에서나 발휘되는 내공을 끌어모아 13층 건물의 회전문을 민다.

자이언트 대표의 제안

엘리베이터 버튼을 누르려던 나는 아차, 싶어 벽시계를 본다. 벽시계가 열 시를 가리키고 있다. 밤 열 시부터 다음날 새벽 여섯 시까지는 엘리베이터가 작동되지 않는다. 나는 계단 입구를 쳐다 보다가 고개를 젓는다. 경비실은 비어있다. 경비아저씨는 순찰을 돌고 있을 것이다. 나는 경비실 문 옆에 놓인 접이식 의자에 앉아 아저씨를 기다리기로 한다. 심장에 무리를 주는 것이 지금 상태 로는 치명적일 것 같다. 밤 열 시가 넘었으니 엘리베이터를 작동 시킬 수 없다고 나올 게 뻔하지만 내 꼴을 보면 마음이 약해질 것 이다.

이곳에 입주하던 첫날 경비아저씨는 깔보는 말투와는 달리 새 사무실에 필요한 것들을 이것저것 챙겨주었다. 보증금과 월세가 저렴한 옥탑 입주자라는 것과 달랑 세 사람뿐인 회사 규모가 다른 입주회사들에 비해 한심해 보였을 것이다. 심지어 직원이랍시고 내 옆에 서 있는 민주와 성용은 스물댓 살밖에 안 되는 애들이었다.

"옥상이여?"

옥상 사무실 입주자냐고 묻는 말에 그렇다고 하자 아저씨는 헝, 말 울음소리를 내고는 소형 픽업트럭에서 내리는 사무실 집기를 훑었다.

"여기 지하 창고에 탁자며 소파며 수두룩허니 있어. 필요하믄 갖고 올라가. 지금 갖고 올라갈려?"

아저씨가 지하 계단 쪽으로 턱짓을 했다.

"공짜예요? 파는 거 아니죠?"

민주가 물었다. 민주는 내가 영화제작사 홍보실에 있을 때 외주 일을 맡겼던 프리랜서 디자이너였다. 말을 야무지게 하는 게 마음에 들었다.

"공짠께 말을 허지, 내가 고거 팔아먹을라고 하간디."

회의용 탁자와 소파는 다음날 사려던 참이었다. 책이며 서류 파일들을 빈 사무실에 내려놓고 바로 지하창고로 갔다. 중고매장에서 파는 엔간한 물건보다 나은 탁자와 책상이 수두룩했다. 뒤를 따라 들어온 성용이 와우, 낮게 외쳤다.

"망해서 나간 회사 꺼도 있고, 잘돼서 나간 회사 꺼도 있은께 잘 골라보더라고."

마음에 드는 소파베드를 발견하고 앞뒤를 살피는데 경비아저씨 목소리가 들렸다. 나는 허리를 펴고 문간에 서 있는 경비아저씨를 보았다. 미신을 믿는 건 아니지만 망한 회사 소파라면 찜찜했다.

"애는 어느 쪽인데요?"

"어, 그짝은 잘돼서 나갔은께 맘에 들면 들구 나와. 엘리베이터에 맞춤하니 들어갈 사이즈여."

너스레를 떨기 전 1초쯤 망설인 게 느껴졌으나 무시하기로 했다. 중고로 사도 30만 원은 줘야 될 천연가죽 소파베드였다. 스크래치도 보이고, 손으로 눌러보니 재봉된 부분이 1센티쯤 터져 있지만 사용하는 데 지장은 없었다.

"아저씨, 고맙습니다."

나는 몸을 세웠다가 깍듯이 허리를 숙였다. 건물 경비원은 사정상 앞으로 내가 잘 보여야 할 사람이었다.

"고마우믄 고기나 몇 근 끊어주든가. 원래는 사무실 뺄 때 다 치우고 가야 쓰는 것인디 사업 부도내고 도망 나가는 사람들이 그럴 정신이 있간디. 내가 고것을 끌고 내려오느라 식겁했잖여."

경비아저씨가 방정맞게 입을 놀리고 나간 뒤에 소파 양쪽에 서서 마주 보던 나와 성용은 잠자코 소파베드를 들어 올렸다.

"무거운 거 실을라믄 엘리베이터 사용료를 내야 쓰는디?"

경비실로 돌아간 줄 알았던 아저씨가 지하 엘리베이터 앞에
서 있었다.

"아, 그럼 내야죠. 이거 다 옮기고 제가……."

"토요일인께 타는 사람도 별로 읎구, 괜찮애. 어여 이짝으로
넣어."

인정스럽게 말하면서 경비는 엘리베이터 안으로 들어갔다. 자
기가 왜 저 안에 들어가나. 내가 쳐다보는 것을 모른 척하며 경
비아저씨가 엘리베이터 구석에 서서 딴청을 부렸다. 소파 한쪽을
붙잡은 채 성용이 엘리베이터 안으로 들어서고 나자 내가 들어갈
자리가 없었다. 멀뚱하게 선 나를 보며 경비가 심술궂게 보이는
웃음을 지었다.

"올라갔다 내려올란께 같이 마트에 가드라고. 그짝에 에이티
에무 기계도 있은께."

처음부터 어딘지 종잡을 수 없었던 아저씨였다. 지난 2년간 나
와 눈이 마주칠 때마다 실룩거리고 웃었는데, 내가 퇴근을 하지
않고 사무실에서 기숙하는 걸 아는 눈치였다.

경비아저씨는 이 시간에 어디서 뭘 하는지 종적이 없다. 접이
식 의자에 30분쯤 앉아있자니 엉덩이가 쑤신다. 이 생각 저 생
각 하다 보니 슬며시 괘씸한 생각이 든다. 성용이 녀석도 내가 입

96

원해 있는 동안 소식 한 번이 없었다. 현서와 민주도 마찬가지였다. 내가 부하직원들의 그런 태도를 일일이 서운해하는 성격이 아니라 다행이지.

나는 부하직원에 대해 부정적으로 생각하는 못된 사장이 아니었다. 성용은 영화사 근무할 때 서버관리팀 신입이었는데, 내가 게임회사를 하려고 퇴직한다는 소문이 돌자 내 주변에서 얼쩡거렸다. 너 스토커냐. 농담을 걸자 기다렸다는 듯 뒤뚱거리며 다가왔다. 성용은 게임회사에서 프로그래머로 성장하는 게 자신의 진짜 꿈이라고 실토했다. 혼자서 게임을 만들어 플랫폼에 올린 적도 있고, 신생업체도 상관없다는 말에 나는 생각 잘했다며 푸짐한 덩치를 끌어안았다. 같이 일해 보니 덩치가 커서 힘쓰는 일도 잘하고 인성도 나무랄 데 없었다. 한 가지, 스트레스를 받거나 난처한 상황이 닥치면 잠적을 하는 버릇이 있었다.

그나저나 경비아저씨도 잠적을 한 건가. 나는 접이식 의자에서 뻐근한 엉덩이를 떼고 일어섰다. 현기증과 함께 이명 소리가 시작된다. 나는 비상계단으로 가며 왼쪽 귀를 문지른다. 시도 때도 없이 윙윙거리는 이놈의 이명이 언제부터 시작되었는지 모르겠다. 벼랑에서 떨어지면서 하필 귀에 문제가 생긴 건가 싶은데, 그게 또 확실하지가 않다. 분명한 건 이명을 의식하는 순간부터 내 몸의 일부가 어쩐지 부자연스러워지고, 내가 아닌 나, 아바타로 움직이는 느낌이 든다. 마치 내가 가상세계의 시공간으로 흘러들어 헤매는 기분이라고 할까.

계단 입구에 서서 나는 호흡을 고른다. 13층이다. 13층쯤은 가뿐히 오를 거라 마인드 컨트롤을 한다. 소용없다. 몇 계단 오르지 않았는데 숨이 가쁘다. 4층 계단참을 돌고 5층 계단을 오른다. 밭은 숨을 토해내며, 아무도 마주치지 않아 다행이란 생각을 한다. 쉭쉭 새 나오는 숨소리가 내 귀에도 거슬린다. 이 건물에 입주해 있는 회사 직원은 밤 열 시 이후는 사무실에 남아있으면 안 된다. 경비 아저씨는 눈을 감아주는 눈친데, 다른 입주자들 입에서 관리실로 말이 들어가면 난감해진다.

이곳에 입주한 뒤 나는 출입문 왼쪽 붙박이장이 있는 곳에 사장실을 만들고 책상 세트와 소파베드를 넣었다. 붙박이장은 생김새로 보아 기자재를 보관하거나 잡동사니 창고로 이용되었던 것 같다. 거기다 옷과 이불과 비닐로 싼 신발 두 켤레를 집어넣었다. 밤에는 소파베드에서 이불을 꺼내 덮고 잤다. 사업을 시작한 뒤로 내 생활 수준은 수도승과 노숙자 사이쯤이었다.

"사업이란 게 그래. 말이 대표지, 한번 삐끗하면 상거지가 따로 없어."

내게 그 말을 한 자는 자이언트 대표였다. 브이알 시장이 돌아가는 이야기나 좀 하자는 전화를 받고 나간 자리였다. 그 말을 액면 그대로 믿고 나간 건 아니었다.

"가진 거 왕창 때려 넣고 판단 한번 잘못하면 다 날리는 거지. 사업도 마누라도 친구도 얄짤없이 사라지는 거여."

말을 하면서 그는 끈끈한 눈길을 던졌다. 눈빛이 탁한 데다 목소리가 우렁우렁해서 편안한 인상은 아니었다. 몇 년 전 자이언트 회사 로비에서 잠시 그와 얘기를 나눈 적이 있는데 지금은 그때보다 몸집이 배로 불어나 있었다. 내가 거길 왜 갔는지는 기억이 흐릿했다. 아무튼 내가 영화사에 다닐 무렵이었다.

"브이알에 투자하기가 쉽지 않았을 텐데, 어디 투자사가 따로 있나?"

미팅 자리에서 자이언트 대표는 악수를 나누고는 바로 말을 놓았다. 나는 뚱뚱한 표정으로 그의 질문을 무시했다. 2년 차에 불과하지만 나도 명색이 사장이었다. 외주업체 실장 대하듯 구는 건 무례한 짓이었다. 에덴 어드벤처 작업을 시작하면서 마블닷컴은 정직원만 다섯 명에 상근하는 프리랜서가 둘이었고, 아르바이트하는 애들도 예닐곱 명은 됐다.

"투자사가 따로 없으면 힘들 텐데, 버틸 만한가?"

당연히 죽을 지경이죠. 나는 목구멍까지 올라온 말을 삼켰다.

"게임을 게임으로 보면 안 돼. 게임은 내가 돈을 투자해서 만드는 제품이고, 이익을 남기고 팔아야 할 물건이지. 그 물건을 코인이라 생각하고 손바닥에 올려놓고 잘 봐봐. 만지고 냄새도 맡고 맛도 음미해 보라고. 얘가 나한테 돈을 끌어다 줄 애인지 속만 태우게 할 애인지. 사업가는 그런 감각이 있어야 해. 사업은 감과 운이야."

주변에서 대표 직함을 걸친 사람들이 거들먹거리면서 흔히 하는 소리였다. 다 아는 소리라도 올바른 조언을 삐딱하게 받아들일 건 없었다.

"안 그래도 행여나 다칠세라 애인처럼 품에 안고 죽어라 달리는 중입니다."

말 그대로 나는 열심히 달리고 있었다. 성용과 민주가 맡아서 하는 자잘한 주문으로 브이알 제작비를 대는 건 불가능했다. 올 초부터 나는 아는 인맥 모르는 인맥 가리지 않고 다 찾아다녔다. 엄마가 재혼한 영감님한테까지 찾아가 돈을 부탁했으니 말 다 했지.

돈을 부탁하면서 자존심은 물론이고 영혼까지 털렸다. 영혼까지 털리고 나서 손댄 게 집안 선산이었다. 아버지가 교당을 개척하면서 제사도 모시지 않는 예수쟁이한테 선산의 명의를 그대로 둘 수 없다는 말이 돌았다. 종손인 아버지한테서 선산을 가져가 처리하는 문제로 집안사람들끼리 설왕설래가 대단했다. 그 와중에 문제를 제기했던 어른 두 분이 격하게 대립했고 그 바람에 선산 문제가 흐지부지된 일이 있었다. 내 입장에선 다행한 일이었다.

"게임은 개발자가 물고 빨게 던져주고 사업가는 거래에 목숨을 걸어야지."

자이언트 대표가 말을 던지고는 의미심장한 미소를 지었다. 미소 짓는 대표의 얼굴 위로 상어가 오버랩되었다.

"조만간 우리 개발자가 신박한 걸 하나 내놓을 겁니다. 능력 좋은 개발자인데 대표님도 아실 거예요. 도원재라고."

허심탄회하게 대화에 임한다는 모습을 보여주고 싶어 원재의 이름을 꺼냈다. 내게 전화를 했다는 건, 에덴 어드벤처를 기획하고 개발한 게 도원재라는 걸 알고 있다는 의미였다. 자이언트 대표는 안다 모른다 대꾸 없이 웃음을 문 채 나를 쳐다보았다. 할 말을 숨긴 채 궁굴리는 눈치였다.

"이번 박람회에도 낼 건데 잘 좀 봐주세요. 저, 은혜 모르는 놈 아닙니다. 대표님한테 따로 인사는 하겠습니다."

연락을 받고 나오긴 했지만, 이 말을 하려고 나온 자리였다. 자이언트 대표는 산업정보테크노파크에서 R&D사업으로 열리는 'AR&VR 콘텐츠 박람회'에 심사위원으로 이름이 들어가 있었다. A급 지원금만 확보하면 에덴 어드벤처를 풀고 게임플랫폼에 앱을 올려 성과가 나올 때까지 회사를 돌릴 수 있었다. 박람회에 제출된 게임 콘텐츠와 앱은 심사결과에 따라 지원금 액수가 결정되었다.

"젊은 친구들이 브이알로 가는 거 좋지. 염 실장이라고, 우리 회사에 개발자로 있다가 나간 친구도 이번에 브이알을 낼 거라고 하더만. 두어 달 전에 만나서 얘길 해봤는데……."

두 달 전이라. 한국콘텐츠진흥원 홈페이지에 박람회 공모요강이 공식적으로 뜬 게 그즈음이었다.

"그런데 오늘 저를 보자고 하신 건 무슨 일로?"

심사위원으로 이름을 올렸다고 자이언트 대표가 자기회사 콘텐츠를 제출하지 않을 사람이 아니었다. 신생 제작사를 만들고 소속 개발자를 대표로 앉히는 꼼수를 쓸 것이다.

"박람회 심사 들어가기 전에 될 만한 회사들 사정도 들어보고, 서로 도울 게 있으면 돕자는 거지. 뭐 딴 뜻이야 있겠나."

자이언트 대표가 말을 하면서 은근한 시선을 던졌다. 담합을 하자는 건가. 자리에 앉기 전에 휴대폰 녹음기를 켜놓을걸. 속으로 혀를 차며 자이언트 대표의 의중을 살피듯 쳐다보았다. 대표의 얼굴에는 아무런 표정도 실려 있지 않았다. 저건 원재의 덤덤한 표정과는 달랐다. 사심 없이 무방비한 표정이 아니라 사심을 꽉꽉 채운 탓에 절대 구겨지지 않을 것 같은 표정이었다.

"회사는 망해도 살아날 수 있지만 게임은 한번 묻히면 끝이야.

상황판단 잘해서 게임을 살리는 쪽으로 패를 던져야지."

자이언트 대표가 준비해온 듯한 멘트를 꺼내놓고는 점심을 코스로 주문했다. 나는 마지막 멘트의 의미를 확실히 알고 싶었다. 제 패가 뭐죠? 대표는 바쁠 거 있냐며 밥부터 먹자고 했다. 점심을 먹는 내내 마음이 무거웠다. 점심을 먹고, 자이언트 대표가 제안한 거래 내용을 쥐고 회사로 돌아오면서 내릴 지하철역을 지나쳤다.

"그자를 왜?"

자이언트 대표를 만나고 왔다고 하자 원재가 먼저 반응을 보였다.

"우리 게임에 꽤 관심을 보이던데…….."

자이언트 대표와 오갔던 이야기를 어느 선까지 말하는 게 좋을지 확신이 서지 않았다.

"안 들어도 뻔하다. 냄새가 나는데 머."

홍규가 코를 실룩거리며 말했다.

"대형제작사에서 우리 게임에 관심을 보였다는 건 우릴 만만히 본 게 아니라는 거지."

나는 짐짓 밝은 표정으로 홍규의 말을 받았다. 나는 한 사람씩 자유롭게 말해 보라는 눈길로 직원들을 둘러보았다. 회의용 탁자 바로 앞에는 성용과 민주가 책상을 맞붙인 채 앉아있었다. 민주

옆자리에는 미림이 앉아있었다. 미림은 프리랜서라서 재택근무를 했는데 두어 달 지나고부터는 매일 회사에 나왔다. 출입문 오른쪽 창가에 앉은 현서는 스마트폰을 보는 척하고 있었다. 회의용 탁자에는 나와 원재, 홍규가 둘러앉았다. 사장인 나를 빼고 여섯 명이었다. 개발실에 있는 프리랜서들은 부르지 않았다.

"브이알 쪽이 아직 게임 앱만큼 시장이 넓지 않으니까 내년 지원금을 증액할 수 있게 홍보 이벤트를 같이하자는 얘기도 하고……."

아무도 입을 열지 않아 내가 다시 말을 꺼냈다.

"얼마를 제시했는데?"

원재가 물었다. 무심코 묻는 표정이 아니었다. 게임개발에만 신경을 쏟고 있을 거라 여긴 원재의 촉이 다른 쪽으로도 뻗쳐있을지 모른다는 생각이 들었다.

"사장님, 우리 브이알 게임 자이언트에 파실 거예요?"

민주가 물었다. CCTV처럼 켜진 여섯 명의 눈이 나를 향했다.

"투자받을 의향이 있느냐는 말을 꺼내긴 했어. 못 받을 건 없지."

원재의 눈이 좁아졌다.

"가격을 제시했나?"

원재가 다시 물었다.

"자이언트 대표 말은 사겠다는 게 아니라 투자를 하겠다는 거야. 내 말을 어떻게 들은 거야."

화난 투로 원재의 말을 받았지만, 그의 짐작대로 자이언트 대표는 그날 돈을 제시했다. 에덴 어드벤처를 넘기는 대가로 7억을 주겠다고 했다. 마블닷컴이 하청받아 에덴 어드벤처를 만들었을 때 받을 수 있는 납품가보다 20퍼센트가량 많은 액수였다. 당연히 조건이 붙었다. AR&VR 콘텐츠 박람회가 끝난 뒤에 에덴 어드벤처의 저작권과 함께 에덴 어드벤처가 받게 될 지원금을 구매 사인 자이언트에 넘기라는 거였다. 거절하면 박람회에서 에덴 어드벤처가 선정될 가능성은 없었다.

"자이언트 대표, 나도 그 백상아리 같은 영감을 좀 아는데, 아닐걸."

홍규가 등받이에 몸을 기댄 채 중얼거렸다. 저 자식은 왜 늘 저렇게 뒤로 자빠져 있는 거야. 홍규는 회의 때 보면 습관적으로 의자 등받이를 밀어서 몸을 한껏 젖히고 앉았다. 볼 때마다 눈에 거슬렸다.

"확실하게 나온 이야기는 없어. 어떻게 나오든 상황 봐가면서 대응해야지."

나는 자이언트 대표가 던진 7억에 대해서는 입을 닫았다. 박람회를 앞두고 직원들을 동요하게 만들어서 좋을 게 없었다.

"상황 봐가면서 팔 수 있다는 말로 들린다. 그런 거냐?"

자리에서 일어나는데 원재가 말했다. 말꼬리를 잡는 건 원재가 하지 않던 짓이었다. 생각해 보니 그날 원재는 어딘가 원재답지 않았다. 말투도 평소답지 않게 사뭇 초조했다. 내게 몰렸던 직원들의 눈길이 원재에게 향했다. 직원들 앞에서 나와 원재가 게임의 거취를 놓고 배틀을 벌이는 형국이었다. 일이 틀어지기 시작한 건 그때부터였다. 그날 이후 나는 내내 사투를 벌이는 느낌이었다. 설득하고 다투고 일이 틀어지고 의심이 사실로 나타나고…….

오르고 또 올라도 계단은 끝이 없다. 한 칸 한 칸, 후들거리는 다리로 계단을 밟아 오르는데 숨이 너무 차다. 이러다 내가 결국 심장마비로 죽지 싶다. 여기가 8층인가. 아니 9층쯤인 것도 같다. 나는 센서 등이 켜지지 않은 계단에서 난간을 잡고 몸의 균형을 잡는다. 계단참에 붙은 작은 비상등 불빛에서 조금만 벗어나도 앞이 보이지 않는다. 엘리베이터 작동을 멈추면서 분전반 차단기를 내린 모양이다. 나는 계단을 오르고 계단참을 돌고 다시 계단을 오르고, 오른다.

나는 마침내 문 앞에 선다. 마블닷컴. 눈높이에 있는 명판을 바라보며 숨을 고른다. 출입문 밑으로 빛이 새 나오는 걸 보면 안에 누가 있는 모양이다. 나는 옷매무새를 하고 손가락으로 머리

를 빗고 입가를 끌어올려 손바닥으로 꾹꾹 누른다. 웃는 표정을
눌러 붙이고서 숨을 크게 들이켜는데 눈물이 후드득 떨어진다.
미친 건가. 떨리는 손으로 도어록을 더듬는데 디지코드가 생각나
지 않는다.

내가 붙잡지 못한 어떤 순간

디지코드가 손가락을 당긴 듯이 *906495#이 눌러진다. 어젯밤에는 이것저것 마구 누르다 결국은 다시 계단을 내려와야 했다. 피곤한 몸을 끌고 13층 계단을 올랐던 간밤의 등반이 끔찍한 악몽 같다. 실제가 아니라 길거리의 어느 놋쇠 벤치에서 잠깐 조는 사이에 꾼 나쁜 꿈인지도 모른다. 몸이 쇠약해진 탓일 거다.

사무실 안으로 들어서자 텁텁한 공기가 온몸을 휘감는다. 컴퓨터와 노트북에서 나온 쇳내 섞인 먼지 냄새와 복합기의 윙윙거리는 소리가 익숙하고 편안하다. 사무실은 그대로다. 아무 문제가 없다. 오래 집을 비웠다 돌아온 여행자처럼 나는 편안함에 젖는다.

"다들 오랜만이야."

나는 밝은 목소리를 내며 사무실을 둘러본다. 성용과 민주가 제자리에 앉아 모니터를 노려보고 있다. 내 목소리를 못 들었는지 둘 다 나를 돌아보지 않는다. 현서는 보이지 않는다. 총무 일을 하면서 인턴이 할 심부름까지 하느라 현서는 자주 자리를 비운다. 보나 마나 미림을 졸라서 같이 나갔을 것이다. 미림과 현서는 시누올케 사이일 때도 희한하게 죽이 잘 맞았다. 디자이너가 필요하다는 원재의 요청에 미림을 추천한 것도 현서였다.

"오홍규 팀장은 어디?"

원재가 없으면 개발실을 책임져야 할 사람은 홍규다. 성용에게 홍규의 행방을 묻던 나는 헛, 숨을 들이켠다. 방금 개발실 문틈으로 보인 건 분명히 원재다. 원재는 구치소에 있는데…… 원재가 아니라 홍규인데 착각한 모양이다. 개발실로 가려고 몸을 돌리는데 자리에서 일어난 민주가 나를 본체만체 지나쳐 복합기로 간다. 복합기의 버튼을 조작하는 민주를 멍하니 보다가 성용을 돌아본다. 더블모니터를 번갈아 보며 부스스한 머리를 긁적이고 있다. 기가 찬다. 병원에 입원해 있다가 나온 사장을 맞는 태도가 이래도 되나. 창의적인 작업을 하는 회사답게 분위기를 자유롭게 풀어주니까 어린 것들이 사장을 아주 쉽게 본다. 복합기에서 프린트 용지를 집어든 민주가 턱을 쳐들고 내 앞을 지나간다. 한 대 쥐어박고 싶다.

"강민주, 오랜만인데 인사 정도는 하자. 성용이 너도 인마, 사장이 들어오면 알은체를 해야지. 예의가 없냐, 니들은."

성질이 뻗쳐 한소리 하다 보니 헐렁하던 몸에 온기가 돌면서 기운이 살아난다.

"내가 지금 화를 내는 게 아니라……."

사장이라고 오랜만에 나타나서 고함이나 질러대는 건 아니지 싶어 나는 얼른 목소리를 누그러뜨린다.

"죽지 않고 살아 돌아왔으니 격하게 반겨줄 줄 알았지. 이렇게 생까면 서운하잖냐."

웃는 얼굴로 말을 거는데 성용과 민주는 고개를 빼고 모니터만 들여다보고 있다. 이쯤 되면 나를 숫제 유령 취급하는 거지. 화가 끓어올라 너무 하네, 소리를 높여도 여전히 모르쇠다. 혹시 내가 정말 보이지 않는 건가. 내가 정말 유령이라도 된 건가. 털컥 가슴이 내려앉는데, 천장 어디쯤엔가 눈에 초점을 모아 쏘아보고 있던 성용이 중얼거린다. 왜 이렇게 뭔가 소란스럽지.

"잠시 나갔다 올게요. 마카펜 하나 때문에 작업이 안 돼."

"현서 누나한테 문구점 들렀다가 오라고 전화해."

"또 엉뚱한 거나 사 올걸. 라이트레드랑 바이올렛레드도 구분 못 하잖아."

깐족거리던 민주가 사장실인 내 방에 대고 갑자기 언니를 외친다. 래핑 칸막이로 가벽을 세워 만든 방이라 직원들은 바쁠 때면 저렇게 소리를 쳐서 나를 부른다. 그런데 언니라니?

"미림 언니 뭐 필요한 거 없어요? 아트박스 갈 건데."

미림 언니가 왜 내 방에 있나, 의아해하는데 사장실 문이 열린
다. 미림이 흐트러진 머리를 뒤로 쓸어올리면서 나온다.

"한잠 잤더니 좀 낫네. 자기들도 피곤하면 가서 좀 누워."

미림이 잠긴 목소리를 내며 연방 하품을 한다. 내가 없는 동안
직원들이 사장실을 휴게실로 사용하고 있었던 모양이다. 소파베
드도 있겠다 퍼질러자기는 딱이지. 이해는 하는데 미림이 내 소
파베드를 아무렇지도 않게 사용하고 있었다니 기분이 묘하다. 이
걸 어느 쪽으로 해석해야 할지 모르겠다.

"추미림, HD아트센터 카페에서 어떻게 된 거야. 누굴 만나고
온다더니, 한참 기다렸어."

나는 카페에 혼자 남아 기다리게 한 미림에게 한마디 한다. 미
림은 눈에 초점을 잃은 채 가만히 서 있더니 자기 자리로 가서 지
갑과 휴대폰을 집어 든다.

"같이 나가자. 나도 살 게 좀 있어."

변한 게 없다. 민주와 함께 나가는 미림을 보며 나는 맺힌 감
정 없이 실소한다. 화를 내는 것도 어지간할 때 내는 법이다. 잠
시 열어둔 출입문으로 들어온 바람이 시원하다. 사무실이 물탱크
처럼 옥상에 앉아있어 출입문만 열어도 바람이 잘 통했다.

"갑갑한데 환기 좀 하고 살자."

나는 잔소리를 하면서 창문 쪽으로 간다. 성용이 미세먼지 타령을 하겠지만 사무실에 밴 군내부터 빼내야지 원. 창을 열어젖힐 요량으로 손을 갖다 대던 나는 극성스럽게 울려대는 이명 소리에 낮게 비명을 지른다. 위이이잉, 위이이이…… 백만 마리쯤 되는 파리가 떼로 날아오르는 것 같다. 귀를 틀어막고 있던 나는 다시 흡, 숨을 멈춘다. 나는 창에 코를 대고 옥상을 노려본다. 옥상 난간 곁에 서 있는 사람은 원재가 분명하다. 옥상에 쏟아지는 햇살이 눈을 파고든다. 창유리를 짚고 있던 손이 미끄러져 내리고, 나는 그 자리에 주저앉는다.

"사장님, 거기서 뭐 하세요?"

등 뒤에서 성용의 목소리가 들린다. 아까는 본체만체하더니 다들 나가고 혼자 남으니 말을 건다. 사람들이 여럿 있을 때는 내가 보이지 않기라도 한 건가.

"사장님……."

성용이 나를 부축해 일으킨다. 사무실은 조금 전에 본 그대로다.

"어디가 또 안 좋으세요?"

성용을 쳐다보다가 고개를 돌려 옥상을 내다본다. 아무도 없다.

"금방 저기 난간 앞에 원재가 서 있었는데."

내 말에 성용이 창밖 옥상을 두리번거리다가 나를 돌아본다.

"실장님하고 팀장님, 오전에 외근 나가고 안 계세요."

실장님? 마블닷컴에 실장은 원재밖에 없는데.

"누가 나갔다고?"

"실장님하고 팀장님이오. 박람회 일로 나가셨어요. 민주 씨랑 미림 누나는 금방 들어올 거예요."

"지금 무슨 소릴 하는 거냐?"

원재가 외근을 나갔다니, 사장이 며칠 자리를 비웠다고 얘가 정신줄을 놓았나.

"네?"

성용이 눈을 끔벅거린다.

"아니다. 새로 일 들어온 건 좀 있고?"

이렇게 정신줄을 놓고서야 일은 제대로 하고 있을지 갑자기 걱정되었다.

"지금 하는 게 이건데요."

성용이 뒤뚱거리며 제자리로 가더니 모니터를 이것저것 연다. 나는 따라가서 의자 등받이를 잡고 선다. 성용이 모니터 화면을 축소시켜 전체 영역을 보이게 하고서 입을 연다.

"먼스 먼슬리라고요, 생리대 정기 배송해주는 앱이거든요. 개인 맞춤형으로 서비스해주는 앱인데 이번 주 금요일까지 넘기기로 했어요."

아까 인사도 안 하고 뻣뻣하게 앉아있던 게 작업에 집중하느라 그랬나 보다. 그렇게 생각하자 괘씸하던 마음이 풀어진다.

"이거 누가 가져온 거지? 오 팀장이 가져왔나?"

홍규가 이런 기특한 영업을 할 리 없다는 것을 알지만 또 모르지. 지금까지 영업은 열에 아홉 내가 직접 뛰었다. 민주와 성용이 제품 설명을 하러 가서 앱 주문을 한두 건 받아오기도 했다.

"이거 실장님이 가져오셨는데요."

"도원재 실장이 가져왔다고? 언제?"

나도 모르게 목소리가 높아진다.

"어, 그게 그러니까……."

내 반응에 놀란 듯 성용이 주변을 둘러보더니 탁상용 캘린더를 더듬거려 짚는다.

"이날, 18일 수요일이오."

"원재가 이날, 이걸 어떻게 가져와."

나는 울 듯이 고함을 지른다. 18일이면 벼랑에서 떨어진 내가 병원 입원실에 있을 때이다. 내가 병원으로 이송된 이튿날 원재는 피의자로 조사를 받고 바로 구치소로 이송되었다. 사건 담당 형사에게 직접 들은 말이다.

"저는 잘 몰라요. 급행료까지 얹어서 계약한 거라고 하셨거든요."

"성용아!"

머릿속 잡음을 털어내며 성용을 부른다. 원재는 지금 구치소에 있잖아. 내가 등반사고를 당하고 원재는 지금 구치소에 있는데 어떻게…… 나는 목구멍에서 목소리를 억지로 밀어낸다. 나를 바라보는 성용의 얼굴에 난감한 표정이 실린다.

"내가 병원에 입원한 게 언제였지?"

나는 맥이 풀려 힘없이 묻는다.

"병원이요? 아, 디스크 수술하신 거요. 작년 겨울에 하셨잖아요."

그게 아니라…… 착각을 지적하려던 나는 입을 다문다. 이게 아닌데, 하는 느낌과 함께 시간과 기억이 뒤죽박죽 섞이면서 내가 놓쳐버리고 만 어떤 순간이 있을 거라는 확신이 머리를 스친다. 내가 붙잡지 못한 어떤 순간, 어떤 삶이 내 기억 속에 숨어있을 거라는, 그런…….

"성용아, 내가 병원에 입원한 게 저번 주였나? 18일 수요일전? 아니면 그 후인가?"

성용이 짠한 눈으로 나를 본다. 회사 출입문의 디지코드를 기억하지 못해 헤매던 밤이 어젯밤이었나. 아니, 며칠 전이었던가. 말할 수 없이 억울하고 답답한 느낌이 온몸 가득 차오르는데 뭘 어떻게 할 수도 없는 무력감이 나를 휘감는다.

"성용아, 지금 내가 이상하게 보이는 건 아는데……."

나는 안간힘을 써서 갈라진 목소리를 밀어내는데 성용이 출입문 쪽으로 고개를 쭉 뺀다. 민주와 현서의 웃음소리와 함께 도어록 소리가 들린다. 성용은 살았다는 표정으로 입을 오므리며 숨을 내쉰다. 나는 허둥대며 개발실로 발걸음을 옮긴다.

17년 후라는 가상세계

청소를 언제 하고 안 한 거야.

나는 개발실을 둘러보며 투덜댄다. 클로스 케이블로 연결한 메인 PC와 노트북과 대형 모니터가 눈먼 개처럼 앉아있다. 브이알 기기인 헤드셋과 바이브 트래커도 수리점에 맡겨진 기계처럼 허술하고 낡아 보인다. 테이블에 부연 먼지가 앉은 걸 보니 며칠째 기기를 건드리지도 않은 것 같다. 나는 티슈 몇 장을 뽑아 모니터를 닦고, 내장처럼 얽힌 케이블을 흐트러지지 않게 뭉쳐 컴퓨터 뒤에 밀어놓는다. 원재가 회사를 비운 동안 홍규가 원재 역할까지 해줄 거라는 기대는 하지 않았다. 개발실 꼴을 보니 출근도 제대로 안 한 것 같다. 지금도 박람회에 간다는 핑계로 카페에 틀어박혀 낮잠이나 자고 있겠지.

제가 좋아하는 것 말고는 거들떠보지 않는다는 점에서 홍규는 원재하고 비슷했다. 결정적 순간에 책임감과 민폐로 캐릭터가 갈렸다. 민폐 캐릭터인 홍규를 마블닷컴에 끌어들인 사람은 원재였다. 개발 파트너 역할을 해줄 사람이 필요하다기에 나는 흔쾌히 동의했는데 그게 홍규인 줄은 몰랐다.

"우후, 아담하니 좋구먼."

작년 12월 마지막 날, 홍규는 검은색 오버핏 코트를 걸치고 약간 건들거리며 사무실에 들어섰다.

"오홍규, 반갑다."

오랜만에 보니 반갑긴 했다. 내가 내민 손을 내려다보던 홍규가 한쪽 손을 머리 위로 쳐들더니 리드미컬하게 내렸다. 십수 년만에 봐도 누구 흉내를 내는 건지 알 수 있었다. 대나무 위에 서서 흐느적거리던 주윤발이었다. 웬 와호장룡. 빈정거리자 홍규가 헤벌쭉 웃었다. 사동성회교당 성경 공부방에 모여서 본 영화 가운데 우리가 다 와호장룡에 열광하긴 했다. 그 추억을 떠올리게 하려고 객쩍은 몸개그를 한 거라면 나로선 찜찜하던 기분을 덜어내도 좋을 거였다. 자살 동아리 메시지 X가 영화반으로 위장하면서 일어났던 일련의 사건을 주윤발의 손짓으로 털어내겠다는 의미일 테니.

"홍규 네가 앱 개발하며 살 줄은 상상도 못 했다."

나는 햇볕에 그을린 홍규의 얼굴을 보며 말했다. 게슴츠레해 보이는 인상 때문인지 앱 개발자와 매칭이 잘 되지 않았다.

"다들 그러더라."

건성 말하면서 사무실을 휙휙 둘러보는 홍규한테서 산만하던 고등학생 홍규의 모습이 보여 피식 웃음이 났다.

"앉자. 회의실이 따로 없어. 직원도 별로 없고."

나는 회의용 탁자를 가리키며 말했다. 건물 지하실에서 건진 원목 테이블에 원재, 홍규와 함께 앉아있으니 기분이 묘했다. 에덴 영화를 만들다 동아리가 깨진 멤버 셋이 17년 만에 만나서 할 일이라는 게 에덴 어드벤처 제작이라니. 열일곱의 세 소년이 제각기 다른 차원의 시공간을 통과해 17년 후라는 가상세계로 흘러들어 온 기분이었다.

"경력이 있으니 감안하고 조건부터 이야기해 볼까."

나는 홍규의 경력서류를 앞에 놓고서 연봉부터 물었다. 연봉 협상에서 실망한 홍규가 아쉽지만 합류하기가 곤란하다는 말을 하면서 자리를 떴으면, 하는 게 내 속마음이었다. 내가 잘했든 잘못했든 껄끄러운 기억을 공유하는 친구를 굳이 부하직원으로 두고 싶지는 않았다.

"페이는 저번 회사에서 받은 정도면 돼. 그보다 나는 프리랜서로 일하는 게 체질이라 출퇴근을 편하게 하고 싶다."

"정직원으로 입사를 안 하겠다는 말이냐?"

개발을 총괄하는 원재의 파트너로 일을 하게 될 텐데 프리랜
서라니, 어이가 없어 물었다.

"일은 확실하게 해 주고, 프로젝트 끝나면 깔끔하게 그만두는
걸로."

"그건 좀…….."

곤란했다. 깔끔하게 그만두고 돌아서서 무슨 짓을 할지 어떻
게 알겠는가. 계약이 되면 홍규는 엔지니어 겸 디렉터를 맡을 원
재의 파트너로 수석 프로그래머 역할을 맡아야 했다. 디자이너나
서버 관리처럼 한 분야만 맡는 게 아니라 게임 전체를 관여하는
자리였다.

"뭘 생각을 하는지 알겠는데 걱정 붙들어 매시고. 나는 꼼수와
는 거리가 대단히 먼 사람이거든."

홍규의 말에 가시가 있는 것처럼 들렸지만, 모른 척했다.

"정직원이든 프리랜서든 일단 각서 하나 쓰자."

나는 미어캣처럼 몸을 세우고 앉아 이쪽을 보고 있는 현서에
게 계약서와 비밀유지 각서 서류를 갖다 달라고 했다.

"비밀유지 각서?"

원재가 물었다. 원재에게는 계약서만 받고 비밀유지 각서를
받지 않았다. 사실은 성용과 민주, 현서한테도 비밀유지 각서를
받지 않았다. 비밀유지 각서라는 게 적용 범위가 애매해서 문제

가 생겨도 회사에서 활용하기 어려운 종잇장에 불과했다.

"내가 본시 서류에 접촉 알레르기가 있어서리…… 네가 알아서 해라."

홍규는 각서 문제를 원재한테 넘겼다. 나는 홍규의 태도가 탐탁지 않았다. 마블닷컴이 대형기획사라면 저런 태도를 보이지는 않을 거였다.

"원칙적으로 하자는 거 아니냐."

나도 모르게 말이 딱딱하게 나왔다. 직원들 눈에는 멀대같은 옛 친구를 상대로 사장이 갑질하는 것으로 비칠 터였다.

"깐깐하게 굴 거 없어. 계약서에 기본적인 사항이 다 들어가 있잖아."

원재가 그냥 홍규의 합류를 결정하자는 식으로 말했다. 원재는 인사권이 나한테 있다는 것을 잊고 있을 뿐 아니라 일의 본질을 흐리고 있었다.

"좋아. 홍규가 원하는 대로 프리랜서 계약을 하지. 이 문제로 사고 날 경우 원재 너한테 할당된 저작권을 회사소유로 바꿀게. 그래도 괜찮겠냐."

이거야말로 갑질이구나, 생각하면서 원재에게 물었다. 나는 홍규를 싸고돌면서 파트너로 삼으려는 원재의 고집에 짜증이 났다.

"어, 그러든지."

원재가 말했다.

에덴 어드벤처의 공동저작권에서 원재가 가진 지분은 20퍼센트였다. 지분 20퍼센트를 간단히 걸 만큼 원재한테 홍규가 신뢰를 받고 있다는 게 이해가 되지 않았다. 게임업계에서 날고뛰는 개발자가 얼마나 많은데 왜 하필 이런 녀석을 파트너로 고집하는지…… 고등학교 때도 그랬다. 원재와 홍규는 전혀 어울릴 것 같지 않은데 절친으로 지냈다. 원재 눈에는 홍규의 경박하고 무책임한 면이 보이지 않는 듯했다.

"깔끔하네."

계약서에 사인을 휘갈기고 홍규가 흡족한 표정을 지었다. 원재의 저작권 소멸에 관한 내용을 첨부한 프리랜서 계약서였다. 원재는 내가 건넨 계약서를 보지도 않고 다른 서류 위에 놓았다. 무신경한 놈 같으니.

이래도 좋고 저래도 상관없다는 듯 헐렁하게 굴지만 나는 원재를 믿었다. 원재는 우리가 함께 기획한 브이알 게임을 끝까지 책임질 녀석이었다. 내가 원칙을 강조하고 지키려고 노력하는 편이라면, 원재는 소리 없이 원칙적이었다. 검객 흉내나 내는 멀대 같은 놈들이야 바람 부는 대로 흘러가겠지만, 대나무는 흔들거리면서도 끝까지 자리를 지키는 법이다. 애초 원재를 스카우트하기로 결심했을 때 그것만큼은 믿었다.

바람구두처럼 스쳐 지나간

원재가 마블닷컴 실장으로 들어오기 전 몇 년간 우리는 연락을 하지 않았다. 원재가 제대하고 경기도 동두천으로 직장을 구해가면서 연락이 끊긴 셈이었다. 마지막으로 만났을 때 나는 지하철 공익요원으로 복무하고 있었다. 스물세 살 때니까 11년 전 일이다. 야간조와 근무교대를 하고 역무실로 가니 원재가 문 앞에 서 있었다. 내심 지은 죄가 있어 놀랐고, 놀란 감정과는 별개로 반가웠다.

"야, 너는 제대한 지가 언젠데 이제 오냐."

원재가 제대했다고 전화한 게 보름 전쯤이었다.

"이것저것 처리할 것도 있고……."

원재가 말했다.

"복학 신청도 하고 바빴겠네. 아, 복학은 안 한다고 했나. 정말 안 할 거냐?"

원재는 고개를 저었다. 표정이 복잡해 보였다.

"원재야, 잠시만. 들어가서 보고만 하고 나올게."

나는 역무실로 들어가 인사를 하고 공부하던 책과 가방을 챙겨 나왔다.

"너는 한 학기 남았다고 했나?"

가방을 둘러메고 나오는 내게 원재가 물었다.

"응, 여기 시간 좋아. 토익 공부나 하다 나가야지."

"꿀보직이네."

원재가 새삼스러운 눈으로 지하철 역내를 둘러보며 말했다. 비니를 써서인지 얼굴이 어려 보였다.

"여기도 나름 고충이 있다. 우리끼리 이럴 게 아니라 미림이도 부르자."

지하철 출구 쪽으로 가면서 내가 말했다.

"미림이가 바쁜지 요즘 연락이 안 되네."

원재가 말했다. 나는 대꾸 없이 미림에게 전화를 했다. 미림이 전화를 받았다.

"난데 지금 6번 출구에 있는 허니빌즈로 가는 길이야. 올 수 있지? 괜찮아, 늦어도 와."

나는 원재가 와있다고 말하지 않았다.

"도원재의 전역 기념으로 형이 저녁 거하게 살게. 6번 출구 근처에 미림이랑 같이 개척한 데가 있어."

원재가 발걸음을 멈췄다. 몇 계단을 더 올라가던 나는 걸음을 멈추고 돌아보았다. 잠시 우리는 낯선 사람을 보듯 서로를 마주보았다.

"왜, 따로 가고 싶은 데가 있어서 그래?"

내가 물었다.

"현도야."

원재가 내 이름을 부르고는 나를 물끄러미 올려다보았다.

"왜 그렇게 째려보냐, 심장 벌렁거리게."

농담처럼 말했지만 실로 심장이 벌렁거렸다. 별것 아닌 일에도 자주 이랬다. 징병 신체검사에서 4급 판정을 받은 것도 심하게 벌렁거리면서 뛰는 심장 때문이었다. 딱히 이유도 없이 심장이 빨리 뛰는 게 체질인 줄로만 알았는데 '심실상성 빈맥'이라는 어엿한 병명이 있었다. 병명을 일러준 의사가 수술할 거냐고 물었다. 생각해 보겠다 하고 인터넷을 뒤졌다. 스트레스를 심하게 받지 않으면 수술까지 안 해도 될 거라는 의견이 많았다.

"미림이한테 내가 같이 있다고 말하지 그랬어."

원재가 말했다.

"놀라는 거 보려고. 미림이 놀라는 거 좀 귀엽잖아."

"고약하긴."

원재가 중얼거렸다. 원재가 알고 한 말은 아닐 것인데 뜨끔했다. 나는 원재에 대한 미림의 감정이 궁금했다. 더 솔직히 말해 나는 원재한테 앙갚음하고 싶었다.

원재가 제대하기 한 달 전이었다. 말년휴가를 나왔을 때도 원재는 나를 찾아왔다. 그날 지하철 출입문에 발이 끼는 바람에 병신이 됐다며 찾아온 아저씨가 있어 바로 퇴근할 상황이 아니었다. 원재에게 지하철역 근처 이모네에서 기다리라고 하고 절룩거리는 아저씨를 병원에 데려다준 뒤에 달려갔다.

"제대해봐야 복학도 어려워. 솔직히 지금 심정으로는 군에 말뚝이라도 박고 싶다."

나를 기다리면서 소주 한 병을 다 비운 원재는 넋두리를 늘어놓았다. 가게를 얻어 식당을 해보려던 어머니가 임대사기에 걸렸다고 원재는 갈라진 목소리로 말했다.

"사채를 쓰셨다는데 빚도 빚이지만……."

원재가 술잔에 남은 술을 입에 털어 넣었다.

"사채를 놓은 놈들한테 얼마나 시달렸는지 어머니가 쓰러지셨어."

"아이고, 어떡하냐. 지금은 괜찮으셔?"

원재는 고개를 저었다. 사채에 손을 벌리느니 신장을 파는 게

낮다는 소문이 돌던 시절이었다. 나는 소주 한 병을 더 시켰다.

"법률구조공단 도움으로 이자는 조정이 됐어. 사기로 날린 사채를 갚으려면 투잡 쓰리잡으로 몇 년 뛰어야 돼."

취기에 젖은 채 원재가 말했다. 나는 자작으로 술을 따라 마시고 원재에게 물었다.

"그럼 복학은, 진짜 물 건너간 거냐?"

참 철없는 소리 한다는 표정으로 원재가 나를 보았다.

"복학할 정신이 없다. 어머니가 의식은 차렸는데 얼굴하고 왼쪽 팔다리에 마비가 왔어."

"반신마비, 그런 건 아니지?"

"일시적으로 그러다 나을지, 영영 왼쪽 반신을 못 쓰실지 치료를 하면서 지켜보자고 하네."

나는 어떻게 위로를 해야 할지 말을 고르다 원재 앞에 놓인 잔에 잠자코 소주를 따랐다. 포차 이모가 당근과 오이를 썰어 우리 접시에 수북이 담았다.

"한니발 선배 알지?"

원재가 말했다.

"한희봉 선배?"

대학신문에 연재한 칼럼으로 유명세를 떨친 선배인데 언론고시를 포기하고 시민단체를 만들었다는 소식을 나도 들어 알고 있었다.

"응, 패랭이꽃 스튜디오라고 문화기획사야. 일할 사람이 필요하대. 근무시간이 좋아. 거기 적을 두고 다른 일을 같이할 수 있을 거 같아."

"다른 일이면, 컴퓨터 관련?"

"게임 앱."

원재의 대답에 나는 고개를 끄덕였다. 원재가 고등학교 2학년 겨울방학에 느닷없이 게임에 빠져서 졸업 때까지 성적이 꾸준히 떨어진 건 주변 가까운 애들은 다 알았다. 게임이야말로 최고의 콘텐츠지. 그렇게 주장하면서 원재는 문화콘텐츠학과를 다닐 때도 학과 공부보다 프로그래밍과 코딩 관련 서적을 팠다.

"출퇴근하면서 게임회사 일 하는 거 힘들 건데. 거기가 보통 머냐."

"출퇴근 시간은, 선배가 편의를 봐주기로 했어. 아무튼 몇 년 뺑이치게 생겼다."

"미림이도 알아?"

내가 물었다.

"알걸. 예전에 거기서 아르바이트한 적이 있다고 들었어. 패랭이꽃 스튜디오가 소재지는 경기도인데 문래동에서 공방을 운영하거든. 서울시에서 지원하는 문화사업도 입찰해서 진행을 하나

봐."

내가 물은 건 패랭이꽃 스튜디오에 대해서가 아니라 원재 어
머니에 대해 미림이 알고 있는가 하는 거였다. 어머니가 반신불
구의 장애를 가지게 될지도 모른다는 사실은 두 사람 관계를 생
각하면 어물쩍 넘어갈 일이 아닌 것 같았다.

"참, 이거……."

나도 모르게 옹이지는 마음을 털어내며 가방에서 책을 꺼내
원재에게 내밀었다.

"『데미안』이야."

원재가 책을 앞뒤로 돌려가며 표지를 살폈다.

"야간 근무 때 읽을 거 사러 갔다가 같이 샀어. 다시 읽을만하
더라. 말년 한 달은 여유롭다며?"

"여유롭지."

원재가 책을 술잔 옆에 놓았다. 사실은, 말년휴가 이야기를 하
는 원재 전화를 받고 일부러 지하철 서점에 들러 산 책이었다. 나
는 표해둔 페이지를 펴서 원재 앞에 내밀었다.

"우리한테 공인된 세계가 세계의 절반에 불과하다…… 기억
나지? 이 문장에 네가 밑줄을 그었잖아. 많이 위로가 됐지. 신에
게는 아직 열두 척의 배가 있사옵니다. 그런 심정이랄까. 이번에
『데미안』을 다시 읽으면서 그런 생각을 했어. 공인되지 않은 채

로 존재하는 절반의 세계는 신이 우리에게 공인할 자격을 준 걸 거라고 말이야. 원재 네가 그 절반의 세계를 내게 열어준 셈이 지."

나는 『데미안』을 사면서 마음속에 떠올렸던 생각을 주절주절, 약간은 수줍게 늘어놓았다. 나로서는 일종의 고백이었다. 원재는 펼쳐진 책에 눈을 준 채 잠자코 있었다.

"기억 안 나나 보네? 그걸 어떻게 기억 못 하지."

나는 좀 서운했다. 17년이 지났지만 나는 어제 일처럼 기억하고 있었다. 책을 건네주던 원재의 눈빛과 표정에는 말로 표현되지 않은 의미가 담겨 있었다. 원재와 나, 우리 두 사람만의 특별한 공감과 우정과 서로에 대한 기대 같은……

"책을 빌려준 기억은 나는데 밑줄은 기억이 안 나. 그 책이 우리 학급문고 책이었으니까 책 주인이 밑줄을 쳤을지도 모르겠네."

"네가 밑줄 친 게 아니라고?"

원재가 고개를 저었다.

나는 술잔을 채우고, 술잔을 들여다보다가 한입에 털어 넣었다. 소주 몇 잔에 취기가 올랐다. 네가 열어준 절반의 세계에 나 혼자 있었던 거네. 나는 중얼거렸다. 무대에 혼자 남겨진 듯 황당하고 씁쓸했다. 원재는 내가 펼쳐서 내민 책을 덮어 옆에 밀어놓았다. 내 앞에서 미림과 다정한 눈빛을 교환할 때조차 그의 곁을 지킬 수 있었던 말랑한 마음이 냉동 젤리처럼 굳었다.

"난 또…… 머 네가 아니면 아닌 거겠지."

내가 더듬거리며 하는 말을 그는 듣지 않았다. 그는 술을 따라 마시며 자기 고민에 빠져 있었다. 절반의 세상이 나 혼자만의 세상인 것도 나쁘지 않지. 냉정하게 나는 생각했다. 냉정해지지 않으면 꼴이 우스워졌다.

그때까지 내 계획 속에는 늘 원재가 들어있었다. 제대하고 나면 같이 벤처 사업을 시작해야지, 생각했다. 둘이서 뜻을 모아 같은 목표를 가지고 달리는 것, 내 절반의 세상에서 원재는 늘 나와 함께였다. 내게 원재는 둘도 없는 친구였지만 원재는 둘도 없이 친한 사람이 많았다. 동기뿐 아니라 선배와 후배들도 원재를 많이 찾았다. 원재에게 있는 어떤 것이 내게는 없었다. 원재가 한 니발 선배의 스튜디오 이야기를 꺼내면서 자신의 인생계획에 나를 포함하지 않은 건, 이해는 하지만 서운했다. 지난 몇 년간 내가 품고 있었던 절반의 세상이 아버지의 공갈빵과 다를 게 없다는 생각이 들었다.

원재는 말년 한 달을 채우기 위해 다음날 귀대했다. 나는 K영상디자인학원 근처 호프집에서 미림이 수업을 마칠 때까지 기다렸다. 미림은 영상 쪽으로 취직하고 싶다면서 겨울방학 때부터 K

영상디자인학원을 다니고 있었다.

"웬일이야, 여기까지."

미림이 바람을 휙휙 일으키는 걸음으로 걸어 들어왔다.

"아, 술 땡겨. 아저씨 여기 오백 하나요."

미림이 손을 들고 외쳤다.

셋이 뭉칠 때 미림은 저러지 않았다. 활달하긴 했지만 말투와 걸음과 손짓에서 나도 여자거든, 하는 게 느껴졌다. 미림이 너무 사내같이 굴 때 나는 약간의 모욕감을 느꼈다.

"원재 때문에 걱정이다. 너도 마음이 안 좋겠네."

첫 잔을 둘 다 반쯤 비웠을 때 나는 다른 절반의 세상을 열기 위해 문을 두드렸다. 원재가 내 절반의 세계를 무시하고 박탈했다면 나도 그가 가진 뭔가를 박탈하는 게 마땅했다. 원칙적으로 그게 공평한 거니까.

"한 달 뒤에 제대하잖아. 아침에 터미널 가서 배웅하고 왔어."

미림이 맥주잔을 든 채 말했다. 역시 모르고 있었다.

"원재 어머니가 쓰러져서 반신불수로 누워 계시다는데 큰일이다. 영영 몸을 못 쓸지도 모른다는데, 사채까지 졌으니. 그거 갚으려면 원재가 몇 년 고생해야 한다더라. 복학도 물 건너갔고."

나는 작정했던 미끼를 풀었다. 미림이 멍해졌다.

"너 걱정할까 봐 말을 안 했나 보다. 반신불수 환자 돌보는 거

쉬운 일이 아닌데……."

나는 혼잣말인 듯 중얼거렸다. 내 속에 들어앉아 있던 야비한 괴물이 기어 나와 미림에게 지껄이는 기분이었다.

"나중에 결혼하게 되면 네가 많이 힘들겠다."

"누가 결혼한대. 그리고 원재가 자기 어머니를 남한테 떠맡길 애니."

미림이 화를 냈다.

"결혼하면 남이 아니잖아. 네가 걱정돼서 하는 말이지."

"네가 내 걱정을 왜 해."

미림이 쏘아붙였다. 순간 울컥하는 느낌이 치밀었다. 미림은 종종 이런 식이었다. 우리 셋이 같이 어울렸던 몇 년의 시간 속에 원재만 있고 나는 없었던 것처럼 굴었다.

"나는 네 걱정을 좀 하면 안 되냐. 너 고생할 거 생각하면 솔직히 원재랑 엮이는 거 뜯어말리고 내가 어떻게든 하고 싶은 심정이다. 사람이 그러면 안 되겠지만……."

"그러면 왜 안 되는데?"

여전히 화난 투로 미림이 말했다. 말이 오락가락하는 게 이성을 잃은 것 같았다.

"뭐?"

이번엔 내가 멍해져서 물었다. 방금 자기 걱정을 왜 하냐고 화

를 내더니, 그러면 왜 안 되느냐니. 나는 벙해서 미림을 쳐다보
았다.

"원재한테 나는 뭔가 싶을 때가 있어. 원재는 자신에 대해서는
말을 안 해. 생판 모르는 남처럼 왜 그러는지 모르겠어. 오늘만
해도 봐. 내가 왜 이 얘기를 너한테 듣고 있니."

미림이 원재 때문에 속상한 마음을 하소연했다. 내 하소연을
원재는 모른 척했지만 나는 미림의 하소연을 얼마든지 들어줄 수
있었다. 미림의 혼란스러운 표정이 내게 용기를 주었다.

"지금 이런 말 한다는 게 좀 그렇지만……."

작심하고 말을 꺼내는 와중에도 머릿속은 혼란스러웠다. 나는
생각을 정리했다. 원재는 나와 미림에게 같은 잘못을 저질렀다.
그가 미림에게 솔직하지 못했다는 건 미림을 온전히 자기 인생에
받아들이지 않았기 때문이다. 본의든 아니든 원재는 자신의 문제
는 자신에게만 속해있다는, 혹은 책임진다는 오만으로 나와 미림
의 마음을 내쳤다. 그렇다 해도 내가 이 말을 꺼내는 순간 나는
쓰레기가 될 것이다. 쓰레기가 되지 않으면 두 사람에게서 나는
잊힌 존재, 유령과 같은 존재가 될 것이다.

"이 말을 한번은 하고 싶었어. 나, 미림이 네 생각 많이 해. 나
도 너 좋아했어."

미림이 화를 낼지도 모른다고 생각했다. 내 말을 듣자마자 자

리에서 벌떡 일어나 앞에 놓인 맥주잔을 끼얹었을지도 모르지만 각오하고 말했다. 미림은 잠자코 앉아 나를 빤히 쳐다보았다.

"신기하네. 나는 너를 좀 다르게 생각했거든."

미림이 말했다.

"다르게? 다르다니 어떻게……."

미림은 무슨 말을 할 듯 입을 벌렸다가 입술을 안으로 오므리며 고개를 저었다. 뭐야, 내가 여자한테 고백도 못 하는 남자로 보였나.

"아냐, 내가 뭘 좀 잘못 생각했나 봐. 나는 네가 워낙 원재를……. 아, 내가 무슨 생각을 한 거지. 웃겨. 아냐, 웃긴다고 하면 안 되지. 신경 쓰지 마."

미림이 횡설수설하고는 웃음을 터트렸다. 나는 킬킬거리는 미림의 팔을 세게 잡았다. 미림이 웃음을 그치고 나를 보았다. 나도 모르게 취한 행동이어서 나는 당황한 채 미림을 마주 보았다. 미림이 조금 몸을 떨었다. 어쩌면 몸을 떤 건 나이고, 내 떨림이 미림에게 전해졌는지도 모른다. 그 순간 미림과 내가 느낀 게 열정이나 끌림은 아니었을 것이다. 금지된 것에 대한 욕망과 죄책감이 아니었을까 싶다. 그게 무엇이든 나는 미림의 팔에서 전해오는 떨림을 붙잡기로 했다.

"나, 지금도 너 많이 좋아해."

"현도야."

미림은 내 이름을 불렀다. 나는 미림의 말을 기다렸다. 미림이 쓴 물을 삼킨 표정으로 입을 다물었다.

미림을 좋아한다고 고백한 이후 나는 최악의 일주일을 보냈다. 원재가 맞닥뜨린 상황을 까발리며 구애한 나의 저열한 의도를 미림이 읽었을 거라는 생각을 하면 땅속으로 기어들고픈 심정이었다. 그런 와중에도 마음 한쪽은 헛된 기대로 설렜다.

"퇴근 안 해?"

미림에게 고백을 한 지 일주일 만이었다. 업무를 보고 있는데 소리도 없이 미림이 옆에 다가와 섰다. 미림을 확인한 순간 몸이 떨리기 시작했다. 이번에는 제대로, 대놓고 떨렸다. 나는, 내가 생각하는 것보다 미림을 더 많이 열망하는지도 모른다는 생각이 들었다. 원재가 좋아하는 여자 미림을 내가 사귀고 싶다는 정도가 아니라, 뜨겁게 사랑할 수도 있겠다는 생각이 들었다.

"퇴근 안 하냐고."

내가 멍한 얼굴로 보고 있자 미림이 어리광 섞인 투로 말했다. 나한테 그런 말투를 쓴 적이 전에도 있었던가.

"어, 퇴근해야지."

"배고파."

"그, 그러면 어디 맛있는 거 먹으러 가자."

퇴근 보고를 하고 6번 출구로 같이 걸어가면서 미림이 있지, 하고 말을 꺼냈다.

"생각해 보니까 내가 배고플 때 밥을 제일 많이 사준 사람이 현도 너더라."

"그거야 머."

"내가 너한테 시간 되냐고 하면 너는 한 번도 시간이 없다고 한 적이 없었어. 바쁘다고 한 적도 없고. 내 부탁에 망설인 적이 없었어. 어, 좋아. 난 괜찮아. 네가 그렇게 말하면 난 정말 괜찮은 거라고 믿었어."

그랬나, 내가.

기억이 나지 않는 듯 중얼거렸지만, 미림의 전화 한 통에 달려 나가던 날들이 생각났다. 미림이 전화하면 도서관에서 공부하다가도 지체 없이 책을 덮고 나왔다. 조별과제를 같이하던 협업실에서 조원들의 눈총을 받으면서도 바로 일어나 나왔다. 군에 간원재의 대역인 걸 알면서도 미림이 부르면 내 일을 제쳐두고 달려나갔다.

"생각하니 미안한 거 있지. 너도 배고플 때 나 불러. 앞으로는 내가 사줄게."

미림이 옆에서 내 걸음에 보조를 맞춰 걸으며 말했다. 나는 돌부리에 걸린 사람처럼 걸음을 헛디뎠다. 무슨 말인가를 해야 할 것 같은데 입을 열면 목소리가 띠리리릿 변조돼서 나올 것 같았다. 그날 미림이와 6번 출구 주변을 어슬렁거리다 들어온 데가 바로 이곳 허니빌즈였다.

"도원재, 민간인으로 돌아온 거 축하한다."

나는 물잔을 내밀면서 제대 축하 멘트를 날렸다. 우리가 앉은 자리는 허니빌즈에서 제일 조용한 베란다 쪽이었다.

"미림이하고 여기서 몇 번 저녁을 먹었는데, 둘이 오면 늘 이 자리에 앉아. 우리 대학 때 자주 갔던 스트레인저랑 분위기가 비슷하지 않냐?"

원재는 내 말에는 대꾸하지 않고 분재들이 놓인 베란다를 내다보았다. 학교 후문에 있던 스트레인저도 낮은 창문 바깥에 소나무 분재와 동양란이 놓인 베란다가 있었다. 수업 빼먹고 셋이 죽치던 게 엊그제 같은데…… 너스레를 늘어놓으려다 입을 다물었다. 6번 출구를 나와 여기까지 오는 동안 원재는 말을 한마디도 하지 않았다. 웨이터가 한입 돈가스와 계란탕, 허니빌즈샐러드, 마카로니 그라탱을 갖고 와 탁자를 가득 채웠다.

"여기 스페셜 메뉴야. 가성비 지존이지."

나는 돈가스 조각을 입에 넣었다.

"혹시 미림이한테 무슨 일이 있나. 요즘 통화가 안 되네."

원재는 내가 돈가스 조각을 씹어 삼키기를 기다렸다가 입을 열었다.

"미림이…… 사정이 있겠지."

말을 얼버무리는 나를 원재가 가만히 쏘아보았다.

"니들 혹시 무슨 일 있었냐?"

원재가 물었다. 미림은 자기가 알아서 원재에게 말할 거라고 했는데, 할 수가 없었을 것이다. 내가 이 자리에 미림을 부른 것도 그 때문이었다.

"니들…… 잤냐?"

원재가 물었다. 미림이 온 뒤에 할 수 있으면 솔직하게 말하자. 그렇게 생각은 하고 있었지만 당황스러웠다.

"내가 묻고 있잖아."

원재가 재차 물었다. 나는 젓가락을 내려놓고 원재를 보며 말했다.

"어떻게 하다 보니 그렇게 됐다. 미안하다."

"사고였냐?"

원재의 목소리가 갈라졌다.

"나는…… 아니, 사고 아니었어. 나도 미림이 좋아해. 알고 있었잖아."

원재도 바보가 아닌 이상 그걸 모를 리 없었다.

"너하고 미림이……."

그럴 줄은 몰랐다는 듯 원재가 목을 빼고서 나를 쳐다보았다. 믿을 수가 없다는, 듣고도 믿기지 않는다는 표정이 원재의 얼굴에 떠올랐다. 전혀 몰랐어. 원재가 중얼거렸다. 내 마음을 괴롭히던 미안함이 사라졌다. 원재의 말이, 표정이 내 마음의 어떤 부분을 건드렸다. 나 같은 게 연적이 될 줄은 몰랐다는 말을 원재는 무심코 지껄인 거였다. 나는 원재의 마음을 짓밟고 싶었다.

"지난주에 미림이 자취방에 놀러 갔거든. 미림이가 요즘 힘들어하는 거 같아서 위로도 할 겸 같이……."

말을 끝내지 못한 채 나는 원재의 주먹을 맞고 쓰러지는 나를 보고 있었다. 야, 이 개새끼야. 네가 그러고도 친구냐. 일그러진 얼굴로 고함을 지르는 원재를 떠올리며 감고 있던 눈을 떴다. 원재는 고개를 숙이고 있었다. 우리가 비운 소주병 옆에 원재의 손이 놓여 있었다. 무심히 놓인 원재의 큼직한 손이 무능하고 초라해 보였다. 나도 모르게 손을 내밀어 그 손을 잡을 것 같아 나는 탁자 밑에서 양손을 꽉 맞잡았다.

원재는 화내지 않았다. 흥분도 광분도 하지 않았다. 그저 좀 막막해 보였다. 저렇게 막막한 표정을 자아내는 건 온전히 포기한 마음일 거라고, 그를 바라보며 생각했다. 원재가 가만히 일어나 밖으로 나갔다. 저대로 집으로 가는 건가. 가지 말았으면 싶은데 나는 출입문을 나가는 원재를 보고만 있었다.

나는 혼자 남아 술을 마셨다. 막막한 표정으로 나를 쳐다보는 원재의 얼굴이 술잔에 어른거렸다. 출입문을 나가 계단을 내려가고 횡단보도를 건너 어딘가로 걸어가는 원재의 뒷모습을 바라보며, 그 모습을 지우며 술을 마셨다. 마시다 보니 어느 순간 맞은편에 미림이 앉아있었다. 원재가 그 자리에 앉아있었어. 나는 말하지 않았다. 원재가 앉아있었던 게 사실이었는지 내 상상이었는지 혼란스러웠다. 그리고 며칠이 지나 한밤중에 원재가 전화를 했다. 잠이 덜 깬 상태에서 전화를 받았다.

"혹시 해서 말인데 나한테 신경 쓸 거 없어. 현도, 너 좋은 놈인 거 알고, 잘할 거라고 믿어. 나는 바쁠 거야. 몇 년이 걸릴지 모르겠다. 어떻게든 다 잘 될 거야. 다들 잘 지내라. 잘하고."

단조롭게 웅얼거리는 소리가 들리는데 감이 몹시 멀었다. 나는 끊긴 전화를 귀에 대고 있다가 머리를 이불속에 밀어 넣었다. 무슨 말인지 모르겠어. 눈을 감고 중얼거렸다. 뭘 자꾸 잘하라는 거야. 잠이 들었다 잠깐 깨어났다가 다시 잠이 들었다. 아침에 일어나 휴대폰부터 집어 들었다. 원재와 통화기록이 찍혀 있었다.

그 뒤로 몇 년간 원재를 만나지 못했다. 아주 잠깐, 대형 앱 제작사 '자이언트'에서 원재를 만난 적은 있었다. 광고를 하러 들렀던 것 같은데 원재가 거기 개발자로 있다는 건 몰랐다. 출입구를 들어서자마자 마주쳤는데 놀랍고 반가웠다. 어두운 골목길에 불이 확 들어온 것처럼 가슴속이 환하게 밝아지는 느낌이었다. 그러나 원재는 나를 잠시 바라보더니 몇 마디 안부를 묻고는 가버렸다.

바람구두처럼 스쳐 지나간 그를 굳이 찾지 않았다. 그가 어디에 있는지 무엇을 하고 사는지 모르지는 않았다. 10년을 잊은 듯 지내다 원재를 찾아 나선 건 에덴 때문이었다. '에덴 어드벤처'라는, 내가 떠올린 아이디어로 가상세계의 모험을 만들어줄 수 있는 사람은 원재밖에 없었다.

내 구원투수가 돼줘

마블닷컴 일 년 결산을 하고 나니 답이 나왔다. 이런 식으로 몇 년을 굴려도 가망이 없겠구나 싶었다. 그때까지 마블닷컴이 해온 작업은 구매 액션을 기준으로 콘텐츠를 구성하는 제품이 대부분이었다. 발주를 받아올 만한 데가 도매점 수준의 유통업체나 쇼핑몰 정도니 당연한 일이었다.

"신생업체는 버티는 게 장땡이야. 3년만 버티면 자리 잡아. 까짓 2년 더 버텨주지!"

직원들 계좌로 월급을 쏜 날 호탕하게 외쳤지만 생맥주 거품보다 못한 허세였다. 회사에 혼자 남아 현서가 정리해놓은 파일을 들여다보고 있으면 속이 갑갑했다. 자잘한 주문만 쳐내면서 세월 다 보내는 거 아닌가 하는 조급함이 옆구리를 찔렀다. 개발자 몇이 손을 잡고 만든 신생업체에서 앱을 등록하고 한 달 만에 억대를 벌었다는 소문을 들은 날은 돌덩이를 삼킨 듯 마음이 무거웠다.

답은 하나였다. 확실한 콘셉트의 브이알 게임을 만드는 것. 개발자는 있었다. 지금은 아니지만 결국은 내 사람이 되어줄 시니어 개발자. 그는 프로그래머를 겸할 수 있는 아트디렉터이기도 했다.

"원재만 있으면 해 볼 만한데."

처음부터 내 머리에 떠오른 사람은 원재밖에 없었다.

"원재…… 도원재요? 몬스터 개발자 그 도원재요?

"몬스터 오브 몬스터 개발자가 사장님 친구예요? 대애애애박!"

원재의 이름을 꺼내자 성용과 민주의 반응이 열렬했다.

"자이언트에서 브이알 작업을 하다가 나갔잖아요. 저도 친구한테 들었는데 대표랑 한판 붙었대요. 복제본 따위 만들 거면 그만두겠다면서요."

성용이 말했다. 자이언트에서 작년에 내놓은 브이알 게임이 성공적으로 안착한 건 알고 있었다. 해외 서비스를 갖고 와 복제본을 만들어 버젓이 내놓고도 뒤탈이 없는 걸 보면 그만한 돈을 들여 막았을 것이다.

"친구분한테 우리 회사 오라고 하시면 안 돼요? 우리끼리 이러고 있으니 실력도 맨 제자리잖아요. 학원 동기들은 게임 만들어서 내놨다고 자랑인데 저만 맹탕이에요."

민주가 내 눈치를 살피며 말했다. 성용도 그게 불만인지 고개를 주억거렸다. 사수 없이 처음부터 둘이서 일을 해온 성용과 민주가 업그레이드되지 못하고 있는 건 사실이었다.

"데려올 수만 있다면 나도 좋지."

원재는 업계에서 알 만한 사람은 다 아는 개발자였다. 성용과 민주처럼 인간적인 근무환경 하나 달랑 내세워서 될 일이 아니었다.

"그 오빠 진짜 멋있던데! 오빠, 삼고초려 해봐."

회의 시간 내내 스마트폰에 코를 박고 있던 현서가 목소리를 높였다.

"너, 회의록은 적고 있냐?"

"오빠가 오라고 하면 원재 오빠 올 거야. 둘이 엄청 친했잖아. 왜 오라고 안 해?"

현서가 이해가 안 된다는 표정으로 나를 보았다. 왜긴 왜야. 내가 그럴 입장이 못 되니까 그렇지. 나는 속으로 혀를 찼다. 게임 제작사로 등록을 하고 마블닷컴을 세울 때 맨 먼저 머리에 떠올린 사람이 원재였다. 다른 신생 제작사에서 새로 출시한 게임을 터트렸다는 소식을 들을 때도 원재를 떠올렸다. 1년간 사업을 끌고 오면서 시시로 원재를 떠올렸지만 연락을 할 수는 없었다.

나도 염치는 있었다.

"원재 오빠는 오빠가 게임회사 하면서 연락도 안 한다고 속으로 섭섭해할걸."

현서가 휴대폰을 내려놓으며 말했다. 물정 모르는 소리라는 걸 알면서도 순간 마음이 흔들렸다. 최근 업계에 떠도는 수면유도 어플에 관한 소문이 다시 떠올랐다. 게임마니아들이 개발자의 정체를 추적하고 있는 수면유도 어플의 주인공이 원재라는 걸 나는 소문을 듣자마자 바로 알아차렸다.

수면유도 어플은 40만 회 이상의 다운로드 횟수를 기록한 무료 앱이었다. 그런데 작년 10월 31일을 끝으로 업데이트가 이뤄지지 않았다. 10월 중순쯤 개발자인 hideonX의 잠적이 대형 프로젝트를 광고하려는 기획사의 장난질이라는 글이 SNS에 올라오더니 며칠 지나면서는 hideonX가 교통사고로 세상을 떠났다는 소문이 퍼졌다. 수면유도 어플의 구글 플레이 스토어 리뷰란에 '고인의 뜻을 기리며 이 앱을 지우지 않겠다'는 내용의 추모 글이 하나둘 달리기 시작했다. 추모글에도 불구하고 왜 자신의 정체를 드러내지 않는지, 애당초 왜 잠적을 했는지 궁금했다. 돈을 벌 만큼 벌었다는 건가.

아무튼 원재가 수면유도 어플을 무료로 배포했다는 건 내게 고무적이었다. 능력 있는 개발자를 데려오는 데 첫째 조건이 돈인데, 적어도 원재가 돈에 반응하는 개발자가 아니라는 건 분명했다. 나는 원재를 찾아가기로 마음먹었다. 회사를 살릴 다른 길은 없었다.

"도원재! 오랜만이다."

내 목소리가 너무 컸던 모양이다. 카페 출입문을 열고 들어오던 원재가 크리스마스트리 옆에서 걸음을 멈칫했다.

"오랜만이다."

테이블로 와서 앉으며 원재가 말했다. 덤덤한 표정과 말투는 예전 그대로였다. 카디건을 걸친 모습이 일에 쫓기는 시민단체 사무국장 같았다.

"무슨 일로 연락도 없이 행차했냐. 사무실 오래 못 비우는데……."

며칠 만에 만난 친구를 대하는 투로 원재가 말했다. 원재가 세월의 공백을 의식하고 싶어 하지 않는다면 나도 기꺼이 장단을 맞출밖에.

"뭐가 그렇게 바빠. 너 말고는 일할 사람 없냐?"

"없지, 나 말고는."

"실무를 너 혼자 본다고?"

"직원이 나 혼자야. 대표는 전국투어 중이고."

원재가 말했다. 내 입에서 절로 헐, 소리가 나왔다.

"너도 네가 이상한 놈인 거 알지?"

내 말에 원재가 입꼬리를 내리며 잠깐 웃었다. 자신을 설명하거나 변명하는 게 귀찮을 때 원재는 저런 표정으로 대답을 대신했다.

"원재야, 나 마블닷컴이라는 게임 제작사를 운영하고 있다. 나한테 와 줘."

나는 단도직입으로 말을 꺼냈다. 원재는 고등학교 때부터 내가 하는 부탁을 어지간하면 들어주었다. 원칙이 있어서 어떤 건 되고 어떤 건 안 된다는 식으로 고집을 부리지 않았다. 매사 원칙을 정해야 할 만큼 세상이 원칙적으로 돌아가지 않는다는 걸 알아서일 것이다. 나는 그걸 결혼과 이혼을 거치고 나서야 깨달았다.

"기본 콘셉트는 잡아놨는데, 네가 어떻게 만들든 전폭적으로 지원할게."

나는 전폭적이라는 단어에 힘을 주었다. 회사 형편을 생각하면 낯 뜨거운 말이었다.

"전폭적 지원을 약속하면 주위에 괜찮은 개발자 많을 텐데……."

원재가 말을 하다 말고 스마트폰 메시지를 확인했다. 뭔가 신경 쓰이는 내용인지 입을 꾹 다물고 문자를 길게 보냈다.

"괜찮은 개발자가 아니라 대박 칠 수 있는 개발자가 필요해.

원재야, 우리 같이 사고 한번 쳐보자. 나한테 와주라."

"지금 하는 일이 편하고 좋아. 대박을 칠 만한 실력도 못되고."

원재가 말했다. 눈빛이나 말투에서 나에 대한 반감은 찾아볼 수 없었다.

"수면유도 어플! 그거 네가 개발한 거 맞지?"

원재는 표정의 변화 없이 눈만 끔벅거렸다.

"우리 대학 1학년 때 스타트업 특강 듣고 네가 기획했던 아이템이 명상앱이었잖아. 스트레스를 분석해서 수면 초입에 가까운 상태로 유도하는 앱. 애들이 절대 구현할 수 없을 거라고 했는데 몇 달을 그것만 붙들고 있었잖냐."

공모전을 같이 준비하는 동안에도 원재는 시간만 나면 명상앱을 붙들었다. 당시 공모전과 아르바이트로 시간에 쫓기면서 앱 개발에 열을 내는 원재에게 나는 엔간히 좀 하라고 퉁을 주기도 했다.

"그렇게 붙잡고 있었는데 결국 못 만들었지."

원재가 말했다.

"너, 군대만 안 갔어도 만들었을걸."

군대를 가는 바람에 완성하지 못했지만, 끝까지 잡았다면 원재는 해냈을 것이다. 어쩌면 원재는 이런 변방의 사무실에 틀어박혀 명상앱이나 수면유도 어플보다 더 뛰어난 게임을 만들고 있는 게 아닐까, 하는 생각이 머리를 스쳤다.

"얘기가 나왔으니 말인데, 그 명상앱 콘셉트가 되게 좋아. 내가 생각하고 있는 게임 콘셉트가 그 명상앱하고 비슷해. 게임에서 긴장감만큼 즐거움과 편안함, 정서적 만족감 같은 것도 중요하잖아."

나는 원재의 마음에 들 말들을 되는 대로 지껄였다. 원재는 조용히 듣기만 했다.

"근데 너 무슨 죄지었냐. 수면유도 어플 개발자 사망설이 쫙아 하던데 왜 찍소리 없이 숨어 있냐."

"잠시 쉬는 거지."

"이 촌구석에서?"

"여긴, 시간이 느리게 가거든. 무지 느리게. 거의 블랙홀 같은 곳이지."

블랙홀…….

원재가 블랙홀을 입에 올린 순간, 내 몸 어딘가에서 위잉 하는 소리가 생겨났다. 블랙홀이라는 말이 무슨 버튼도 아닌데……나는 손을 들어 왼쪽 귀를 문질렀다. 원재한테서 블랙홀에 관한 이야기를 들었던 기억이 어렴풋이 살아났다. 아주 길고 긴 이야기였다. 몇 년간 만난 적 없는 원재한테서 어떻게 블랙홀 이야기를 들었지. 그것이 너무나 의아했고, 생각이 한쪽으로 쏠리면서 몸이 허공으로 뜨는 느낌이었다.

"왜 그래? 어디 안 좋아?"

위잉 소리를 가르고 원재의 목소리가 들려왔다. 눈을 질끈 감았다 뜨자 원재의 얼굴이 가까이 보였다.

"괜찮아?"

원재가 걱정스러운 투로 물었다. 나는 이마에 배어 나온 땀을 닦았다. 카페 안이 따뜻하다 해도 바깥은 12월 말 한겨울 날씨였다.

"잠깐 헷갈려서······."

내가 갈라진 목소리로 웅얼거렸다. 몸에서 갑자기 힘이 빠져나갔는지 기운이 없었다.

"한 번씩 다른 시간대, 다른 공간대로 굴러떨어지는 느낌이야."

공연히 변명을 늘어놓는데 원재가 이해한다는 눈길로 고개를 끄덕였다.

"사실은, 느낌만이 아니라 실제로 내가 다른 차원으로 이동해가기도 해. 이런 말 하면 미쳤다고 할 건데······ 그러고 나면 시간이 뒤죽박죽이 돼. 일어나지도 않은 일들이 얼마 전에 일어난 일이 돼 있고, 일어났던 일들이 다시 내 눈앞에서 그대로 벌어지고 그래. 내 삶에 어떤 설정이 돼 있나 봐. 아무튼 헷갈리는데,

헷갈리면서 버티는 중이야."

나는 중얼중얼 말을 늘어놓으면서 목을 좌우로 구부려 뻣뻣한 목과 어깨를 풀었다.

"그래, 그럴 때 있지. 어떤 일에 몰두할 때 나를 움직이는 에너지가 의지의 범주에서 무의식의 범주로 넘어갈 때가 있어. 경계를 넘어서는 순간 머리로는 못 느껴도 우리의 몸은 느끼지. 시간의 속도와 밀도의 압박 같은 것이 달라지잖아. 거기 반응하는 감각이 헷갈리는 게 당연하지. 경계를 넘어선다는 건 차원이 다른 세계에 들어서는 것과 마찬가지거든. 한동안 나는 그 두 세계가 시소처럼 오르내리는 영상 이미지에 잡혀있었어. 언젠가는 그 두 세계가 가지런해지는 순간이 올 텐데, 그때는……."

나는 손을 들어 원재의 말을 막았다. 어쩐지 나는 원재가 무슨 말을 할지 알 것 같았다. 더 듣고 있다간 하지 말아야 할 말을 내 쪽에서 뱉어내지 싶었다. 현실 속의 나는 11년 만에 원재를 만났는데 내 무의식의 파장이 미치는 절반의 다른 세계에서는 파국으로 끝장나는 삶이 재현되고 있는 느낌이었다. 내버려 두면 원재가 파국의 현장에 서 있는 내 기억을 캐내어 들려줄 것만 같았다. 그러면 안 되지. 이런 망상 때문에 기껏 여기까지 찾아와 말도 못 꺼내고 돌아가고 싶지 않았다. 나는 지금 당장 원재가 필요했다. 나는 그를 찾아온 목적만을 생각하며 입을 열었다.

"일종의 계시로 받아들여야지. 넌 어떨지 몰라도 나는, 내 곁을 바람구두처럼 스쳐 지나가버린 그 절반의, 다른 차원의 세상을 게임으로 만들라는 계시로 받아들이고 싶다. 신내림 받아야 할 사람이 거부하면 어떻게 되는지 알지?"

"기·승·전 게임이냐?"

묻고서 원재가 웃었다.

"기·승·전 게임은 원재 너도 마찬가지잖아. 명상앱도 수면유도 아플도……. 네가 빠져들었던 게임들이 그 절반의 세계 아닌가. 공인받지 않은 절반의 세계. 네가 기억할지 모르지만."

말을 하면서도 내가 지금 무슨 헛소리를 하나 싶었다. 원재는 딱히 기억하는 것 같지 않았지만, 내친김이었다.

"나는 그 절반의 세계를 믿기로 했어. 그 세계의 존재를 믿고, 그 세계를 찾아가는 게임을 만들고 싶어. 원재야, 이건 네가 해야 돼. 우리가 같이 해야 돼. 대학 때 생각을 해봐. 우리 그때 공모전 준비하면서 정말 좋았잖아."

대학 2학년 때 공모전을 준비하느라 원재, 미림과 함께 어울려 다닐 무렵, 나는 내 생애 처음으로 사는 게 재미있었고, 마음껏 웃었다. 집에서든 교당에서든 나는 그렇게 웃어본 적이 없었다. 진지충이라는 별명이 붙었던 내가 그렇게 잘 웃을 줄은 나도 몰랐다. 웃으면서 문득문득 에덴을 떠올렸다. 에덴은 내 머릿속에 상상을 더한 천상의 유토피아로 새겨져 있었다. 아버지의 네버엔딩 설교와 잔소리에 젖어서 성장한 데 따른 부작용이었다. 내가 떠올린 에덴은 아버지가 매달렸던 에덴과 달랐다. 그것은 경고하고 위협하는 에덴이 아니라…….

"이혼했다는 소문을 들었어."

아버지의 에덴과 다른, 브이알 게임 에덴으로 완성시킬 내 절반의 세계에 대해 말하려는데 원재가 이혼 이야기를 꺼냈다. 돌부리에 걸린 듯 휘청했지만 곧 정신을 차리고 물었다.

"미림이 만났나 보네?"

"홍규한테 들었어. 요즘 올스캔스토리에서 프리랜서 일을 같이하고 있다더라."

올스캔스토리라면 미림이 가끔 배경 일러스트 작업을 했던 회사였다. HD아트센터 내에 있는 회사라고 미림이 말했던 기억이 났다.

"홍규가 그쪽이었나?"

뜬금없이 튀어나온 홍규 얘기에 나는 좀 뜨악한 기분이었다. 홍규가 퇴학을 당한 뒤 보호관찰을 받으며 지내다 지방의 무슨 예술고등학교에 편입했다는 것을, 나는 뒤늦게 애들을 통해 들었다. 2학년 여름방학 때 자원봉사하러 갔다가 마주친 적이 있었는데 서로 모른 척했다. 그 뒤로는 소식을 듣지 못했다. 원래 영

화도 좋아하고 그림도 좋아했던 녀석이라 미대를 간 게 어울리긴
했다.

"그래픽 디자인을 하다가 앱 개발로 넘어왔어. 보통은 개발자
가 디자이너로 많이 전향하는데 홍규는 반대 경우지."

원재는 고등학교 때 친구들과 더러 연락을 하고 지내는 모양
이었다.

"이제 미림이하고도 연락하고 지내겠다?"

천박한 생각이지만, 미림은 20대 봄날을 나와 보낸 여자였다.
원재가 미림을 만나든 말든 내가 꿀릴 일은 아니었다.

"새삼스럽게 연락은……."

"니들 서로 좋았잖아. 다시 만나볼 수도 있지 뭐."

"언젯적 이야기냐."

원재가 몸을 뒤로 젖혀 의자에 등을 기댔다.

"하긴 너야 마음만 먹으면 몇억은 쉽게 벌 고수인데…… 이혼
녀가 널 넘보는 건 어불성설이지."

어불성설까지야. 중얼거리면서 원재가 스마트폰 시간을 확인
했다.

"바쁘다고 했지? 금방 얘기 끝낼게."

나는 정색을 하고 몸을 세워 자세를 바로 했다.

"솔직히 회사 형편이 썩 좋지는 않아. 최대한 페이를 맞춰보겠

지만 네가 다른 데서 받을 수 있는 것보다는 못할 거야. 대신 게임 저작권을 나누자. 20퍼센트. 아니면 30퍼센트도 좋고."

내 제안에 무게를 더하듯 나는 진지한 표정으로 원재를 보았다. 원재가 희미하게 웃는 느낌이 들었다.

"원재야, 내 구원투수가 돼줄 사람이 너밖에 없다. 마블닷컴 망하면 나는 아무것도 남는 게 없어. 영화사 나올 때 받은 퇴직금도 다 썼고, 집도 넘어갈 판이야. 사업이라고 시작한 지 1년 만에 이 꼴이다. 너도 알다시피 마누라는 진작 달아났고……."

농담할 계제는 아니지만, 오랜만에 속사정을 털어놓다 보니 말이 주책없이 튀어나왔다.

"내가 구원투수가 될지 폭투를 날리며 진상 짓을 할지 어찌 알고."

원재가 농담을 던졌다. 듣기 좋은 농담은 아니지만 그걸 따질 때가 아니었다.

"수면유도 어플을 만든 실력이면 충분해. 그리고 넌 할 수 있잖아, 마음만 먹으면."

나는 무슨 수를 써서라도 원재를 데려오고 싶었다. 데려와야만 했다.

"원재야, 생각해봐. 너, 몬스터 개발의 주역이라며? 그걸로 자이언트에서 월 매출 1억은 가뿐히 올릴 건데 너한테는 개뿔 뭐가 있냐. 이 바닥이 그렇잖아. 개발자의 몫은 고통이고 열매는 사장 차지고. 솔직히 부당하지. 난 안 그래. 개발자 몫을 빼앗을 생각 추호도 없어."

정신없이 떠들어대면서도 나는 원재의 눈치를 계속 살폈다. 원재는 잠자코 내 말을 들었다. 다 듣고 나서 스마트폰을 켜고 시간을 확인했다. 원재는 스마트폰을 탁자에 내려놓고 나를 보았다.

욕망은 어떻게 스스로를 속이는가

"네 아이디어가 뭔데?"

원재가 물었다. 나는 침을 삼키고 나서 말했다.

"유토피아를 찾아가는 모험을 만들고 싶어. 브이알로."

"브이알을 하겠다고?"

"우리 같은 신생 게임업체는 모바일 앱 가지고는 현실적으로 답이 안 나와. 현실에서 답이 안 나오면 가상세계로 건너뛰어야 지."

나름 유머를 섞어 내 계획을 밝혔는데 원재는 별 반응을 보이지 않았다.

"자이언트에서도 브이알 참여했다가 그만뒀다는 소식은 들었어. 작년에 내놓은 거, 한번 해봤는데 괜찮더라. 자이언트에서는 브이알 쪽으로 계속 내놓을 모양이더라. 이제 브이알이 대세

잖냐."

내 말에 원재가 고개를 저었다.

"대세라 말하기는 이르지. 팡파르만 울리고 몇 년째 조용해. 에이알 쪽이 차라리 나은 편이지. 쓰임새도 다양하고 할 사람은 다 하니까."

원재가 말했다.

"그건 브이알도 마찬가지 아닌가. 브이알도 할 사람은 다 해. 역사상 가상세계에 관심이 없었던 시대는 없었어. 기계 있겠다, 기술 있겠다. 이런 시댄데 브이알이 팡파르만 울리고 사라지겠냐."

"빅 스리가 잠잠하다는 건 돈이 안 된다는 뜻이지. 움직이긴 움직일 텐데 기기 판매 자체가 부진하니까 되겠냐."

"너는 되는 길로만 가냐."

나는 원재의 말을 잘랐다. 기죽이는 소리나 듣자고 동두천까지 달려온 게 아니었다.

"재미있는 게임만 있어봐라, 기기가 안 팔리겠나. 브이알 피시방도 느는 추세잖아. 다들 안 된다고 눈치 보고 머뭇거릴 때 한발 앞서 킬러콘텐츠를 내놔야지."

원재를 설득하기 위해 말을 늘어놓다 보니 다들 눈치를 보는 이때야말로 브이알 게임에 달라붙을 호기라는 생각이 들었다.

"그거야 그렇지."

원재가 선선히 수긍했다.

"그래서, 게임은 어떤 콘셉트로 하려고?"

"어떤 콘셉트냐면, 에덴을 찾아가는 모험이야!"

반박 불가한 콘셉트로 어필하려다 보니 목소리가 튕겼다.

"에덴? 성경에 나오는 그 에덴?"

"구원의 땅이라는 설정만 갖고 오려고. 살 곳을 찾아 모험을 떠나는 소년 소녀 이야기, 생각 안 나냐?"

고등학교 1학년 때 자살 동아리 '메시지 X'에서 만든 영화의 스토리였다. 소년 소녀가 에덴에서 자살하는 스토리를 들먹이지 않았는데도 원재는 얼굴을 찡그렸다.

"뭐 좋은 추억이라고."

원재가 말했다. 물론 좋은 추억은 아니었다. 영화를 끝내지도 못했고 친구 하나를 학교 밖으로 쫓아내기까지 했으니.

"나쁜 기억은 좋은 기억으로 덮어씌우면 돼. 우리 게임 속에 녹여 넣어도 되고."

내가 말했다.

"유토피아 찾기는 꽤나 진부한 설정인데, 에덴이 게임 유저들을 끌어올 매력이 있을까?"

당연한 질문이었다. 나는 일단 확신에 찬 표정을 지었다. 나한테 에덴은 워낙 거대한 지반 같아서 매력 같은 건 따질 생각도 안

했다. 나는 게임콘텐츠와 앱 개발을 해보겠다고 결심하고 나서 에덴을 떠올린 게 아니었다. 실은 그 반대였다.

내가 혼자 이를 닦고 밥을 먹을 때부터 에덴은 미세먼지처럼 주변에 떠돌던 이름이었다. 볼 수도 없고 만질 수도 없는 에덴은 아버지의 시그널이었고 우리에게 던져놓은 공갈빵 같은 것이었다. 공갈빵 속의 텅 빈 공간처럼 에덴은 마치 내가 어떻게든 해주기를 바라는 것처럼 부재의 형태로 늘 내 곁에 있었다. 나는 에덴을 어떻게 해야 했다. 어떻게 할지는, 원재가 알 것이다. 나한테 절반의 세계를 일깨운 원죄가 그에게 있으니.

왜 굳이 에덴인지 질문을 던져놓고서 원재는 누군가에게 메시지를 보내고 있었다. 미간에 주름을 세우고 키보드를 찍는 원재를 보면서 나는 여기 오면서 준비한 사과의 말을 하지 않기로 마음을 바꿨다. 11년 전, 사회복무요원으로 근무할 당시의 나는 짐 승에 가까웠다. 원재와 미림에게 했던 짓은 비열하고 치졸했다. 그것을 잊은 적이 없었다. 내가 원재 입장이었다면, 나는 내 여자를 빼앗아간 놈을 저렇게 태연히 대하지 못할 것이다. 우리는 다른 종류의 인간이었다. 내가 만들고 싶은 콘셉트가 왜 에덴이어야 하는지 구구절절 들려준다 해도 원재를 이해시킬 수는 없을 거였다. 기질적으로 원재는 내가 갖고 태어난 약하고 악한 마음을, 졸렬한 복수심과 어리광을 이해할 수 없었다.

"왜 그렇게 사람을 사무치게 보냐. 진부한 설정이라는 말에 쇼크 먹었나?"

원재가 약간 미안한 표정으로 말했다.

"너 기억 나냐. 명상 앱 만든다고 우리한테 대리출석 시키고 며칠 만에 나타나서 썰 풀고 했던 거."

원재가 대리출석 일등공신이었던 내게 고개를 주억거렸다.

"의식이 마음의 심연으로 내려가면 무의식화가 일어나면서 다른 차원의 세계로 이어질 수 있다고 했어. 결정타는 거의 언제나 무의식에서 나온다고도 했고. 네가 한 말인데 이건 기억나겠지?"

원재가 눈을 끔벅거렸다. 어렴풋이 기억난다는 뜻이다.

"명상 앱이 목표로 하는 게 최면과 각성의 경계에서 균형을 잡는 거라고, 그 상태에서 다른 차원의 심연과 이어질 수 있다고도 했어. 심연과 심연으로 이어지는 공간은 연대에 기반하는 개개인의 독자적인 세계일 거라고⋯⋯. 그때 네 말을 들으면서 내가 생각한 게 뭔지 알아? 그때도 내 머릿속에 떠오른 건 에덴이었어. 집단무의식과는 다른, 강압적인 폭력성이 배제된 에덴 말이야."

나는 문득 말을 멈추고 원재를 보았다. 원재는 내 말을 귓등으로 흘리며 딴생각에 빠진 듯 보였다. 원재를 설득하기 위해 열을 내면서 나는 그의 마음이 어느 쪽으로 기울지 몰라 속이 탔다. 추억팔이에 열을 올렸지만 뭔가 미진했다.

"원하는 사람은 누구나 갈 수 있는, 물론 퀘스트를 완수해야겠지만 즐겁고 행복하고 재미있는 곳으로 에덴을 만들자고 기본 방향만 잡아놨어. 아직 아무것도 정해진 게 없는 에덴 X이긴 한데, 아무튼 공갈빵 같은 에덴을 만들고 싶지는 않아."

사업적 계산이 들어가지 않은 멍청한 대답을 꺼내놓고서 나는 원재를 쳐다봤다. 원재는 마음에 걸리는 게 있는지 인상을 쓰고 있다가 입을 열었다.

"가상현실 속에서 네가 원하는 에덴을 만들면, 공갈빵 같은 에덴은 사라질 거라고 생각하나?"

원재가 노골적으로 물었다. 나는 약간 당황스러웠다.

"그, 그럴 거 같아. 내 옷 주머니를 꽉꽉 채워놓은 에덴을, 구겨진 지폐같이 박혀있는 이걸 흥청망청 쓰면서 다 털어내고 싶어. 일테면 말이야. 결국 마음의 문제잖아."

나는 솔직하게 말했다.

"이번에는 자살로 끝나는 스토리가 되지는 않겠구나."

"당연히 아니지."

에덴을 선택하는 사람들에게 협박은 가당치 않았다. 일말의 불안도 없는, 분노와 슬픔이 없는 에덴을 떠올리며 나는 순진한 표정으로 원재를 쳐다보았다. 내가 순진하고 어설픈 표정으로 바라볼 때 원재의 눈길이 부드러워진다는 걸 나는 알고 있었다.

"그래, 네가 뭘 하고 싶은지는 이해했어."

원재가 말했다. 나는 숨을 깊이 들이쉬었다가 내뱉었다.

"저기, 원재야……."

뭔가 더 할 말이 있는 것 같은데 갑자기 목구멍이 꽉 막히는 느낌이었다.

"현도야, 내가 생각을 해볼게. 이제 정말 올라가 봐야겠다. 여기까지 와 줘서 고맙고…… 조심해서 가라."

원재가 자리에서 일어섰다. 나는 입을 벌린 채 원재를 쳐다보았다. 원재가 잠시 머뭇거리다 돌아섰다. 원재는 계산을 마치고 카페의 유리문을 밀고 나갔다. 신호등이 바뀌길 기다리던 원재는 횡단보도를 건너갔다. 길 건너편에 큼직한 캘리그라피로 패랭이꽃 스튜디오라는 글자를 그려놓은 건물이 보였다. 루빅스 큐브처럼 생긴 그 건물로 원재가 들어갔다. 나는 커피숍에 한참을 더 앉아 있다가 일어났다.

생각해보겠다고 애매한 대답을 남기고 커피숍을 나갔던 원재한테서 전화가 온 건 이틀 뒤인 토요일 밤이었다. 일 년 중 밤이 가장 길다는 동짓날이었다.

"일 년 정도로 잡고 갈게. 월요일 아침부터 출근하면 되지?"

"정말? 정말 오는 거냐?"

반색하는 와중에도 일 년 정도라는 말이 귀에 걸렸다. 일 년으로 기한을 정하고 오겠다는 뜻인가. 아니면 일 년 안에 앱을 개발하겠다는 뜻인가. 어떤 식으로든 원재는 자신이 할 작업에 대해 계획을 세웠을 거고, 일 년이란 말도 계획을 염두에 두고 나왔을 것이다.

"월요일부터 각 잡고 폭주해보자."

전화기 저쪽에서 원재가 말했다. 폭주라는 말이 얼핏 폭투로 들렸다. 구원투수가 될지 폭투를 날리며 진상 짓을 할지……. 이틀 전 원재가 농담처럼 했던 말이 머리를 스쳐갔다. 물론 말이 씨가 된다는 속설 따위를 믿을 건 없었다.

"우리 회사에 초짜 두 명이 있는데 원재 네가 온다고 하면 되게 좋아할 거야. 현서도 그렇고…… 너, 현서 알지? 걔 꼬마일 때 교당에서 봤을 거야. 우리 대학축제 때도 왔고. 여기 총무로 일하고 있어. 아니다, 이런 이야기까진 할 거 없고……. 아무튼 우리 다 너한테 거는 기대가 정말 크다. 고맙다, 원재야."

내가 왜 이렇게 말이 많지. 원래 불안하면 말이 많아지는데, 생각하면서 나는 계속 지껄였다. 횡설수설하는 내 말이 끝나기를 기다려 원재가 전화를 끊었다. 후우, 전화를 끊고 참았던 숨을 내쉬었다.

이렇게 에덴의 역사가 다시 시작되는 것인가.

원재가 온다는 소식에 감흥이 돋아서인지 내 입에서 방언 같은 말이 흘러나왔다. 전화를 끊고 나서도 귀에 계속 붙이고 있던 휴대폰을 탁자에 내려놓았다. 손가락이 뻣뻣했다.

이상해. 기분이 왜 이렇지.

몇 분 후 나는 명색 사장실인 사무실 한구석에서 입술을 쥐어 뜯으며 앉아있었다. 업계에서 알아주는 개발자를 스카우트했으니 캔맥주라도 비우며 자축할 만한데, 나는 엉망으로 뭉개진 느낌에 젖어 들었다. 그는 왜 여기 오기로 결정한 걸까. 내 부탁 때문에? 원재 실력이라면 얼마든지 더 좋은 데로 갈 수 있을 텐데 왜…… 불안으로 벼려진 날카로운 무언가가 내시경 수술 도구처럼 마음속을 자꾸 파고들었다.

원재를 믿지만 나는 그의 선의까지 믿을 수는 없었다. 선의는 동정과 멸시와 자부심이 섞이면서 일어나는 감정의 파동 같은 거였다. 나는 선의 뒤에 가려진 욕망이 어떻게 스스로를 속이는지 알고 있었다. 선의 자체가 욕망인 사람의 선의는 자신의 욕망에 무심하여 자신에게든 상대에게든 상처를 주게 돼 있었다.

에덴, 알파 에덴

첫 출근을 한 월요일 아침, 원재는 3페이지짜리 기획서와 브이알 시장분석 자료를 들고 왔다. 대충 봐도 시중에 떠도는 자료가 아니었다.

"게임이 돈이 되게 만드는 방법이 뭘까 고민을 좀 했어. 시간 낭비도 줄이는 게 좋겠지."

원재가 기획서와 자료를 내 책상에 올려놓고 말했다. 자이언트에서 브이알 작업을 했다더니 그때 정리한 자료 같았다. 시장 분석 자료 외에 전적과 업계 평판, 일하는 스타일까지 꼼꼼하게 기록된 외주인력 리스트도 들어있었다.

"자이언트에서 빼낸 것이면 나중에 문제가 되지 않으려나."

나는 자료를 한 장씩 훑어보며 말했다. 쓸데없는 말이었다. 문제가 돼도 어차피 써먹을 거라는 걸 나도 알고 원재도 알고 있었다.

원재는 매트리스를 밀어 넣은 소파베드에 앉아 방안을 천천히 둘러보았다. 그의 눈길이 소파 한쪽에 꿍쳐진 이불에 가닿았다. 내가 오늘따라 왜 저걸 치우지 않고 놔뒀지. 내 형편은 물론 회사 사정까지 적나라하게 드러내는 꼴이었다. 사장실로 쏟아져 들어오는 햇살에 원재는 눈을 조금 찌푸렸다. 며칠 만에 살이 찐 건가. 지난주에 만났을 때와 인상이 좀 달라 보였다. 그렇게 마른 것 같지도 않고 표정도 편안해 보였다. 사념이라곤 없어 보이는 얼굴을 바라보고 있으려니 그에게 저질렀던 일이 생각났다. 나도 모르게 한숨이 나왔다. 창밖 옥상에 눈길을 던지고 있던 원재가 나를 돌아보며 눈썹을 치켰다.

"그래서? 브이알 게임이 돈이 되게 만드는 방법이 뭔데?"

내가 물었다.

"자료를 읽어봐. 그리고 회사에 기기는 어떤 게 있는지 좀 볼까?"

원재가 말했다.

"아, 기기는 알아만 보고 구입은 안 했어. 사용하는 사람 마음에 드는 걸 구입하는 게 좋잖아. 컴퓨터는 파이맥스8k가 괜찮은 거 같더라. 혹시 특별히 선호하는 게 따로 있나?"

"특별히 선호하는 건 없어."

원재가 말했다. 하긴 실력 없는 목수가 연장 따지지.

"이것저것 좀 알아봤는데 들어봐."

나는 메모를 적어 놓은 수첩을 펼쳤다.

"브이알 게임 플레이 기기는 오큘러스로 알아봤어. 스리센서로 가성비도 좋고 컨트롤러도 좋아. 이게 구성품이…… 본체가 있고, 움직임을 감지하는 트레킹 센서, 리모컨, 게임패드랑 터치 컨트롤러로 돼 있어. 게이머용 헤드셋으로는 이게 선구자 아닌가?"

원재가 고개를 끄덕였다.

"나쁘지 않아. 오큘러스 퀘스트, 오큘러스 리프트 둘 다 종종 쓰는데 웬만한 룸스케일이 가능해. 센서를 두 개 정도 더 사용하면 완벽하지."

내가 추천한 기기에 원재가 호응을 보였다.

"기기를 정해놓고 게임을 개발하는 것도 판로를 봐서 나쁘지 않아. 오큘러스에서 번들게임으로 나오는 액션게임으로 로볼리쿨이 있는데, 기기의 장점을 십분 살리고 있지."

원재가 덧붙인 말에 나는 고개를 저었다.

"게임 개발해서 브이알 기기 회사 전용게임으로 팔라고? 노노노! 브이알 게임으로 첫 제품인데 반드시 우리 회사 이름으로 출시해야지."

내가 말했다.

"당연히 그래야지."

원재는 토를 달지 않고 받아들였다.

"출시 이후 문제는 내가 알아서 할 테니까 원재 너는 개발에만 신경 써줘. 네가 개발팀 총책임자니까 팀 구성이나 일정 모두 너한테 일임할게."

나는 총책임자라는 말에 강세를 주었다.

"11월 셋째 주쯤 에이알 브이알 콘텐츠 박람회가 열리는 거 알지? 산업정보테크노파크에서 R&D사업으로 열리는 거라서 심사위원의 등급 결정에 따라 지원금을 받을 수 있어. 일단은 거기 프로토타입을 낼 수 있게 진행을 해나갈 생각이야."

원재가 말했다. 해마다 박람회가 열리는 건 알았지만 올해 날짜가 정해진 줄은 몰랐다.

"그럼 완성품 출시는 12월 중으로 잡아도 되겠네?"

나는 자리에서 일어서면서 말했다.

"그리고 작업실 문제인데, 일단 나와서 봐."

나는 원재에게 손짓하며 사장실 밖으로 나갔다. 나는 사무실 한가운데 서서 사장실 오른쪽 공간을 향해 손바닥을 펼쳐 보였다. 일부러 비워둔 공간이었다.

"이쪽으로 가벽 파티션을 세워서 개발실을 만들려고 해. 독립

된 공간으로 쓸 수 있으니까 작업하기 편할 거야."

원재는 사무실 한가운데 놓인 회의용 탁자 곁에 서서 사무실을 둘러보았다.

"아침마다 여기서 회의를 해. 사무실이 협소해 회의실이 따로 없어. 사장실도 저 모양이고, 우리 형편이 이렇다. 칸막이 세우고 기기 들여놓으면 바로 시작할 수 있어."

어차피 알게 될 일이라 나는 솔직하게 털어놓았다.

"현도야, 법인카드를 주면 기기는 내가 알아서 살게."

원재가 회의용 탁자에서 의자를 꺼내 앉으며 말했다.

"법인카드를 달라고?"

법인카드를 어떻게 쓸 줄 알고……. 순간적으로 그런 생각이 들었지만 나는 머뭇거리지 않고 카드를 꺼냈다. 세상이 뒤집히지 않는 한 원재가 내 돈을 갖고 수작을 부릴 일은 없을 거였다.

"못살아, 내가."

징징대는 목소리가 날아오고, 출입문 옆 책상 밑에서 현서가 머리를 내밀었다.

"거기서 뭐 하나?"

"스마트폰 핀을 떨어트려서. 원, 원재 오빠?"

현서가 외쳤다.

"나 오빠 대학축제 때 본 적 있는데."

현서가 두 손을 모아 앞으로 내민 채 원재를 보았다. 원재가 눈을 끔벅거렸다.

"내가 말 안 했나. 예전에 우리 대학축제 때 현서가 체험부스에 왔었는데."

"그 여중생? 몰라보겠는데……. 이제 말을 놓을 수도 없겠는데요?"

악, 하고 현서가 계집애처럼 호들갑을 떨었다.

"말 놓고 편하게 대하셔도 돼요. 오빠. 저 예전에……."

나는 현서에게 그만하라는 손짓을 했다.

"원재는 여기 실장으로 왔으니 실장님이라 불러. 앞으로 나한테도 사장님이라고 부르고."

"괜히 그래."

현서가 투덜거리면서 자리에 앉았다.

"브이알이 쉬운 작업은 아냐. 많이 부딪칠 거야. 프로그래머들끼리도 부딪치고 서버팀하고도 부딪치고…… 캐릭터는 그렇다쳐도 배경작업 들어가면 그래픽과도 종종 의견이 갈려."

원재가 사장실에서 나누던 화제를 다시 꺼냈다. 고등학교 때부터 원재는 뭔가에 꽂히면 옆을 돌아보지 않았다.

"브이알 게임 만드는 거야? 원재 오빠, 원래 브이알 쪽이었어요?"

화장품 파우치를 옆구리에 끼고 출입문을 나가던 현서가 끼어들었다.

"직원들 오기 전에 환기 좀 시켜. 책상도 좀 닦고. 오후에 프리랜서로 합류할 사람들 몇이 올 건데 제발 청소 좀 하자, 현서야."

"뉘에뉘에, 사장님."

현서가 빈정거리며 나갔다.

"의견 충돌로 일이 진행되지 않을 때도 있는데 그럴 때 사장 역할이 중요해. 내가 총괄을 한다 해도 사업을 밀고 나가는 건 사장의 의지에 달렸더라. 중간에 네가 흔들리면 애들도 바로 기가 죽어. 이게 운동팀과 비슷하거든."

현서가 나한테 데데거리는 걸 보고 이러나 싶어 나는 정색하고 말했다.

"우리 프로그래머랑 디자이너, 회사 시작할 때 같이했던 애들이야. 마음이 잘 맞아. 그리고 나는 무슨 일이 있어도 에덴을 놓지 않을 거니까 의지 문제라면 걱정 마. 중도 포기? 그런 거 없어."

내가 이걸 만들려고 원재 너를 찾아가기까지 했는데 포기하겠냐. 뒷말은 속으로 삼켰다.

"그래, 알았어."

원재가 고개를 끄덕이고는 약간 머뭇거리며 말을 이었다.

"한 가지 너한테 미리 말해둘 게 있는데 내가 만들게 될 게임이 네가 기대하는 거하고 조금 다를 수도 있어."

달라 봐야 에덴이지, 생각하면서 나는 원재의 의욕을 북돋우는 표정을 지었다.

"게임이든 영화든 사람들의 욕망을 건드리는 스토리가 흥미를 끈다는 건 너도 알 거야. 현실에서 대체할 수 있는 것을 굳이 브이알로 경험할 필요는 없으니까."

"현실에서 이룰 수 없는 구원의 욕망을 가장 잘 상징하는 게 에덴이지."

내가 검지를 세우고 말했다.

"문제는 구원의 욕망을 교회며 교당에서 질릴 정도로 팔아먹었다는 거야."

원재가 말했다. 나는 에덴이라는 깃발을 꽂고 달리다가 갑자기 튀어나온 표지판 앞에서 급정거한 차처럼 튀어 올랐다.

"그래서…… 에덴이 별로라고?"

원재가 어떤 대답을 하든 나는 에덴이 아닌 다른 것을 만들 생각은 없었다. 우리 회사에서 내놓을 첫 브이알 게임은 무조건 에덴이었다.

"나는 또 하나의 다른 에덴을 생각해 봤어."

"또 다른 에덴? 또 다른 두 개의 달, 뭐 그런 거?"

하루키 소설 중에 그런 내용이 나오는 책을 읽은 것도 같았다.

"비슷해. 너한테 전화하고 나서 그제 어제 스토리를 떠올리다 보니 그런 생각이 들었어. 에덴이 인류의 구원을 소망하는 상징이라면, 개인의 구원을 상징하는 에덴은 없을까 하는."

"인류의 구원이 개인들의 에덴 아닌가. 개인의 에덴이라고 한정하면 누구한테는 맞고 누구한테는 안 맞을 거 같은데?"

"개인의 에덴이라면 안 맞아도 상관없지. 사나흘 안으로 스토리를 짜려고 하는데 초반에 분명히 해놓으려고."

원재가 말했다. 특유의 고집이 나오는구나 싶었다. 평소엔 안 그런데 일에서만큼은 고집스러울 정도로 자기주장을 꺾지 않았다. 아까 원재가 말한 갈등이란 게 이런 거겠지, 생각하면서 제작자인 내가 먼저 한 수 접었다.

"인류의 에덴이든 개인의 에덴이든 어쨌거나 결국 에덴이잖아."

"교회나 교당에서 말하는 에덴보다 업그레이드된 구원의 공간이 돼야겠지. 인류의 행복이나 구원에서 나아가 게임을 하는 개개인의 정체성 같은 게 반영된 맞춤형 구원 같은 걸 생각하고 있어. 플러스알파가 존재하는 에덴이 우리 목적지가 될 거야."

원재가 말을 맺고는 어떻게 생각하는지 묻는 표정으로 나를 보았다. 원하는 사람 모두가 행복한 에덴이 내가 생각한 에덴인데, 거기에 개개인의 정체성이 반영된다 해서 달라질 것 같지 않았다.

"알았어. 에덴이든 알파 에덴이든 스토리를 쓰는 건 너니까 알아서 해. 메인 콘셉트만 지키면 에덴이 두 개든 열 개든 뭐 상관있겠어. 다양해서 나쁠 건 없지."

나는 쿨하게 말했다.

게임 속 세상은 쓸쓸하지 않겠지

"에이아이AI라면 스스로 통로를 만들 수 있지. 아, 그건 디자인으로 커버해야지. 시스템 자체가 필드를 움직이는 느낌으로……."

원재가 마우스를 딸각거리며 통화를 하고 있었다. 억양과 목소리로 통화 상대가 미림이라는 것을 알 수 있었다. 개발실 문간에 서서 안을 들여다보며 바로 외근 나갈까 어쩔까 망설이다 안으로 발을 들였다.

"블랙홀 통과하는 부분은 같이 맞춰본 뒤에 시작하는 게 낫지. 어, 사무실에 자리 있어. 그래? 그래 주면 고맙고."

원재가 통화를 끝내고 고개를 돌렸다. 내가 들어와 있는 걸 몰랐는지 약간 놀란 표정이었다.

"블랙홀을 통과하다니? 우리 게임에 블랙홀도 나와?"

게임 스토리에 블랙홀이 들어간다는 말을 들은 기억이 없었다.

"에덴을 찾아가는 길을 우리끼리는 그렇게 부르고 있어."

원재가 말했다.

"에덴으로 가는 길을 블랙홀이라고 부른다고? 왜?"

영업하느라 바빠 게임 진행 과정을 세세히 들여다보지 못한 탓이겠지만, 갑자기 웬 블랙홀인가 싶었다.

"에덴으로 가기 위해 필요한 에너지를 생각해봐. 방향성이 없고 무작위적이고 세상을 움직이는 엔진을 그 자체 속에 가지고 있는 게 뭐겠어."

글쎄, 뭐지? 나는 멀뚱거리며 원재를 보았다.

"본질적인 면에서 가상세계는 꿈과 같아. 가상세계 역시 꿈처럼 지도가 주어지지 않는 세상이니까…… 일종의 블랙홀이라고도 할 수 있지. 그래서 그렇게 부르는 거야."

서둘러 설명을 마친 원재가 내 어깨에 걸린 묵직한 가방을 보고 물었다.

"그런데 왜?"

개발실에 들어왔느냐는 말이었다.

"잘되고 있나 궁금해서……. 미팅 잡혀서 나가봐야 해."

나는 직원들 눈에 뽀로통하게 보일까 봐 손을 번쩍 들어 보이고는 개발실을 나왔다. 영업사원을 둘 형편이 안 되니 미팅이란 미팅은 거의 다 내가 쫓아다녀야 했다. 시간에 늦을 것 같아 택시를 잡아탔다.

고래밥통 사무실로 들어서며 폰을 열고 시간을 확인했다. 정각 열 시였다. 출입문에 가까이 앉은 여직원이 자리에서 일어나 나를 쳐다보았다. 무슨 일로 왔느냐고 묻지도 않고 그냥 쳐다보고 있기에 용건을 말했다. 여직원은 실장님은 회의 중이시라고 했다. 이러면 곤란한데, 하는 표정으로 여직원을 쳐다봤다. 열 시에 면담을 시작하기로 약속돼 있었다. 여직원은 나를 그대로 세워놓고 제자리에 앉았다. 나는 정수기 옆에 놓인 2인용 소파에 가서 앉았다. 방치된 느낌이 들었고 불쾌했다.

찜찜하더라니.

고래밥통은 마블닷컴 홈페이지로 견적 의뢰를 해놓고 기획실장이란 사람이 전화를 걸어온 케이스였다. 보드게임을 이용한 독서퀴즈 앱을 주문하면서 오백만 원을 책정해놨다고 할 때는 조용히 욕이 튀어나왔다. 회사로 방문해주셨으면 좋겠다고 할 때 속이 빤히 들여다보였지만 약속은 잡았다.

영화사 영업홍보실에서 일한 경력까지 해서 나도 영업 물을 먹을 만큼 먹었다. 오백만 원을 책정해놨다고 말한 건 천만 원쯤 생각하고 있다는 뜻이었다. 천만 원에 나갈 보드게임과 이천만 원에 나가게 될 보드게임의 차이를 설명한 뒤 천오백 정도에서 최고 퀄리티를 뽑아보겠다며 계약서를 내밀고 사인을 받아오는 게 내가 할 일이었다.

나는 무릎에 놓아둔 가방을 힘주어 잡았다. 가방에 넣어 다니는 태블릿이 내 영업 파트너였다. 태블릿에 넣어온 샘플을 보여주면 설득하는 데 크게 어려움은 없을 거였다. 문제는 마블닷컴 같은 신생업체가 너무 많다는 거였다. 회의실에서 아직 코빼기도 내밀지 않는 걸 보면 다른 신생업체와 벌써 상담을 해놓고 저울질을 하기 위해 나를 불렀을 가능성이 컸다.

나는 등받이에 몸을 기대고 휴대폰을 꺼내 들었다. 오늘 중으로 찾아가야 할 업체는 두 군데였다. 업체를 방문하기 전에 먼저 주거래은행으로 가서 대출상담을 받아야 했다. 집과 선산을 담보로 빌린 돈은 아직 이자를 갚고 있었다. 회사를 차릴 때 빌라를 잡혔고, 원재를 불러들여 브이알을 제작하면서 장손인 내 명의로 해놓은 선산을 잡혔다. 이 사실을 집안 어른 누구라도 알게 되면 나는 사기죄로 고소당할지도 몰랐다.

대출할 때 원금과 이자를 같이 갚아가는 조건이어서 빚이 조금씩 줄고 있었는데 제동이 걸린 건 브이알 작업에 박차를 가하면서였다. 브이알 작업을 하더라도 성용과 민주는 내가 물어오는 발주 작업을 쳐내면서 운영자금을 벌어들이도록 하자는 게 내 계획이었다. 원재와 홍규가 주축이 된 개발실은 프리랜서와 알바를 쓰면 충분할 줄 알았다. 오산이었다. 브이알에 착수한 지 두어 달이 지나면서 성용과 민주한테까지 일이 슬금슬금 넘어왔다. 시시로 브이알에 매달리다 보니 일을 쳐내는 속도가 느려졌고, 주문 건수도 작년보다 절반 가까이 줄었다.

회의실에 틀어박혀 있는 고래밥통 기획실장으로부터 반드시 발주를 받아내야겠다, 생각하며 휴대폰을 열었다. 10시 정각에서 22분이 지났고 회의실은 아직 열릴 낌새가 없었다. 나를 방치한 여직원은 카카오톡 창에 이모티콘을 쏘아 올리고 있었다. 이회사도 길게는 못 가겠군. 나는 심술궂게 중얼거렸다. 붕괴는 외부에서 오는 타격보다 조직 내에 뚫린 구멍에서 시작되는 경우가 많았다. 대포알만 한 구멍이 아니라 너무나 작고 사소해서 경계심을 가질 수도 없는 구멍, 일테면 저런 여직원 같은 구멍이 블랙홀처럼 회사 하나를 집어삼키는 법이었다.

블랙홀이라.

나는 휴대폰 검색창에 블랙홀을 써넣었다. 아침에 원재가 했던 말이 생각났다. 가상세계의 모험 여정을 우리끼리는 그렇게 부르고 있어. 아침 내내 찜찜했던 이유가 사실은 고래밥통이 아니라 원재한테서 들은 그 말 때문이었던 것 같았다. 듣는 순간 그 말의 어떤 점이 몹시 거슬렸는데 그게 '우리끼리'라는 말 때문인지 '블랙홀'이라는 단어 때문인지 분명치 않았다. 솔직히 거슬리기는 둘 다 마찬가지였다. 나를 뺀 직원들끼리 '우리'라는 말을 쓸 수는 있었다. 세상에 편을 가르는 건 결국 입장 차이니까. 나는 돈을 주고 그들을 고용한 입장이고 그들은 내게서 돈을 받아 노동을 제공하는 입장이었다. 그렇다면 원인은 내 귀에 고리처럼 매달려 신경을 건드리는 블랙홀이었다. 나는 위키의 블랙홀 항목을 클릭했다.

젠장, 길기도 하네.

블랙홀의 장대한 규모를 알려주듯 글은 비명이 나올 만큼 길게 서술이 돼 있었다. 대충 훑어보니 결론은 블랙홀이 별의 잔해라는 거였다. 별의 잔해라면 먼지 알갱이 같은 건가, 했는데 그런 건 아니었다. 블랙홀은 물질이 뭉쳐질 수 있는 한계까지 압축된 거대한 천체였다. 비유로나 상징으로나 길의 의미와는 연관성이 없었다. 블랙홀을 지나가거나 통과한다는 것 자체가 난센스였다. 아니, 이것도 모르고 길이니 여정이니 했단 말이지. 웃음이 나오면서 괜히 기분이 좋아졌다. 나중에 회사에 들어가면 블랙홀 이야기로 좀 놀려주고 맥주나 한잔 같이해야겠다 싶었다. 브이알 작업을 시작하고 반년이 넘도록 원재랑 둘이서 느긋하게 맥주 한잔 같이한 적이 없었다. 도대체 그럴 틈이 없었다. 원재는 아침에 출근하면 종일 개발실에 틀어박혀 지냈다. 회의를 하거나 점심 먹을 때 말고는 개발실에 틀어박혔다가 남들 다 퇴근하고 두어 시간 지나면 다크서클이 짙어진 얼굴로 나왔다.

고래밥통 대표와 밀고 당기는 기 싸움 끝에 천삼백짜리 계약서를 썼던 그날도 원재는 혼자 남아 야근을 하고 있었다.

"홍규는 오늘도 칼퇴냐?"

오후 한 시부터 여섯 시까지 파트타임으로 일하는 애들이 썰물처럼 빠져나가는 거야 당연했지만 팀장인 홍규가 썰물에 실려 나가는 건 은근히 괘씸했다.

"실장이 남아서 야근을 하면 팀장도 같이 남아서 거드는 척이라도 해야지. 자식이 의리가 없어."

나는 홍규의 의자를 끌어내어 앉으며 농반진반으로 말했다. 원재는 나를 돌아보며 설핏 웃고는 모니터로 눈길을 돌렸다. 나를 상대로 놀 시간이 없다는 제스처였지만 나는 그대로 뭉개고 앉았다.

"그건 뭐하는 건데?"

빌드를 띄워놓은 모니터를 보며 내가 물었다. 브이알 게임을 만드는 제작자의 꿈은 있었지만 기술적인 면에 나는 흥미가 없었다.

"브이알 체크를 세팅해 놓으려고. 헤드셋을 착용하자마자 다른 차원의 세계에 존재하게 해주려면 이음매 없이 매끄럽게 바뀌어야 하거든. 3차원 오브젝트도 그렇고, 장비나 픽셀을 의식하게 되면 벌써 불편해지지."

원재가 모니터를 보며 말했다. 마음이 온통 에덴 어드벤처 개발에 빠져 있는 개발자를 데리고 있는 건 사장으로서 분명 흐뭇한 일이었다.

"현실 세계도 마찬가지지. 세팅을 잘해놓은 인생은 하루하루가 어떻게 흘러가는지 모르게 지나가잖아."

원재와 둘이서 이렇게 한가한 수다를 떠는 게 얼마 만인가 싶었다. 원재는 눈을 찌푸린 채 모니터를 한참 들여다보더니 표정을 풀었다. 왜, 뭐가 잘못됐나. 내가 물었다.

"렉이 걸린 줄 알았는데 괜찮아. 엔진도 잘 돌아가고. 엔진이 유니틴데…….."

세팅에 대해서는 들어도 뭐라는 건지 알 수 없어 듣는 둥 마는 둥 했는데 엔진은 귀에 들어왔다.

"우리 검색엔진 유니티를 썼나?"

"유니티에서 이번에 새로 공개한 브이알 데모인데 한번 보는 거야."

"언리얼에서 내놓은 엔진이 핵폭탄급이라며?"

나도 들은풍월은 있었다.

"언리얼에 비해선 이게 좀 약하긴 한데 장점이 많아. 리소스를 에셋스토어에서도 구매할 수 있고 웬만한 건 무료 다운이거든."

"무료?"

나는 귀가 번쩍 뜨였다.

"무료로 다운로드한 것도 꽤 고퀄이야."

개발자가 비용 문제까지 걱정해주니 고마울 따름이었다. 블랙홀이니 뭐니 쓸데없는 소리로 개발자의 머리를 어지럽힐 필요가 없었다.

"나야 뭐 아나. 이럴 게 아니라 우리 어디 가서 술이나 한잔 하자. 저녁을 먹든지. 점심을 김밥으로 때웠더니 아사 직전이다."

"세팅 끝내려면 좀 걸리는데? 아까 컵라면을 먹었더니 배도 안 고프고."

컵라면과 컵밥은 현서가 꾸준히 쟁여놓는 회사 비상식량이었다. 원재가 참깨라면을 좋아한다는 말을 한 뒤로 먹을 걸 정리해둔 선반에는 항상 큰 컵의 참깨라면이 빼곡히 채워져 있었다.

"그래? 그럼 머…… 나도 컵밥이나 데워먹어야겠다. 근데 여기……."

기기란 기기는 다 켜놓은 개발실을 빙 둘러보던 나는 하려던 말을 삼켰다. 혼자 작업을 하는데 네 대의 성능 좋은 컴퓨터와 그래픽 작업용으로 산 쿨젠까지 도대체 왜 다 켜놓고 있는지 궁금하긴 했지만.

"응, 왜?"

원재가 나를 돌아봤다.

"아냐, 아무것도. 신경 쓰지 말고 일해."

나는 잔소리를 하는 대신 손을 한 번 휘저어주고 개발실을 나왔다. 원재가 에덴 어드벤처에 빠져 있는 만큼 내가 에덴에 미쳐 있는 건 아닌 모양이군. 선반이 놓인 곳으로 발을 옮기며 생각했다. 전자레인지로 데운 컵밥과 게토레이 레몬을 들고 사무실 구석방으로 들어갔다. 배가 고프다 못해 위벽이 긁히는 것처럼 속이 쓰렸다. 심장은 원래 안 좋았고 사업을 시작하면서부터 위장이 말썽이었다. 배가 고프면 먹거리가 생각나는 게 아니라 위장에 모래를 뿌려놓은 것처럼 속이 아팠다. 더부룩한 증세도 잦았지만 병원에는 가지 않고 버텼다. 병원 갈 시간조차 없는 건 아닌데 가서 좋은 소리를 듣지 못할 바에 안 가고 말지 싶었다.

게토레이 캔을 뜯던 나는 책상에 놓인 파일을 집어 들었다. 현서가 갖다 놓은 거였다. 퇴근할 때 내가 외근 중이면 미처 보고하지 못한 것들을 정리해 내 자리에 갖다 놓곤 했다. 현서 자신이 갖고 싶은 것들을 메모지에 끼적여 붙여놓기도 했다. 아니나 다를까. 현서가 붙여놓은 포스트잇에 휴대폰 기종이 적혀있었다. 혀를 차던 나는 눈을 크게 떴다. 잘못 본 게 아니었다. 회사 통장에 이번 달 급여를 채워놨다는 메모였다. 또 예전 회사 사람들한테 부탁을 한 모양이었다.

현서는 전문계 고등학교를 다니면서 전산회계 1급을 따고는 세무회계사무실 몇 곳을 들락거렸는데 은근히 인맥이 넓었다. 진득하게 다니지를 못해 1년을 채운 회사가 없는데 붙임성이 좋은 건지 오지랖이 넓은 건지 예전 동료들과 계속 연락을 주고받았다. 이번엔 어떤 조건으로 빌렸는지 궁금해 휴대폰을 집었다가 도로 놓았다. 들어봐야 속만 상할 터였다. 어쨌거나 한시름 더는 기분이었다. 한숨을 쉬고 컵밥을 끌어다 놓았다.

밥은 온기가 빠져 맛이 없었다. 첫술을 입안에 넣고 씹었다. 목구멍으로 밥이 넘어가지 않아 오래 씹었다. 벽을 사이에 두고 개발실에는 원재가 있었지만 아무 소리도 들리지 않았다. 세월이 흐른 만큼, 나에 대한 원재의 감정이 희미해졌을 거라는 생각은 했다. 그래도 내 제안에 응해서 그는 이 보잘것없는 회사에 와주었고, 에덴 어드벤처라는 게임에 최선을 다하고 있었다. 그러나 거기까지였다. 내가 다가가면 원재는 노골적이지는 않지만 분명히 선을 그었다. 바쁜 건 핑계일 뿐이었다. 내가 한 짓이 있으니 우리 둘의 관계가 예전 같기를 기대한다는 게 염치없는 생각이긴 했다.

나는 사장실 밖에서 들리는 소리에 귀를 기울였다. 개발실 문이 닫히고 원재가 사무실을 지나가는 발소리에 이어 엘리베이트가 있는 복도 쪽 출입문이 여닫히는 소리가 났다. 나는 캔음료를 들이켜 입속의 밥알을 목구멍으로 밀어넣었다. 잊고 간 게 있는 양 원재가 돌아오는 일은 없을 것이다. 바깥은 조용했다. 한참 더 앉아있다가 자리에서 일어났다. 나는 원재가 만든 게임 속으로 들어가기로 마음먹었다. 게임 속 가상세계는 이곳처럼 쓸쓸하고 외롭지 않을 것이다.

내가 휘청거릴 때 손을 내밀 사람은

개발실을 둘러보고 있는데 출입문 밖에서 미림과 민주가 떠드는 소리가 들린다. 살 것이 있다며 둘이 나가던 기억이 어렴풋이 난다. 현서의 목소리도 들리는 걸 보니 밖에서 만나 같이 들어온 모양이다. 얼결에 개발실로 피해 들어온 자신의 행동이 어이없지만 다시 사무실로 나가는 것도 우습다. 개발실은 원재가 없어 그런가, 주인 잃은 개처럼 생기가 없다.

괜찮아, 잘돼 가고 있잖아. 시연도 성공적으로 끝냈고, 문제 될 건 없어.

나는 공연히 결연해진다. 잠시 브이알 기기를 내려다보다가 헤드셋을 쓴다. 컨트롤러와 트래커를 손등과 발목에 착용한 다음 브이알 기기를 켠다. 오늘은 반드시 4구역을 통과하리라 결심하고 나는 게임을 실행한다. 로딩이 되는 동안 잔잔한 비트의 음악이 에덴을 찾아가는 모험에 대한 기대를 자극한다. 나는 가상 망막 디스플레이에서 볼트액션 소총을 터치했다가 취소하고 위트워스 소총을 집어 든다. 혹시 몰라 단검도 하나 터치해 챙긴 뒤 위장 재킷과 바지를 착용한다. 저격수 아바타로 변신한 내 모습이 그럴듯하다. 아바타 분장은 미림의 작품이다. 미림은 로고나 배경 그래픽을 뽑아내는 능력 못잖게 캐릭터 디자인 쪽에도 역량이 뛰어났다.

1구역과 2구역은 이번에도 수월하게 통과한다. 3단계는 전에 딱 한 번 어렵게 통과한 적이 있다. 그때는 무사 아바타로 변신해서 성공했고, 이번에는 숨어서 목표물을 겨냥하는 저격수 아바타다. 1구역과 2구역의 미션을 수행하는 방식에 따라 3구역의 설정이 달라지므로 어떤 아바타를 선택하는 게 절대적으로 낫다는 기준은 없다. 3구역으로 들어선 나는 긴장한 채 주변을 둘러본다. 사방이 온통 암석 천지다. 갑자기 머리 위에서 끔찍한 소리가 들린다.

꺅꺅! 까아아아악!

고개를 들자 검은 대기 속을 날아다니는 비행물체가 보인다. 저것들이 질러대는 소리군. 작은 용처럼 생긴 것이 어떻게 보면 약간 귀엽다. 보기에 귀여워도 방심해선 안 된다. 고막을 괴롭히는 저 울음소리는 나를 공격하겠다는 신호다. 나는 장전된 총을 들고 몸을 띄운다. 검은 대기로 날아오르는 건 위험하다. 저격수 아바타인 나는 암석 위를 스치듯 날면서 총을 난사한다. 총을 맞은 작은 용들이 떨어지면서 투둑투둑 소리를 낸다.

나는 지체하지 않고 암석의 언덕을 넘는다. 모래사막이 작은 분지처럼 펼쳐진다. 모래사막 한가운데 발이 닿는 순간 회오리바람이 불어 닥친다. 모래와 잔가시가 얼굴과 목에 날아와 박힌다. 잔가시가 살을 파고드는 통증에 나는 신음을 뱉어낸다. 라오올! 사막 어디선가 날아온 소리가 내 신음소리와 섞인다. 나는 통증을 참으며 백색 암석으로 이뤄진 언덕으로 달려간다. 라오올! 환청이 아니다. 제3구역의 퀘스트인 사막여우다. 총을 옆구리에 붙이고 몇 개의 바위를 뛰어오르자 동굴로 들어가는 사막여우의 꼬리가 포착된다. 주저 없이 총을 쳐드는 동시에 레이더 발사 버튼을 누른다. 레이더망에 사막여우가 걸려들자마자 나는 포획 신호를 보낸다. 신호를 보내는 것과 거의 동시에 방주가 출현해 내 머리 위로 다가온다. 나는 레이더망에 걸려 발을 버둥거리는 사막여우를 방주로 쏘아서 올려보낸다.

아이쿠!

한숨 돌릴 새 없이 검은 살기를 뿜어내는 비행물체가 날아온다. 큰 놈이다. 작은 용들의 어미라면 튀는 게 답이다. 놈을 죽이러 온 것도 아니고 싸워봐야 내가 작살날 것이다. 나는 계곡 아래로 미끄러지듯 몸을 던진다. 사방이 컴컴해지면서 암벽이 양쪽으로 스친다. 뒤로 스치는지 앞으로 스치는지 방향조차 알 수 없다. 필시 아래를 향해 전속력으로 내리꽂히는 중일 것이다.

바닥인가. 공중인가.

게임 속 가상현실 속에 들어와 있는 것을 알면서도 공포로 가슴이 터질 것만 같다. 크르렁, 콰르릉……. 프로그램이 내 공포를 감지한 듯 천둥을 울린다. 빛이 번쩍거리며 계곡이 훤하게 드러나는 순간 나는 방향을 틀어 계곡 위로 솟구친 뒤 기슭 가까이 몸을 붙인다. 심장이 너무 세게 뛰어 나는 숨을 헉헉 뱉어낸다. 게임에서 아웃되기 전에 심장이 터져 죽을 수도 있을 것 같다. 나는 호흡을 조절하며 흥분을 가라앉힌다.

정신이 좀 돌아오면서 멀리 산의 정상이 보인다. 정상에 서 있는 팽나무가 눈에 들어온다. 3백 년쯤 됐다고 했던가. 저기까지만 가면 3구역은 통과하는 거다. 나는 팽나무를 목표지점으로 놓고서 거리를 가늠한 뒤 바위능선을 오른다. 중간 착지를 잘못해 렛지에서 삐끗한 거 말고는 정상까지 어렵잖게 오른다. 팽나무를 끌어안고 숨을 헐떡이는데 머리 바로 위에 에덴의 로고가 뜬다. 로고는 라홀린섬을 본떠 미림이 만든 것이다.

나는 가상 망막 디스플레이에서 반짝이는 제4구역의 스타트 버튼을 누른다. 로고가 사라지고 다시 로딩 음악이 흐르기 시작한다. 박력 있는 전투신의 퀘스트를 예고하듯 비트가 거칠어지면서 불안불안하다. 아니나 다를까, 위이이잉 하는 이명 소리가 나면서 동시에 심한 멀미가 밀려온다. 뱃속이 꿀렁거리더니 목구멍으로 쓰디쓴 위액이 올라온다. 웅장한 비트와 함께 4구역이 열리는데 나는 죽을 지경이다. 렉이 걸린 것처럼 내가 들어선 가상세계의 공간이 흔들린다. 멀미 탓인지 시스템의 오류인지 알 수가 없다. 흔들리는 배경을 부수면서 4구역을 관통하는 거대한 파이프가 환각처럼 눈앞을 덮친다. 나는 비명을 지른다. 둑둑둑, 미친 듯이 뛰는 심장소리가 비지엠처럼 울려 퍼지고 나는 머리 위로 손을 뻗어 내젓는다. 정지 버튼을 누르면서 나는 깜박 정신을 잃는다.

"현도야, 괜찮아?"

윙윙거리는 이명을 가르고 원재의 목소리가 들려왔다. 헤드셋이 벗겨지고, 원재가 한쪽 무릎을 땅에 대고 나를 내려다보고 있다.

"너 잠깐 기절했었어."

원재가 잠긴 목소리로 말한다. 꿈을 꾸는 건지 헷갈려 손을 뻗자 원재가 얼굴을 뒤로 젖힌다. 나는 버둥거리며 몸을 일으킨다. 머리가 어질어질하고 어쩐지 상황 파악이 안 된다.

"네가 어떻게 여기 있지?"

나는 원재에게 묻는다.

"할 일이 있어서 좀 일찍 돌아왔어. 홍규는 부스 배치 끝나는 거 보고 바로 퇴근할 거야. 박람회 참여업체가 예상외로 많더라."

원재가 하는 말을 이해할 수 없다. 원재의 말을 이해할 수 없는 게 아니라 원재가 여기서 어떻게 내게 이런 말을 하고 있는 건지, 이 상황 자체가 혼란스럽다. 원재는 혼란스러운 내 표정을 오해한 모양이다.

"부스 위치 때문에 다들 신경전이야. 구석에 배당되면 아무래도 불리하지."

"그게 아니라 너는 지금……."

내가 구치소를 방문했을 때 원재는 곧 재판을 받게 될 거라고 했다. 개장수라 불리는 변호사를 부탁했던 것도 기억이 난다. 원재는 자신이 지금 여기에 있는 게 당연하다는 표정이다. 너무나 당연하다는 표정으로 나를 보는 원재에게 어째서 구치소에 있지 않느냐고 물을 수가 없다.

어쩌면…… 나는 원재를 마주 보며 생각한다. 어쩌면 원재와 나, 둘 중 하나가 여전히 게임 속의 가상세계 안에 들어가 있는 것은 아닐까. 만일 그렇다면 하고 나는 다시 생각한다. 게임 속에서 누군가 친구를 소환하는 기능을 사용한 것이다. 그게 나일까 원재일까. 그것도 아니라면 우리 둘 다 알 수 없는 다른 차원의 가상현실 세계로 이동해 들어오기라도 한 건가. 이런 생각을 입 밖에 낼 수는 없다. 아무리 혼란스러워도 섣부르게 굴지 말고 상황 파악을 해야 한다. 내가, 혹은 원재와 내가 게임 속으로 들어와 있는 거라면 규칙을 깨서는 안 될 것이다. 잘못하다간 에덴을 찾아가는 이 가상세계의 설정 안에 갇혀버릴지도 모른다. 환청처럼 울려대는 위이이잉 소리를 털어내려 나는 귀를 벅벅 문지른다.

"원재야, 이것 좀."

내가 팔을 내밀자 원재가 컨트롤러를 벗겨준다. 나는 그대로 주저앉아 바이브 트래커를 푼다. 정신 차리자. 박현도. 방금 게임 종료를 누르고 나왔는데 가상세계는 무슨 얼어 죽을 가상세계. 다른 차원의 세계는 또 뭐냐고. 혼자 소설 쓰냐. 속으로 자신을 타박하며 원재의 부축을 받아 일어선다.

"악몽 속에서 헤맨 기분이야."

나는 풀 죽은 소리로 말한다. 내가 약한 모습을 보이자 원재가 빙긋이 웃는다. 다정하게 웃는 그를 보자 온기에 닿은 듯 가슴 안쪽이 저민다.

"현도야, 앞으로 혼자서는 이거 작동시키지 마. 내가 난이도를 임의로 설정해 놨거든. 전에 그랬잖아. 게임하다가 심장마비로 죽은 사람도 있어."

원재가 타이르듯 조곤조곤 말한다. 내가 어깨를 으쓱하자 원재는 내 어깨를 툭 치고는 작업대로 가서 앉는다. 원재는 개발실 한가운데 작업대와 책상을 옆으로 붙여서 사용하고 있다.

"그러게, 요단강 건너는 줄 알았다. 아참, 제4구역 말이야. 잠깐 본 거라서 정확지는 않은데 무슨 비상통로 같은 게 떠 있더라. 그게 뭐지? 제4구역이 두 개로 설정돼서 선택을 하도록 만든 건가?"

나는 게임에서 봤던 장면을 떠올리며 원재에게 묻는다.

"통로?"

"응, 통로."

"아, 이런저런 옵션을 적용해 보고 있어. 신경 쓸 거 없어."

원재는 그렇게 말하지만 나는 신경이 쓰인다.

"혹시 나 몰래 뭐 다른 거 만드는 건 아니지?"

내 농담에 원재는 웃음을 비치며 키보드로 손을 가져간다. 모니터를 뚫어지게 보고 있는 원재의 옆모습이 내게 그만 나가 달라고 말하는 것 같다.

"3구역 통과할 때 보니까 산 정상에 팽나무가 서 있더라. 저번 게임 때는 없었던 거 같은데."

모니터를 보고 있는 원재에게 나는 다시 말을 붙인다. 왠지 조심스럽다.

"팽나무? 아, 삼나무 말이지? 그거 원래 있었는데. 3구역 필드 디자인은 바꾼 적이 없거든."

"아니, 없었어. 팽나무든 삼나무든, 저번엔 나무가 없었어."

그런가? 원재가 모니터에 눈길을 둔 채 중얼거렸다. 나는 문득 마음이 싸해진다. 천봉산에서의 일을 원재는 잊은 모양이다. 나는 갑자기 지글거리는 머리를 긁는다. 그 장면이 생생하게 살아난다. 저 산꼭대기에 서 있는 나무가 몇백 년 된 삼나무래. 위이 이잉 하는 이명 소리와 함께 현서의 목소리가 머릿속으로 날아든다. 시연을 성공적으로 마치고 며칠 뒤 마블닷컴 전 직원이, 미림만 빼고 다 같이 천봉산으로 등반대회를 갔을 때다.

"저거 팽나무라던데요?"

성용이가 큰 덩치를 끌고 오르느라 힘들었는지 헉헉대며 말했다.

"아냐, 삼나무라니까. 우리 저 나무 밑에 도시락 놓고 고사 지내자. 난 고사 지내는 거 해보고 싶더라."

우리가 오르는 곳은 천봉산 중턱이었다. 나는 너럭바위에서 배낭을 풀 요량이었는데 현서가 정상 욕심을 냈다.

"오래된 나무가 신묘하고 영험하다면서요? 박보검 닮은 남자 나타나게 해달라고…… 어, 실장님 빨리 오세요."

민주가 말을 하다 말고 뒤처져서 올라오는 원재에게 손을 흔들었다. 발목을 접질렸는지 원재는 산을 오르는 내내 다리를 절룩였다.

"정상까지 올라갈 건 없고, 저기 좋네."

나는 근처 너럭바위를 가리키며 그쪽으로 걸음을 옮겼다. 예닐곱 명가량 둘러앉을 수 있는 너럭바위가 벼랑 위에 멋들어지게 버티고 있었다. 전면의 시야가 훤히 트여 산 아래 발치를 따라 흐르는 강줄기가 꺾어지는 데까지 다 보였다.

"이쪽으로 와. 난 더는 못 올라가겠어."

나는 직원들을 불렀다. 손짓까지 하며 부르는데 다들 추락 방지용 밧줄을 잡고 선 채 움직일 생각을 안 했다.

"저희는 올라갔다 올게요."

민주가 손나발을 하고 외쳤다. 성용이까지 가세한 건지 셋이서 밧줄을 고쳐 잡았다. 원재와 홍규는 산 정상을 보다가 나를 돌아보았다. 이왕 이렇게 된 거 원재와 미리 얘기를 나누는 것도 나쁘지 않을 것 같았다.

"원재야, 나하고 이야기 좀 하다가 올라가자."

외치면서 나는 팔을 들어 흔들었다. 사장과 직원이 아니라 친구로서 진솔한 대화를 하고 싶었다. 원재가 옆에 서 있는 홍규에게 뭐라고 말을 했다. 홍규가 나를 힐긋 보았다. 원재는 홍규에게 올라가라는 손짓을 하고 나를 향해 걸어왔다. 느릿느릿 걸어오는 원재의 걸음걸이가 왠지 눈에 거슬렸다.

원재의 등산화를 보고 있던 나는 고개를 들었다. 조금 전과 달리 원재는 다리를 저는 기색이 없었다. 일부러 다리를 접질린 척해서 뒤에 처졌던 건가. 왜? 나는 주춤 뒷걸음질을 쳤다. 나를 뒷걸음질 치게 한 건 내 본능이었다.

등산을 갔던 그날, 너럭바위에 서 있던 내게 다가오던 원재는 무심한 듯 표정이 없었다. 마치 표정을 잃어버린 사람 같았다. 자신이 얼마든지 냉정해질 수 있는 사람이라는 걸 그 자신은 모를 것이다. 저 덤덤하고 무심한 표정 뒤에서 그가 무슨 생각을 하는지 보였다. 원재가 내 앞에 다가서서 걸음을 멈췄다. 멈춘 자리에서 그가 나를 보는 순간, 그 눈빛을, 갑자기 서늘해지던 공기를 나는 이토록 생생히 기억하는데, 그는 정말 다 잊은 걸까.

콘솔창을 띄워놓은 채 박람회에서 받아온 자료를 보고 있는 원재는 어떤 사심도 없는 사람처럼 보인다. 내 마음은 롤러코스터를 탄 듯 요란한데 원재는 그림자처럼 고요하다. 너무나 고요하여 그는 마치 내 친구 원재의 모습을 한 아바타처럼 느껴진다. 나는 고개를 세차게 흔들어 그를 눈앞에서 지워버린다. 기억이든 공상이든 더는 이어갈 용기가 나지 않는다. 나는 다시 내 안으로 돌아온다. 나를 괴롭히던 이명 소리조차 그쳐 세상은 조용하

고 낯설다. 세상이 아니라 내가 낯설다. 이 모든 게 나의 환각이
고 상상인지 모른다.

　나는 원재를 혼자 두고 개발실을 나온다. 원재는 모니터에 눈
길을 둔 채 돌아보지 않는다. 그날 너럭바위에서 원재의 손이 내
손을 고의로 비킨 게 아니라 내가 착각한 거라면…… 원재가 나
를 버릴 것이라는 두려움이 만들어낸 망상에 불과하다면 어쩌지.
내가 저질러온 실수들, 그에게 저질렀던 잘못이, 미림에게 행한
짓들이 머릿속에서 와글거린다. 내가 미쳐가는 걸까. 무릎에서
힘이 빠지면서 너럭바위 끝으로 밀려났을 때처럼 몸이 휘청 꺾인
다. 내가 휘청거릴 때 손을 내밀 사람은 원재밖에 없는데…….

비밀, 정답, 공짜, 그리고 부재하는

사무실 전체가 웅성웅성 소란스럽다. 프린터 소리와 성용의 비명소리, 웃음소리가 섞여 산만하고 부산스럽고 활기차다. 개발실에서 원재가 불쑥 나온다.

"현서 씨, 박람회 참가업체명하고 게임 제목 좀 뽑아줄래요? 작년 꺼하고 재작년 꺼."

"옙, 금방 갖다드릴게요."

민주 옆에 서서 수다를 떨던 현서가 쪼르르 책상으로 간다. 2주 앞으로 다가온 박람회를 목표로 시제품의 디테일을 점검하면서 사무실은 바쁘게 돌아간다. 성용과 민주는 맥가이버 앱 작업을 하다 말고 수시로 개발실로 불려 들어간다. 제 책상을 지키지 못하고 개발실을 들락거리는 건 미림도 마찬가지다.

나는 지금 내 눈앞에서 벌어지고 있는 장면을 이미 본 적이 있다. 이미 일어난 일이 내 머릿속에 기억으로 저장돼 있다가 내 앞에서 현실로 재생되는 것 같다. 자주 이런 의아한 느낌에 빠진다. 역시 뭔가에 씐 걸까. 눈앞에서 펼쳐지는 장면 위로 시제품을 성공하고 전 직원이 환호하는 모습이 오버랩된다. 설명할 수 없지만 이것이 예감이 아닌 것을 나는 안다. 지금 내 눈앞에서 일어나는 일이 현실이라면, 현실 위에 겹쳐진 또 다른 현실은 다가올 시공간의 기억인가. 이곳에도 있고 다가올 현실에도 있는 나는 혼백의 유령이라도 된단 말인가. 의문에 답하듯 머리가 지끈거린다. 몸속 어딘가 똬리를 틀고 있던 이명 소리가 위이이잉 귓구멍을 두드린다.

으아아아!

개발실에서 공포의 외침이 터져 나온다. 롤러코스터에서 떨어져 내리는 질감의 공포다. 게임을 하며 내지르는 비명에 귓전을 두드리는 이명 소리가 잦아든다. 안 돼에에…… 으아아아……. 스릴과 쾌감을 끌어안은 비명소리는 듣기에 괴롭지 않다. 그렇지만 저러다 목이 완전히 가겠구나 싶다. 게임을 할 때마다 저 난리를 치는 성용에게 원재는 굳이 헤드셋을 씌운다. 성용의 리액션이 크고 확실해서 난이도를 조절하기가 용이하다 했던가.

"잘돼 가냐?"

서류 가방을 들고 격려차 한마디를 하는데 돌아오는 대꾸가 없다. 작업에 빠져 다들 정신이 없는 모양이다. 일에 집중하다 보면 그럴 수 있지. 이해는 하는데 밖에서 깨지고 들어온 날 회사 안에서도 이런 식이면 솔직히 맥이 빠진다.

"총에 맵을 넣어서 다시 디자인한 건데, 좀 그런가?"

미림이 문간에 선 나를 지나쳐 개발실로 들어가더니 들고 간 스케치를 원재에게 내민다. 내가 정말 유령이 된 기분이다.

"좋은데? 리로드 표시도 같이 해보자."

원재의 반응에 그럴 줄 알았다는 듯 미림이 총을 겨누는 시늉을 한다. 원재의 눈빛이 대학 때 미림을 바라보며 웃을 때처럼 정겹다. 미림은 개발실을 나올 때도 나를 본체만체 지나친다. 원재와 같이하는 작업이 재미있어 죽겠는데 내가 눈에 들어올 리가 없겠지. 미림은 아직도 원재를 많이 좋아하는 것 같다. 스물세 살 인생에 폭격을 맞은 원재가 홀가분하게 떠날 수 있도록 옆에서 얼쩡거리던 멍청이의 손을 잡았던 여자. 도대체 누가 누구를 이용하고, 누가 누굴 방패로 삼은 건지.

미림과 함께했던 날들을 생각하면 서운한 전생 같고 고단한 꿈길 같다. 내가 지하철 공익복무를 마친 뒤 졸업을 하고 문화재 단에서 계약직으로 일을 하는 몇 년간 미림과 나는 친구처럼 연인처럼 지냈다. 미림은 종종 다른 남자와 만나는 눈치였는데 크게 질투심이 일지 않았다. 가끔은 원재가 떠나면서 미림에 대한 내 마음도 떠난 것 같은 느낌이 들었다.

미림이 누군가를 만나 내 곁을 떠났으면 싶은 마음이 들 때도 있었다. 왜 그런지는 나도 내 마음을 잘 알 수가 없었다. 나는 미림이 내 곁에 남아있는 것이 좋기도 하고 의아하기도 했다. 내가 우리나라 굴지의 영화사에 입사하고 6개월 만인가. 미림과 나는 오래된 연인들이 그러듯 등 떠밀리는 기분으로 결혼하고 부부가 됐다. 처음 몇 달간은 침대에서 베개를 던지는 신혼부부 놀이도 하고 마트도 같이 다니고 서로의 몸을 끌어안은 채 잠들기도 했다. 그런대로 행복했는데 가족이라는 느낌은 들지 않았다. 그런 감정은 미림도 그랬을 것이다.

전생 같은 그 시절을 떠올리면 미림은 흐릿해지고 원재가 부조된 듯이 돋아난다. 두 사람이 사무실에서 일을 빙자해 토닥거리는 꼴을 봐서인가. 그 시절의 미림은 원재의 부조 뒤로 스며든다. 서로에게 스며든 채 두 사람은 내내 같이 있었던 건데 내가 몰랐던 거지 싶다. 나는 개발실을 나와 미림을 본다. 미림은 고개를 숙인 채 태블릿 펜을 쓱쓱 긋고 있다. 고개를 숙이고 있어도 반듯한 이마와 날카로운 콧날로 인상이 선명하다. 객관적으로 봐도 미인인데 처음 만났을 때부터 이상하게 예쁘다는 생각은 안 했던 것 같다. 헤어지지 말걸 그랬나, 후회 비슷한 감정이 벼린 칼처럼 마음을 스치고 지난다.

나는 회의용 탁자로 가서 가방을 내려놓고 의자에 앉는다. 에덴 어드벤처 시제품이 성공한 건 좋은 일인데, 좋은 건 순간뿐이었다. 제작 성공의 기쁨이 하루를 가지 못했다. 이럴 때는 위로라도 좀 받고 싶은데 사무실 안의 모든 관심과 신경은 언제나처럼 에덴 어드벤처 작업에 몰려있다. 가끔 직원들이 작업 과정을 농담으로 주고받을 때 끼어들다 보면 나도 모르게 바보 같은 표정을 짓게 된다. 에덴이 내 꿈이 아니라 시제품 성공에 고무된 원재 패거리의 꿈이 돼버린 것 같다. 내가 미림을 빼앗았듯 원재 자식이 내 게임을 가로채 뺏어버린 것 같다는 억측이 머릿속을 맴돌다 간다.

영업을 도맡아 하다 보니 정작 게임에는 신경 쓸 시간이 없었다. 아침 회의를 끝내자마자 서류 가방에 넥타이를 집어넣고 밖으로 도는 게 내 일과였다. 회사를 세울 때는 사장이 하는 일의 9할이 영업일 줄은 생각도 못 했다. 살고 있던 빌라는 물론이고, 선산까지 담보로 잡히고 은행 문턱을 넘나드는 게 하루 업무가 될 줄은 더더욱 몰랐다. 나는 한숨을 쉬고 벽시계를 확인한다. 자이언트 대표를 만나려면 나가야 할 시간이다. 한 시에 만나자는 것을 보니 식사를 같이할 요량인 듯했다. 자이언트 대표가 합리석인 제안을 하지는 않을 것이다. 그런 제안이라면 식당이 아닌 회사로 불렀을 것이다.

오전에 만난 거래은행 담당자는 대출신청을 거절했다. 이제 정말 돈이 씨가 말랐다. 에덴 어드벤처가 다른 게임에 밀려 빛을 못 보면 회사도 나도 쪽박을 찰 판이다. 빌라 세입자의 전세금을 내줄 돈도 없다. 현서가 나를 죽이려고 하겠지. 선산이 날아가면…… 일가 어른들이 난리 칠 장면을 생각만 해도 끔찍하다.

브이알 제작에 착수하면서 얼마 안 돼 깨달았다. 게임 하나를 개발하는 데 내가 생각했던 금액의 두 배가 더 들어갔다. 에덴 어드벤처는 멸종동물을 구해내는 퀘스트를 클리어하면서 하나의 구역을 통과하는 식으로 다섯 개의 모험이 이어지는 게임이었다. 게이머 스스로 구하고 싶은 또 다른 멸종동물을 지정해서 서브 퀘스트를 수행할 수도 있었다. 서브 퀘스트에서 주어지는 동물 가운데 어떤 동물을 선택하느냐에 따라 다음 구역에서 주어지는 메인 퀘스트의 결이 달라졌다. 유니콘을 구한 게이머와 판다곰을 구한 게이머가 만나는 에덴의 결이 같을 수는 없는 것이다. 문제는 다섯 구역의 메인 퀘스트보다 서브 퀘스트에 돈이 너무 많이 들어간다는 거였다. 올 초에 원재한테서 스토리 대본을 받았을 때부터 걱정했던 문제였다.

"멸종동물이 너무 많은 거 아니냐? 메인은 그렇다 치고 서브 퀘스트의 동물을 좀 줄여야 할 것 같은데?"

한창 캐릭터 설계를 하며 스토리를 수정하던 단계에서 나는 몇 번이나 우는소리를 했다. 그때가 아마 1월 1일 시무식을 기점으로 에덴 어드벤처를 시작한 지 6주쯤 지났을 때였다. 기획회의 때 원재가 하는 말을 듣고 있으면 밑 빠진 독에 돈 쏟아붓는 소리가 들렸다.

"서브 퀘스트가 받쳐줘야 멀티 엔딩이 가능한 거야. 캐릭터가 줄면 엔딩이 뻔해져. 아무튼 사이즈를 줄일 수 있는지 고민해 볼게."

고민해 볼 것 같지 않은 투로 원재가 말했다.

"사이즈가 작다고 대박을 치지 못하란 법은 없지. 다들 오늘도 파이팅하자고."

직원들 앞에서 너무 없는 티를 냈나 싶어 나는 회의를 서둘러 끝냈다.

"아참, 현도야."

"어, 왜."

사장실로 가려던 나는 조금 긴장해서 원재를 보았다. 원재가 말을 거는 건 열에 아홉 돈이 들어가는 일이었다.

"필드 이미지를 맡아줄 디자이너가 필요해."

나는 멈칫했다. 필요하면 구해야지. 나도 이렇게 호기를 부리고는 싶었다.

"홍규 있잖아. 홍규가 원래 디자인 쪽 아닌가?"

홍규가 가져가는 돈이면 디자인 일도 같이 해줘야 하는 거 아닌가. 말은 안 해도 그런 표정으로 물었다.

"캐릭터 모델링 윤곽을 잡아놓는 것까지는 했는데 레퍼런스도 없는 상태에서 더는 무리야."

에덴 어드벤처로 명명한 브이알 게임의 기획 개발자인 원재는 프로그램 구조 설계를 맡고, 홍규는 게임 데이터 설계며 모듈과 인터페이스 쪽을 맡고 있었다. 제작에 착수한 뒤 둘이서 전체 설계와 시스템 구축을 얼추 한 것만도 대단한 것이긴 했다. 여기서 디자인까지 맡아서 해달라는 건 내가 봐도 무리였다.

"미림 언니한테 전화해볼까? 올 거야 아마."

총무 자리가 회의용 탁자와 멀리 떨어져 있어 늘 딴짓을 하던 현서가 대화에 불쑥 끼어들었다.

"언니 재택 할 때 디자인 의뢰 잘 들오던데? 실력 있으니까 들어왔을 거 아냐."

원재도 나도 뭐라고 선뜻 대답을 못 했다.

"원재 오빠하고도 대학 때 친구라며. 서로서로 다 아니까 편하고 좋잖아."

현서가 재촉했다. 저게 내 동생이라니. 미림이 제 오빠의 전처였다는 생각 따위 현서한테는 일 초도 떠오르지 않는 듯했다.

"인테리어하고 게임은 분야가 달라."

내가 말했다.

"애니메이션 원화 작업도 했잖아. 애니 배경이랑 게임 배경이랑 비슷하던데 뭘."

현서가 고집했다. 내가 미림과 결혼하기 전부터도 두 사람이 친하게 지내긴 했다. 현서나 미림이나 자기중심적인 면이 강해 어울릴 것 같지 않은데 희한하게 죽이 잘 맞았다.

"캐릭터는 어느 정도 잡혔고 배경 원화만 확실히 해줘도 고맙지. 쓰리디 모델링은 애들 쓰면 되니까 감각 괜찮으면 오라고 해."

회의 때마다 니들이 알아서 하라고 심드렁하게 굴던 홍규가 웬일로 의견을 냈다. 안될 게 뭐가 있는지 몰라서 하는 말인가. 아, 홍규는 미림을 모르겠구나.

"내가 전화해볼게."

홍규는 몰라서 그렇다 쳐도 현서는 왜 저렇게 설치는 건지, 나는 못마땅한 표정을 드러냈다. 내 표정을 무시하고 현서가 그 자리에서 전화를 걸었다. 아주 신이 나서 통화하는 현서를 나도, 원재도 하릴없이 지켜보았다.

"미림 언니가 관심 있대."

휴대폰을 귀에 댄 채 현서가 말했다.

"HD아트센터에서 후원하는 도시재생 프로젝트를 맡고 있는

데, 잠깐만……. 짜잔, 언니가 4월 초에 일을 시작할 수 있대."

미림이 합류하겠다고 한 것보다 나는 도시재생 사업이라는 말에 고개를 갸웃했다. 귀에 익은 말이었다. 나도 모르게 원재를 돌아보았다. 작년 12월 원재를 찾아 동두천에 가면서 패랭이꽃 스튜디오가 하는 일에 대해 검색을 했다. 홈페이지에 '문화예술을 통한 도시재생'이란 포스터가 팝업창으로 떴다. 도시재생 사업이 전국 규모의 사업이니 패랭이꽃 스튜디오만 하는 게 아니겠지만 공교로운 우연이라고 나는 생각했다. 원재는 별 내색 없이 덤덤한 표정이었다.

미림은 한 달 남짓 프리랜서로 재택근무를 하다가 5월 중순부터는 사무실로 출근했다. 하루 십여 차례 영상통화를 하고 메일을 쓰고 하느니 현장으로 와서 일하는 게 낫겠다는 말을 미림이 먼저 꺼냈다. 미림은 출퇴근을 하면서 월급제로 계약을 조정했는데 조건을 까다롭게 따지지 않았다. 출근과 함께 자신이 추가로 떠맡게 될 작업량을 체크하고 나서도 다른 데서 받을 수 있는 페이보다 낮은 액수를 미림 스스로 제시했다. 원재와 다시 한 팀으로 일할 수 있다는 점이 나머지를 채워주는 건가. 생각이 잠시 삐딱하게 흘렀지만 고마운 건 고마운 거였다.

사나흘 지나자 민주 옆자리에 미림이 앉아있는 게 그다지 어색하지 않았다. 미림은 CI, BI로고와 일러스트를 전문으로 했는데 게임 그래픽만 전문으로 해온 디자이너 못지않게 속도를 냈다. 미림이 자기 역량을 최대한 발휘하는 게 곁에서 지켜보는 내게도 느껴졌다.

회사 일에 열심인 건 다른 직원들도 마찬가지였다. 월급도 적고 근무환경도 별로고 기본적으로 언제 망할지 모르는 불안정한 상황인데도 다들 회사에 충실하고 성실했다. 어떤 식으로든 그들의 노고에 보상을 해주고 싶었다. 충분한 보상까지는 몰라도 적어도 내가 약속한 것은 해주고 싶었다. 사장으로서 그게 내가 해야 할 일이고 도리였다. 내 꿈 때문에 다른 사람의 노력을 희생시키는 짓은 하고 싶지 않았다. 자이언트에 에덴을 넘기겠다고 결심한 데는 그런 마음이 컸다. 처음에는 그랬다.

자이언트 대표한테서 전화가 온 건 에덴 어드벤처의 시제품 시연을 치른 이튿날이었다. 오후 한 시에 자이언트사 건물 2층에 있는 카페에서 만나기로 하고 통화를 끝냈는데 30분쯤 지나 문자가 왔다. '달의 궁전'으로 장소를 바꿨으니 주소를 보고 찾아오라고 했다. 달의 궁전은 중국음식을 파는 고급 식당이었다. 입구에 서서 어딘지 낯익은 홀을 두리번거리는데 서빙하는 사람이 와서 자리를 안내했다.

2층 창가에 얼굴이 너럭바위처럼 생긴 자이언트 대표가 앉아 있겠군, 예감하면서 나는 서빙 하는 남자를 따라갔다. 달의 궁전에서 대면하는 미팅은 처음이지만, 이곳에서 나는 이미 자이언트 대표를 만난 적이 있다. 자이언트 대표가 무슨 말을 할지도 알고 있다. 이미 지나간 시간이 지금 일어나고 있는 현실의 시간과 겹쳐서 예정된 운명처럼 흐르고 있다. 왜 이런 현상이 자꾸 일어나는 건지 알 수 없지만, 다시 시작된 위이이잉 소리와 함께 웬만큼 적응된다. 혼란스럽지 않은 건 아닌데 이런 현상이 일어나도 그 때문에 세상이 완전히 망가지지는 않는다는 것 또한 알고 있다.

몸 전체가 너럭바위처럼 생긴 자이언트 대표가 손을 들어 올린다. 손도 두껍고 얼굴도 두꺼운 자다. 두 겹의 현실처럼 저 자이언트 대표도 두 겹의 존재인 것인가. 문득 떠오르는 의문을 접고 나는 맞은편 자리에 앉는다.

"대단한 걸 만들고 있다면서?"

자이언트 대표가 묻는다. 기습적인 질문이지만 나는 이 첫 질문 또한 받은 적이 있음을 느낀다.

"능력 있는 개발자를 부른 건 사업가의 중요한 능력이지. 듣자니 친구라며?"

사람 불러놓고 뭔 기업비밀을 캐나 싶어 나는 대답을 돌려주지 않는다. 묻는 내용보다 친근한 반말투가 더 거슬린다. 자기 뜻대로 일이 풀리지 않으면 휴대폰을 야구공처럼 던지거나 구두로 정강이를 깐다는 소문이 도는 사람이다. 부드럽게 나오는 건 뭔가 꿍꿍이가 있다는 거겠지. 그 꿍꿍이가 뭔지 이미 나는 알고 있는 것 같은데 말로 정리되어 떠오르지는 않는다. 나는 두 겹의 존재로 소환돼 온 상대와 밀고 당기기를 해야 한다. 상대가 두 겹의 존재라면 나 역시 마찬가지라는 것을 나는 무심중에 이해한다. 늦은 점심을 코스 요리로 시켜 먹는 동안 내내 변죽을 올리던 대표가 우롱차로 입가심을 하고 나서 본론을 꺼낸다.

"요번에 해피랜드라고 브이알 게임을 하나 만드는데 말이지. 무장한 거구의 사내가 귀엽고 연약한 동물을 구하면서 해피랜드에 도착하는 거야. 해피랜드, 에덴 어드벤처의 목적지인 에덴과 비슷하지? 하하하."

대표가 하하하 웃으면서 나를 본다. 대표의 입에서 '에덴'이라는 단어가 나오는 순간 나는 달려오는 전차에 받힌 듯 아뜩해진다. 당황한 티를 내지 않으려고 이를 악문다. 누가 나를 좀 도와주었으면, 하는 생각과 함께 원재의 덤덤한 얼굴이 어른거린다. 원재는, 지금 내가 지으려고 애쓰는 표정을 갖추기 위해 어릴 적부터 결사적으로 살아온 거였구나. 나는 처음으로 그런 생각을 한다.

"멀티 엔딩인데 서브 퀘스트에 공을 좀 들였지. 메인 퀘스트를 클리어하지 않으면 서브 퀘스트를 거부할 수도 있는 인공지능망으로……."

탁자 위로 몸을 내밀면서 자이언트 대표가 지껄인다. 온몸에 교활함을 덮어쓰고 있는 자이언트 대표의 너럭바위 얼굴이 부담스러워 나는 몸을 뒤로 젖힌다.

"요즘 반려동물이 트렌드더구먼. 동물을 구하는 건 기본은 먹고 가지."

자이언트 대표는 내 약을 올리려고 작정한 사람처럼 에덴 어드벤처와 겹쳐지는 해피랜드의 장점에 대해 말하고 있다. 에덴 어드벤처에서 특화한 퀘스트 수행 방식과 인공지능형 프로그래밍 기법에 대해서 파악했다는 뜻이다.

그런데 어떻게?

스토리와 함께 시스템 설계까지 에덴 어드벤처의 판박이로 일을 진행했다는 건 마블닷컴의 누군가에게 정보를 꾸준히 받았다는 뜻이다. 누구지. 대체 누가 그런 짓을 한 거지. 말이 안 되는 상황에서는 말이 안 되는 의심을 할 수밖에 없다. 마블닷컴에서 내가 의심할 사람은 홍규뿐이다. 종일 개발실에 처박혀서 시간을 보내지만 컴퓨터로 뭘 하는지 내가 알 수는 없다. 고등학교 때 일로 꽁한 마음이 남았을지 모른다는 짐작만으로 홍규를 의심할 수는 없지만……. 자이언트 대표는 늙은 귀신처럼 내 표정을 살피고 있다.

"본론이 뭡니까?"

나는 싸울 듯이 묻는다.

"해피랜드와 에덴 어드벤처가 같은 시기에 출시하게 될 걸세. 해볼 자신 있나?"

대표의 목소리가 직구로 날아와 나를 때린다. 나는 눈길을 허공에 두고 픽 쓰러진다. 한심하군. 의자에 그대로 앉아있는 나의 유령이 중얼거린다. 고꾸라진 나는 몸을 일으킬 힘이 없다. 이자 연체한 게 없어도 대출한도가 차서 추가 대출은 어려워요. 대출 담당자의 말이 귀에서 왕왕거린다. 여기서 쓰러질 수는 없다. 내가 어떻게 여기까지 왔는데……. 나는 이를 악문다. 억지로 정신을 차린다.

"게임은 내놔봐야 아는 겁니다. 하나 묻죠. 우리 게임에 대해 정보를 준 게 누구죠?"

죽을힘을 다해 버티는 데까지는 버텨야 한다. 포커페이스를 유지하면서 자이언트 대표에게 묻는다.

"그게 중요한가. 상황이 이럴 때는 투자한 돈부터 생각해야지. 듣자니 얼마 전부터 카드 돌려막기까지 한다며?"

홍규구나. 나는 자이언트 대표에게 정보를 준 사람이 홍규라고 확신한다. 이자 상환 유예가 안 되면 카드 돌려막기라고 해야겠다. 회의 시간에 투덜거린 적이 있었다. 개고생하고 돈 못 받는 일은 없게 해주라. 내가 우는소리를 하자 홍규는 제 페이 걱정부터 했다.

"말씀해 보시죠. 누굽니까."

나는 탁자 위로 몸을 내민다. 내 확신이 맞는지 내 귀로 듣고
확인하는 것이 그 순간에는 다른 무엇보다 중요했다. 자이언트
대표가 혀로 입안을 훑으며 빙글거린다.

"세상에 존재하지 않는 게 세 가지 있는데, 그게 뭔지 아나?"

이 양반이 장난하나. 화가 솟구치는 와중에도 에덴이라는 낱
말이 머릿속에 떠오른다. 부재하는 에덴이라는 구절도 떠오른다.

"비밀, 정답, 공짜."

자이언트 대표가 손가락 세 개를 하나씩 꼽고는 크하하 웃음
을 터뜨린다. 웃기지도 않는다.

"질문 하나 더. 내가 우리 회사에서 출시할 제품을 까발린 이
유가 뭘 것 같나?"

나는 입을 다문 채 자이언트 대표를 노려본다. 자기 직원한테
뒤통수나 맞는 초짜 사장을 갖고 노는 게 재미있겠지.

"업자들끼리 상생하자는 거지. 우리가 풀어놓을 귀여운 동물
하고 에덴 어드벤처가 풀어놓을 멸종동물. 합이 좋잖아. 이건 시
리즈감이거든. 첫 시리즈에서 힘을 받으면……."

"참 말 많으시네. 그러니 어쩌라고요."

더는 참을 수 없어 나는 목소리를 높인다.

"개발비는 섭섭지 않게 책정하지."

자이언트 대표는 마침내 만나자고 한 목적을 말한다.

"싫습니다."

나는 단호하게 거절한다. 나를 빤히 보던 대표가 아래턱을 좌우로 움직이며 웃는다. 나는 결국 저자에게 설득될 것이다. 그런 예감이…… 기억이…… 도끼처럼 이마로 날아와 박힌다.

나는 혼자 남는다. 나는 종종 이렇게 혼자 남는다. 혼자 버려진 듯 남아있던 나는 몸을 일으켜 거리로 나간다. 나는 부서진 수박처럼 참담한 심정으로 어둠이 내리기 시작한 길을 걷는다. 원재가 내 손을 놓은 뒤로 나는 유령처럼 길에서 길로, 먼 기억에서 가까운 기억으로 걷고, 걷고 또 걷는다. 내게 남은 것은 나를 파묻을 빚과 출시를 앞둔 브이알 게임뿐이다. 그게 다다.

결론이 나온 건가. 정말 이게 다인가. 나는 묻고, 답하고, 답을 지운다. 그리고 다시 묻는다. 뙤약볕 아래 아무도 없는 운동장을 한 바퀴 두 바퀴 세 바퀴…… 발을 끌며 돌다가 털벅 쓰러졌을 때 봉제인형처럼 구겨진 몸이 느끼는 건 절망일까, 분노일까. 결국 이렇게 벗어났구나, 하는 서글픈 안도감일까.

에덴 어드벤처는 네 게임이 아냐

정식명칭 '브이알 게임 에덴 어드벤처' 시제품 시연에 성공한
건 10월 14일이었다. 기본 사운드로 돌리던 게임에 음악을 넣고
마지막으로 버그 제거 작업만 하면 11월 첫째 주 수요일부터 열
리는 박람회에 내놓을 수 있었다. 셋째 주로 예정됐던 박람회가
첫째 주로 당겨지면서 업체들마다 소소하게 난리를 쳤다.

시제품 시연을 앞두고 사무실은 며칠간 사람들로 북적거렸다.
더미 클라이언트 수천 개를 띄워놓고 홍규와 성용, 민주는 물론
이고 프리랜서 디자이너인 미림과 테스트 대행업체 직원까지 달
라붙었다. 그날 오후에 할 수 있는 모든 종류의 테스트를 단 한
차례의 렉도 걸리지 않고 끝냈을 때 우리는 환호했다. 너나없이
자리에서 일어나 팔을 쳐들며 환호성을 질렀다. 최고의 순간이었
다. 그 순간을 위해 달려온 10개월은 내 생애 최고로 힘든 날들

이었다.

작년 말 원재를 찾아갔을 때 전격적으로 지원하겠다고 약속했던 나는 최선을 다했다. 개발팀이 필요로 하는 모든 장비를 최고급 사양으로 구입했고, 급여를 미룬 적도 없었다. 직원 수가 적은 만큼 게임 하나에 무려 일 년을 잡았어도 나는 흔쾌히 동의했다. 자본금 없이 출발한 앱 개발사의 사장으로서 쉬운 일이 아니었다.

나는 내가 발을 디밀 수 있는 데는 다 들어갔다. 영화사에 근무할 때 받았던 대우와는 천지 차이였다. 발주업체에 들어서면 대리급의 어린놈들한테까지 머리를 조아렸다. 얼굴에 철판을 깔았고, 나를 벌레 보듯 피하는 눈길을 억지로 잡아채면서 웃고 매달렸다. 늘 피곤하고 늘 지쳐있었다. 열 달을 그렇게 뛰어다니면서 내가 얼마나 지쳤는지조차 몰랐다. 자이언트 대표가 전화를 걸어온 건 시제품의 성공에 환호한 이튿날이었다. 어떻게 그렇게 때를 맞췄는지 놀라기만 했지 이상하다는 생각은 하지 못했다. 그만큼 지쳐있었다.

자이언트 대표를 만나러 나갔을 때 나는 기분 좋은 방전상태였다. 나는 뜻한 바를 이룬 빈털터리였다. 빚 빼고는 다 털린 상태였지만 나는 행복했다. 시제품의 성공에 환호했던 것이 어쩌면 내가 에덴에 가장 가까이 간 순간이었을 것이다. 내 환호에는 이제부터 진짜 전투가 남았고, 또 다른 필드에서 달려야 한다는 의

욕과 투지는 들어있지 않았다. 마침내 목적지에 도착했다는 안도 감만이 들어있었다.

그런 상태에서 자이언트 대표를 만났고, 나는 맥없이 무너졌다. 죽을래 살래. 두 가지 선택을 놓고 무엇을 택할지 묻는 질문 앞에서 고민은 의미가 없었다. 게임은 몇 번 말아먹어도 다시 만들면 돼. 회사는 망하면 그걸로 끝이야. 자네 아버지가 재벌쯤 되면 한두 번 망하는 것도 괜찮겠지. 자이언트 대표가 내게 했던 경고는 헛소리가 아니었다.

"여기서 멈추자."

자이언트 대표를 만나고 이틀을 꼬박 생각한 다음 직원들에게 내 결정을 알렸다.

"뭘요?"

"무슨 소리냐?"

회의용 탁자에 앉은 원재와 홍규, 자기 자리에서 우리 세 사람 쪽으로 의자를 돌리고 앉은 성용과 민주, 휴대폰을 놓고 이쪽을 보는 현서까지 무슨 뜻으로 한 소리인지 묻는 표정이었다. 정말 몰라서 묻는 건 아니었다. 자이언트 대표를 만나고 온 당일 나는 자이언트 대표가 우리 게임에 관심을 가지더라는 얘기를 했다. 에덴 어드벤처를 사겠다고 제안하더라는 말까지 해서 이미 한 차례 얘기가 오간 터였다. 내가 입을 다물고 있던 이틀간 무슨 생각을 하고 있는지 다들 눈치를 채고 있었다.

"우린 에덴 어드벤처를 성공적으로 만들었어. 애초의 목표를 이룬 셈이지."

나는 말을 꺼내놓고 직원들을 둘러보았다. 다들 허리를 세우고 나를 주시했다. 현서는 갑자기 식권을 꺼내 정리하는 척 딴청을 부리며 표정 관리를 했다. 다른 사람은 몰라도 현서는 내 결정을 반길 거였다. 은행에 담보로 잡혀있는 빌라에는 현서의 몫도 있었다. 자이언트에서 돈을 받으면 현서는 담보로 잡힌 집부터 풀자고 할 것이다.

"브이알 시장이 쉽지 않다는 건 다들 알 거야. 물론 나도 알고 시작했지. 그런데 이런 일이 닥치니까 솔직히 겁이 나. 출시해서 손익분기점 못 넘기면 나는 물론이고 회사도 끝이야. 자이언트에서 받을 돈이면 우린 새로 시작할 수 있어. 한번 해본 경험이 있으니까 훨씬 쉬울 거야."

나는 솔직하게 내 마음을 털어놨다. 다들 잠잠했다.

"얼리 액세스로 가자."

원재가 침묵을 깨고 말했다.

"좀 늦긴 해도 얼리 액세스, 찬성일세."

홍규가 밀했나. 다른 직원들도 내 눈치를 보면서 고개를 끄덕였다.

얼리 액세스로 가자는 주장이 처음 나온 건 아니었다. 사흘 전 시연을 끝내고 나서도 성용이 스팀에서 얼리 액세스로 성공을 거 둔 배틀그라운드 얘기를 꺼냈다. 게임플랫폼인 스팀에서 제공하 는 얼리 액세스는 개발 중인 게임을 선보이고, 게이머는 미리 그 게임을 구매함으로써 일종의 투자와 피드백을 전달하는 시스템 이었다. 개발사로서는 자금을 얻을 수 있는 기회이기도 하지만, 얼리 액세스에서 게이머들에게 까이면 출시도 못하고 끝나는 수 가 있었다.

"한 달이면 충분해. 스팀에 올리고 한 달 안에 내놓을 수 있어. 미리부터 왜 그렇게 겁을 먹어. 우리 게임, 충분히 승산 있어."

원재가 말했다. 태평한 소리였다. 자신 있는 낙관이 필요할 때 도 있지만 지금은 아니었다. 자이언트에서 에덴 어드벤처와 유사 한 게임을 비슷한 시기에 출시하려고 작정하고 있었다.

"비디오게임이라면 몰라도 브이알 유저층 정도로는 어려워. 그리고 자이언트에서 우리 게임을 사주겠다고 한 시한이 이번 주 까지야."

내가 말했다.

"자이언트 대표가 다른 업체 게임을 뺏을 때 그런 식으로 압박 을 해. 게임을 정말 사들일 마음이 있으면 벌써 계약금을 건넸겠 지. 구매하겠다면서 손을 내미는 진짜 목적은 우리 게임의 출시를 막아놓으려는 수작이야."

"넌 내가 계약금도 안 받고 이런 소리를 할 거 같냐."

내가 말했다. 원재의 얼굴이 굳었다.

"벌써 계약금 받았어? 얼마 받았는데?"

현서가 목소리를 높였다. 현서뿐 아니라 다들 놀란 표정이었다.

"자이언트에서 계약금 몇 푼 잃는 셈 치고 계약을 제대로 안 지키면? 계약금으로 묶어놓고, 자기들 게임 출시한 뒤에 니들꺼 마음에 안 든다고, 발 빼면 어쩔 건데."

원재가 말했다. 홍규는 원재의 말 한마디 한마디에 고개를 주억였다. 성용과 민주, 심지어 현서까지 미덥잖은 시선으로 나를 보는 듯했다.

"다들 걱정하는 마음은 알겠는데, 내가 일을 그렇게 허술하게 처리하진 않아."

"자이언트가 어떤 회사인지 넌 몰라. 지금까지 잘해오다가 막판에 왜 이러냐."

원재가 말했다.

"죽 쒀서 개한테 주는 거지."

의자 등받이에 드러눕듯 기댄 홍규가 천장을 보며 중얼거렸다. 성용과 민주는 물론이고 멀찍이 앉은 현서까지 집안의 탕자를 보듯 나를 보았다.

"다들 끝까지 가보고 싶은 마음은 알겠어. 알긴 알겠는데……."

회사 상황과 자이언트의 조건을 꺼내놓고 다시 한번 설명을 이어가려 했는데 문득 맥이 풀렸다. 자이언트 대표가 제안한 조건은 나쁘지 않았다. 원재가 왜 고집을 부리는지 이해할 수 없었다. 게임을 넘기면 제외되는 건 시스템 개발자인 원재가 아니라 마블닷컴이었다. 자이언트에서 스팀 스토어를 비롯한 몇몇 플랫폼에 게임을 올리면 마블닷컴 단독으로 올리는 것보다 에덴 어드벤처는 훨씬 더 주목을 받을 수 있었다. 게임개발자로서는 오히려 명예를 높일 기회였다.

"우리가 만든 게임을 나는 뭐 다른 데 넘기고 싶겠냐. 만에 하나 자이언트하고 붙어서 우리 게임이 깨지면……."

말을 하다 보니 감정이 격해져서 나는 뒷말을 삼켰다. 에덴 어드벤처의 저작권은 회사와 원재, 공동소유였고 광고 포함 순이익금의 20%를 원재가 가져가는 걸로 이야기가 돼 있었다. 창업 멤버인 민주와 성용에게는 당기순이익의 4퍼센트를 상여금으로 지급하기로 약속했다. 내 맘대로 에덴을 팔아넘길 수가 없었다. 에덴 어드벤처를 팔기로 결정하고 그들의 반응에 열을 내긴 했지만, 나는 그들의 반대가 진심으로 싫은 건 아니었다. 자이언트에 게임을 넘기자는 내 말에 다들 환호하면서 팔자고 나왔으면 오히

려 서운했을 것이다. 원재의 반대에 동조해서든 상여금 4퍼센트
가 아까워서든 에덴을 자기들 손으로 출시하고 싶어하는 마음에
나는 콧날이 시큰해지기까지 했다.

"우리가 만든 게임을 우리 이름으로 우리 회사에서 내고 싶다
는 거, 그 마음 백분 이해해. 그런 애착이 사장으로서 고맙기도
하고. 그렇지만 여러분들도 알다시피 지금 상황이 게임을 끌어안
고 엎어질 수 있는 상황이 아니잖아. 아쉽더라도 사장인 내 판단
에 따라주면 안 될까."

나는 내 주장에 동조할 것을 간곡히 부탁했다. 영업을 하고 투
자금을 끌어들이기 위해 회사 밖을 뛰어다니는 나와 달리 사무실
안에서 게임만 만지고 있는 개발자들은 아무래도 현실감각을 잃
기 쉬웠다.

"엎어지려면 무조건하고 엎어져야지…… 새꺄."

잘못 들었나. 홍규의 말끝에 희미하게 딸려온 새꺄를 나는 분
명히 들었다.

"야, 오홍규, 너 지금 뭐라……."

정색하고 일어서려던 나를 주저앉힌 건 홍규의 눈빛이었다.
홍규의 눈빛에 담긴 건 조롱이나 적의가 아니었다. 홍규는 나를
바라보며 배신당한 기억을 떠올리고 있었다. 내가 유령으로 따돌
림당한 기억을 지우지 못했듯 그도 친구의 배신으로 자신이 속했

던 세상에서 혼자 떨어져 나간 기억을 잊지 않고 있었던 거다.

친구를 고발하는 너 같은 놈은 인간도 아냐, 새꺄!

홍규가 학교에서 퇴학당한 이듬해, 어느 복지원에서 마주쳤을 때 내 귀를 때리듯 날아왔던 말이 십수 년 시간을 찢고 튀어 올랐다. 조금 전에 들었던 말은 잊은 듯이 묻어두었던 그때의 기억, 환청이었을 것이다. 나는 다소 황당한 표정으로 직원들을 둘러보았다. 다들 눈길을 떨어뜨리고 있었다. 아무도 입을 열지 않았다. 지친 건 나뿐이 아니었다.

"그냥 엎어지고 말자는 게 아냐. 나는 제2의 에덴 어드벤처를 만들 거야. 자이언트에서 돈을 받을 거니까 사이즈를 키워서 제대로 만들 수 있어. 사실 이번 게임에선 돈 때문에 서브캐릭터도 많이 없애고 사이즈를 줄였잖아. 이번 건 워밍업이었다 생각하고, 다시 한번 해보자."

"뭐야, 난 워밍업용 디자이너였다는 거네."

내 말에 토를 단 건 미림이었다. 프리랜서였지만 미림이 출퇴근까지 하면서 열성을 다했다는 건 누구나 알고 있었다.

"근데 얼마 받기로 한 거야?"

현서가 다들 궁금했을 질문을 던졌다.

"에덴 어드벤처를 만드느라 들어간 돈의 1.5배쯤 돼. 제2의 에덴 어드벤처 개발을 마음 편히 할 수 있을 정도로 충분한 금액이야."

내가 말했다. 적지 않은 금액이었다. 다들 표정이 애매해졌고, 원재가 보일 듯 말 듯 고개를 저었다. 이런 분위기로는 결론이 나지 않았다.

"우리 이번 토요일에 천봉산 한번 타자. 작년에 민주하고 성용이하고 셋이 등반대회 갔는데 거리도 가깝고 좋더라. 이번에 시연 끝내고 제대로 축하파티도 못 했는데, 겸사겸사 바람도 쐬고."

다들 여유를 가지고 회사가 처한 상황을 바라보게 할 필요가 있었다. 며칠 전만 해도 사무실은 기대와 열기로 가득 찼는데, 자이언트가 등장하면서 암벽에 갇힌 듯 분위기가 무겁고 답답했다.

"갑자기 무슨 등반대회……."

"그냥 이 근처 식당 잡아서 하죠. 우린 족발집만 가도 단합 잘되잖아요."

다들 내키지 않은 표정이었지만 나는 등반대회를 밀어붙였다.

토요일 오전, 뜬금없는 산행 제안에 떨떠름해 하던 직원들이 등산복을 차려입고 천봉산 들머리에 나타났다. 도시락은 현서가 사람 수대로 맞춰온 것을 들머리에서 하나씩 나눠 가졌다.

산을 오르는 내내 현서와 민주, 성용이 앞장을 섰다. 홍규와 원재는 뒤로 처졌다. 나는 그 중간을 걸으며 한 번씩 후미를 돌아보았다. 무슨 할 이야기가 많은지 홍규가 원재 쪽으로 몸을 돌린 채 떠들고 있었다. 기분이 좋지 않았다. 직원들 사이에 무슨 얘기가 오간 듯했다. 정상 좀 못미처 예닐곱 명이 둘러앉을 수 있는 너럭바위가 있었다. 나는 행렬에서 빠져나와 너럭바위로 갔다. 내가 너럭바위를 살피는 동안 직원들은 가파른 오르막길에 그대로 서서 숨을 골랐다. 나는 원재를 불렀다

"애들하고 같이 올라가지, 왜."

원재가 마뜩잖은 표정을 하고 걸어왔다. 사무실에서는 몰랐는데 밖에서 보니 원재의 얼굴이 많이 지쳐 보였다. 주말 등반대회를 고집한 게 살짝 미안했다.

"아침에 자이언트 대표 전화를 받았어. 오늘 안으로 확답을 달라고 하더라."

나는 에두르지 않고 말했다. 피곤해하는 원재를 더 피곤하게 만들고 싶지 않았다.

"그래?"

그렇게만 말하고 원재는 산 아랫마을로 눈길을 던졌다. 맑은 날씨인데도 미세먼지 때문인지 풍경이 흐릿했다. 얼굴의 3분의 1 정도가 보이는 각도로 서서 산 아래를 내려다보는 원재의 뒷모습을 어디선가 본 듯한 느낌이 들었다. 어디선가 본 듯한 저 모습으로 원재는 내게 무슨 말을 했는데 기억이 나지 않았다. 원재의 말을 들으면서 내가 느꼈던 격분의 감정은 생생한데 무슨 말을

했는지는 가물가물했다. 무언가가 내 머릿속에 손을 넣어 휘젓고 있었다. 기억이 뒤섞이면서 원재와 내가 바라보고 있는 풍경이 흐릿해졌다.

"겁주는 거야."

원재가 나를 향해 한 걸음 다가서며 말했다. 자이언트 대표가 겁주는 거라고 말하는 건가. 아니면 나한테 지금 겁을 주는 거라고 말하는 건가. 나를 향해 다가오는 원재의 걸음이 위협으로 느껴졌다.

"자이언트에서 우리가 만든 것과 비슷한 걸 내놓는다고 했지. 그거, 우리 퀄리티 못 따라와. 자이언트 애들 실력은 내가 알아."

나는 뒤로 한 걸음 물러서며 고개를 저었다. 게임제작에 들인 노력과 성능만으로는 시장성을 장담할 수 없었다. 자이언트에서 평가판이라는 명목으로 한 달쯤 무료배포를 하거나 헤드셋 사은품이라도 내걸면 상황은 끝나는 거였다.

"원재 너는 자이언트 같은 데서 일도 해봤으면서……."

말을 하다 말고 나는 그대로 굳었다. 거치적거리던 나사가 떨어져 나가면서 겉돌던 생각의 고리가 찰칵 걸렸다. 원재는 자이언트 대표와 의견이 갈려서 나온 게 아니라 호되게 뒤통수를 맞고 나온 거였다. 원재의 속셈이 에덴 어드벤처가 죽든 말든 자이언트에서 내놓을 제품에 데미지를 입히는 거라면…… 자이언트 대표가 하고많은 신생업체 중에서 하필 에덴 어드벤처에 손을 내민 것도 그 일의 연장선이 아니겠는가.

"고래 싸움에 새우 등 터진다더니! 이게 다 원재 너 때문이냐?"

대놓고 물으면서 나는 원재가 무슨 말도 안 되는 소리냐고 내 말을 일축하길 바랐다. 원재는 나를 물끄러미 바라보며 대답이 없었다. 나는 속으로 비명을 질렀다. 이건 자이언트 대표와 원재의 싸움이구나. 원재를 개발자로 데려오지 않았다면 자이언트 대표가 마블닷컴에서 만드는 게임을 노리고 공작을 벌이지는 않았을 것이다. 원재를 데려오지 않았으면 게임을 만들 수조차 없었을 거란 사실이 그 순간에는 떠오르지 않았다.

"현도야!"

원재가 나를 불렀다. 언제까지 나를 속일 수 있을 거라 여겼을 그의 표정이 가증스러웠다.

"나한테 총책임을 맡긴다고 했잖아. 끝까지 나를 믿어주면 안 될까?"

원재가 달래는 투로 말했다. 내 목구멍에서 화를 억누른 웃음소리가 흘러나왔다.

"나, 이번 달에 애들 월급 줄 돈도 없다. 빚내서 한두 달 더 끈다 해도 출시하는 그날로 망할 확률이 99퍼센트야. 누가 봐도 뻔한 일인데 대체 왜 이러냐. 나한테 복수라도 하겠다는 거냐?"

나는 결국 마지막까지 싸매고 있던 껄끄러운 속내를 꺼내고 말았다. 원재의 눈매가 가늘어졌다. 꺼내지 말았어야 할 말이었다. 그러나 한번은 터놓고 해야 할 말이기도 했다. 미림을 놓고 내가 저질렀던 치졸한 짓은 시간이 흘러도 지워질 수 없었다.

"모른 척하지 마. 미림이가 왜 널 버리고 나 같은 놈한테 왔겠냐. 내가 그렇게 만든 거야. 네가 그걸 모를 리 없잖아."

소리 지르는 나를 보며 원재가 급피곤하다는 표정을 지었다. 예전에는 내가 무슨 말을 해도 저런 표정을 지어보인 적이 없었다.

"네가 뭘 어떻게 했는데?"

"정말 몰라서 하는 소리냐."

"어, 몰라서 그래."

늘 그런 식이지. 언제나 살짝 어긋난 딴 세상에 사는 사람처럼 구는 원재의 반응에 나는 새삼 화가 끓어올랐다.

"이건 알아둬. 미림이가 널 사랑했으면 너하고 끝까지 갔을 거야. 너도, 네가 미림이를 진심으로 사랑했으면 그렇게 쉽게 포기하지 않았을 거야. 나는 끝까지 가고 싶었어, 너하고…… 너 때문에……."

화가 나 식식거리느라 말을 맺을 수가 없었다. 영문을 모르겠다는 표정을 지어야 할 사람은 원재가 아니라 나였다. 그렇게 홀쩍 떠나 연락마저 끊어놓고서 우리가 그를 잊고 행복하게 살 거라 정말 믿었단 말인가.

"나는 네가 미림이와 잘살 줄 알았어. 나보다는, 네가 미림이를 행복하게 해줄 거라고 생각했어. 그래서 떠난 거고."

나는 고개를 저었다. 나는 원재가 떠나길 바라지 않았다. 나와 미림이 행복하기를 바랐다면 그는 떠나지 말고 우리와 함께했어야 했다. 그가 우리를 떠나지 않고 곁에서 친구로 있어 주었다면 모든 게 달라졌을 것이다. 미림이 내게서 사사건건 못마땅한 점을 찾아내어 화를 낸 것은 나 때문에 그가 떠났기 때문이었다. 내가 원재가 아니기 때문이기도 했겠지만.

"내가 잘살기를 바랐다고? 그럼 내 꼴을 봐. 실패의 연속이 내 인생이야. 결혼도 실패했지, 유일한 친구도 잃었지. 나한테 남은 건 마블닷컴 하나야. 마블닷컴을 잃으면 난 정말 모든 걸 잃는 거야."

원재가 무슨 생각을 하는지 알 수 없는 표정으로 나를 보았다. 내가 아무리 절박한 심정을 드러내도 그는 내 절박의 밑바닥까지 시선을 내려보낼 마음이 없는 것 같았다.

"우리는 에덴을 목표로 달려왔고 시제품을 냈어."

내가 말했다.

"성공적인 시제품이지."

원재가 말을 덧붙였다.

"잘해 낸 거, 고맙게 생각하고 있어. 일차적으로 우리 목표를 이룬 셈이지. 이 시제품을 상품으로 내놓고 입질이 끝날 때까지 버티려면 두 달은 걸려. 그런데 나는 이번 달 월급 줄 돈도 없고 더 버틸 자신이 없어. 우린 에덴을 팔아야만 돼. 이걸 끝까지 쥐고 있다가 자이언트에 잡혀서 죽는 원숭이 꼴이 되고 싶지 않아."

"이번 달 월급은 걱정 안 해도 돼. 홍규랑 애들하고도 얘기가 됐어. 출시할 때까지는 내가 알아서 할게."

원재가 말했다.

"네가 뭔데?"

내 말에 원재가 멈칫했다.

"네가 뭔데 알아서 해? 이 회사 사장은 나야. 월급을 주든 안 주든 내가 알아서 한다고, 이 새끼야."

내 입에서 터져 나온 상소리에 원재의 표정이 굳었다. 놀라기는 나도 마찬가지였다. 굳은 표정으로 나를 쳐다보던 원재가 한 발짝 가까이 다가왔다.

"기분 나빴다면 미안하다. 우리도 회사 어려운 걸 아니까 이러는 거야. 너만큼은 아니지만 다들 회사 걱정 많이 해. 민주하고 성용이가 먼저 그러더라. 우리 게임 출시해서 성공할 때까지 월급을 유예해도 된다고. 지금 다 한마음이 돼 있어. 너도 알잖아. 이런 팀워크가 얼마나 중요한지. 제2의 에덴 어드벤처, 나도 좋아. 그런데 제1이 없는 제2가 어디 있냐. 시리즈로 내더라도 우리 게임은 우리가 가져가야지."

말을 하면서 원재가 내 어깨에 손을 얹었다.

"이거 치워!"

나는 원재의 손을 쳐냈다. 정확히 17년 전에 그는 별생각 없이, 아무 의미 없이 내게 손을 내밀었다. 지금처럼 저렇게 진심 어린 표정으로 다가와 내 인생을 틀어놓고는 무심했다. 그는 내가 기억하는 것들을 기억하지 못했고, 내가 견뎌야 했던 것들에 무관심했다.

"우리 게임은 무슨 우리 게임이야! 에덴이 어떻게 너희들 게임이냐. 에덴은 너희들 것이 아니라 내꺼야. 나, 박현도의 에덴이라고. 내 에덴을 내가 팔아먹든 씹어먹든 상관하지 마."

무엇 때문에 그렇게 억울하고 그렇게까지 화가 나는지 알 수 없었다. 원재가 하는 말에 어깃장을 놓고 사장의 직위로 누르면서도 나는 내가 옳은 게 아닐 수도 있다는 불안감에 흔들렸다. 원재가 이렇게까지 에덴을 지키려는 데에는 무슨 이유가 있는 게 아닐까. 회사 직원들이 다 말리는데 내가 이걸 밀어붙이는 게 과연 옳을까 하는. 나는 그러나 고집을 꺾지 않았다. 원재가 고집을 부리지 않았다면, 나도 에덴을 넘기려고 그렇게 기를 쓰지는 않았을 것이다.

"현도야!"

내 이름을 불러놓고서 원재는 할 말을 까먹은 사람처럼 눈을 끔벅였다. 할 말을 궁굴리는 듯 나를 쳐다보던 원재가 한숨을 길게 내쉬었다. 한숨 끝에 방심했을 것이다. 게임에 대해 쥐뿔도 모르면서 고집부리는 사장을 처치 곤란한 골칫거리로 여기는 표정이 원재의 얼굴에 얹혔다. 게임 제작비를 끌어대느라 개처럼 뛰어다닌 나를, 감히. 그러나 인정해야겠지. 그게 네 본심일 테니. 그게 네 선의의 한계, 선의의 진짜 얼굴일 테니까.

"그런 식으로 부르지 마! 나를 친구로 여길 게 아니면 사장으로 대해."

내가 막 가고 있구나, 생각하면서도 나는 나를 걷잡을 수 없었다. 세찬 바람 속에 외롭게 꽂힌 깃발처럼 마음이 제멋대로 펄럭였다.

"야, 박현도!"

원재가 정신 차리라는 듯 큰소리로 말했다.

"내가 모를 거 같냐. 네가 나한테 이러는 거, 나를 미치게 만드는 거 결국 미림이 때문이잖아. 너한테서 미림이를 뺏은 나를 밟고 싶어서 이러는 거잖아.""

나는 소리 지르며 원재를 칠 듯이 다가갔다. 원재가 뒷걸음질 치며 입을 벌렸다. 무슨 말인가 할 듯하더니 고개를 저었다.

"왜? 나한테는 아무것도 말할 필요조차 느끼지 않냐. 말할 가치조차 없다는 거냐? 넌 뭐가 그렇게 잘나서 새끼야."

소리치면서 나는 원재의 멱살을 잡았다. 동시에 원재의 손이 올라와서 내 손목을 세게 꺾었다. 억, 하고 허리를 트는 순간 내 몸이 뒤로 쏠리면서 스텝이 꼬였다. 얽죽얽죽한 너럭바위의 오목한 곳에 발끝이 걸렸을 것이다. 나는 막춤 추듯 사지를 허우적거리며 뒤로 밀려났다.

자세를 바로잡고 보니 발이 벼랑 끝에 걸쳐져 있었다. 벼랑 밑으로 깎아지른 절벽의 허공이 부옇게 열렸다. 몸이 15도쯤 벼랑 바깥으로 기운 느낌이었다. 몸을 움직일 수가 없었다. 뼈가 녹아버린 양 무릎에서 힘이 빠졌다.

원재야!

원재를 부르는데 목구멍에서 소리가 나오지 않았다. 원재는 우두커니 서서 나를 보고 있었다. 원재야, 나 좀…… 나는 팔을 뻗은 채 벌벌거렸다. 내 앞으로 원재가 다가왔다. 내가 손을 내밀 사람은 원재밖에 없었다. 내 앞으로 다가온 손이 멈칫했다. 꽃잎이 바람에 살짝 밀리듯 원재의 손이 옆으로 비껴갔다.

"에덴 어드벤처는 네 게임이 아냐. 내가 만든 내 게임이야."

원재가 나를 똑바로 보며 말했다.

원재야…… 공포와 혼란이 내 목을 틀어막았다. 저건 원재가 아냐. 원재가 나한테 저런 말을 할 리가 없어. 내 속에서 질러대는 소리가 내 안에서 부서졌다. 아뜩한 현기증이 몸속으로 흘러들면서 절벽 밑 까마득한 깊이가 내 몸을 끌어당겼다. 희부연 허공이 아가리를 벌린 채 솟구쳐 올랐다.

누군가 나를 부른다면

벼랑이 누운 듯 길게 뻗은 골목은 가로등이 깨져 어둡다. 나는 좁고 어둡고 익숙한 길을 걸어간다. 중학교 1학년 때 이사 온 동네여서 수백 번도 넘게 걸어 다녔는데 컴컴한 골목을 들어서면 기분이 으스스하다. 이건 필시 내 꿈속일 것이다. 꿈속에서 고등학생인 나는 시무룩한 표정으로 발을 끌듯이 골목을 걷는다.

골목은 희부연 허공처럼 열려있고 저 끝에는 그가 서 있다. 집에 오는 시간을 늦추려 버스를 타지 않고 한 시간 넘게 걸은 탓에 이마에 배어 나온 땀이 선득하다. 벌써 몸이 떨린다. 피할 수는 없다. 길 끝에 버티고 선 그는 해치를 닮았다. 화를 내지 않을 때는 너럭바위처럼 얼굴이 넙데데한 게 친숙한 느낌마저 들지만 가까이 다가가는 동안 인상이 사납게 변한다. 나를 발견한 그는 더 크고 더 추악하게 변하면서 나를 향해 달려온다. 괄괄괄 소리를 내며 달려오는 그는 미쳤다. 나도 미쳐야 한다.

나는 펄쩍 몸을 던진다. 몸을 던지는 순간 골목이 벼랑처럼 일어서고, 계곡 바닥이 희부연 허공으로 솟구친다. 공갈빵 같은 그것이 앞발을 치켜든다. 퍽, 하는 소리가 나고 묵직한 충격을 깨닫기도 전에 목이 꺾인다. 괄괄 소리를 내며 흐르는 피로 목이 뜨끈하게 젖는다. 흘러내린 피가 식으며 내 몸이 차가워지는 것을 느낀다.

나는 관속에 누워있다. 관속에 누운 자세로 손을 가슴에 올리고 죽어있다. 나는 눈물을 흘린다. 버림받고 외롭다는 생각이 머릿속에 돋아난다. 가슴 안쪽에서 올라오는 슬픔이 손바닥에 전해진다. 나는 슬픔을 오롯이 받아낸 손바닥을 쳐든다. 나는 기다린다. 원재가 떠나고, 미림이 떠나고, 내 주변에는 오래도록 아무도 없었다. 나를 슬프게 하는 것들, 나를 그립게 하는 것들이 손바닥에서 증발한다. 소금처럼 마른 슬픔의 까끌까끌한 알갱이가 살 속으로 파고든다.

눈물이 마르고, 나는 다시 졸렬한 박현도로 살아난다. 빛이 다가온다. 나는 내 얼굴을 난자하는 빛의 난폭함에 항의하듯 눈을 번쩍 뜬다. 샤워기에서 쏟아지는 물줄기처럼 빛이 눈 속으로 파고든다. 나는 신음을 낸다. 빛의 줄기가 하나씩 꺼진다. 뭔가 어른거린다.

"오빠 어젯밤에 술 마셨어? 무슨 잠꼬대를 그렇게 해?"

현서가 팔짱을 끼고 서 있다.

"천봉산…… 벼랑에서 떨어졌어."

현서가 소리 없이 한숨을 쉰다. 요즘 내 몸이 이러니 걱정이 되겠지. 늘 앙앙거려도 엄마가 재혼해 가면서 남은 건 우리 남매뿐이구나, 생각하는 건 나뿐이다.

"맨날 틀어박혀 술만 마시고, 대체 왜 그래?"

뭘 왜 그래. 나는 눈을 끔벅거리며 현서를 본다. 요즘 얘가 왜 이렇게 까칠하게 구는지 모르겠다. 얼마 전부터 현서는 내가 마치 회사 사람들을 일부러 괴롭히는 소시오패스나 되는 것처럼 대한다. 지금도 나를 보는 눈길 한번 살벌하다.

"내가 왜, 뭐가 문제냐?"

나는 몸을 꿈지럭거리며 일어나 앉는다.

"왜 사사건건 원재 오빠를 못 잡아먹어서 난리야. 다 망해가는 회사가 누구 때문에 돌아가는데 왜 자꾸 그래. 게임 팔아서 뒷돈 챙길 것도 아니잖아."

"그러는 너는. 왜 원재 말이라면 끔벅 죽냐."

"내가 괜히 그래? 다들 오빠가 이상해졌대. 다른 사람도 아니고 왜 오빠가 게임을 못 넘겨서 안달이래. 그냥 우리가 갖고 있다가 풀면 되잖아. 플랫폼마다 다 올리고 브이알 방에도 풀고 광고도 붙이고……."

"시끄러워. 네가 뭘 안다고."

"또 사람 무시하는 거 봐. 맨날 나 무시하는 거 아빠랑 똑같은 거 알기나 해? 생긴 것도 갈수록 아빠 닮아서 어떨 땐 깜짝깜짝 놀란다니깐."

"제발 좀 나가라."

내가 팔을 떼밀자 현서가 소리를 빽 지른다.

"아, 진짜!"

현서의 새된 목소리가 부연 기억의 더께를 날카롭게 가르고, 위이이잉 소리가 시작된다. 천 길 낭떠러지, 그 벼랑 끝에서 떨어져 내린 게 나였나. 누군가 거짓말처럼 까마득히 떨어지는 모습을 내려다보는 내가 나였나. 솟구쳤던 허공이 꺾이면서 119, 119 외치는 소리가 귓속을 채운다. 위이이잉 이명 소리에 귀를 문지르던 나는 손을 툭 떨어트린다.

"뭐래, 혼자서 중얼중얼. 낮에 졸면서 비명 지르는 사람 오빠밖에 없을 거야. 다른 사람들 말 안 듣고 못되게 구니까 악몽을 꾸지."

현서는 제 할 말만 늘어놓고 사장실을 횡 나간다. 동생이 아니라 사장을 상대로 총대를 멘 노조위원장 같다. 나는 늙은이처럼 끙 소리를 내며 일어난다. 소파베드의 매트리스를 밀어 넣고 창문을 연다. 숨통이 좀 트이는 것 같다.

여름 한증막 겨울 냉동고라는 옥상의 사무실을 얻은 것은 월세가 저렴하다는 결정적인 이유 때문이었다. 그런데 있어 보니 옥상 사무실이 나쁘지만은 않았다. 옥상은 공중에 떠 있는 마당이나 마찬가지였다. 훤하게 트인 전망이 좋았고, 공기도 신선하게 느껴졌다. 건물에 입주해 있는 사람들이 가끔 담배를 피우러 올라오곤 해도 바람이 불어서인지 냄새가 고이지는 않았다.

퇴근 시간이 지나고 나면 옥상을 혼자 차지할 수 있었다. 원재가 오기 전까지는 그랬다. 원재도 옥상이 마음에 드는지 일을 하다가 쉴 때면 옥상으로 나와 담배를 입에 물었다. 초반에는 원재가 옥상으로 나가면 나도 슬그머니 따라 나가곤 했다.

"나이 좀 들면 섬이나 해변마을로 가서 살까 싶은데, 이 도시가 그립긴 할 거야."

원재는 빌딩 아래 도로 쪽으로 눈길을 둔 채 중얼거렸다. 세찬 바람에 원재가 뿜어낸 담배 연기가 흩어졌다.

"그리워할 만한 풍경은 아닌데."

나는 감흥 없이 중얼거렸다. 원재가 아련한 눈길로 내려다보는 빌딩숲과 도로에 나는 별 관심이 없었다. 내 관심은, 눈 아래 펼쳐진 풍경 속에 소문처럼 혹은 마법처럼 피어날 상상의 세계에 있었다. 내가 만들고, 내가 누리고, 수치심도 독기도 슬픔도 클리어할 수 있는 세상, 상처나 분노나 원한 따위로 찐득거리지 않는 세상이 내가 원하는 세상이었다. 머릿속에 떠올리면 무조건 기분이 좋아지는 세상, 에덴은 바로 그런 세상의 이름이어야 했다. 하나님의 자녀로 등록을 하고 일상의 모든 것을 바친 뒤에야 입주자격을 얻을 수 있는 세상이 에덴의 이름을 독차지해서는 안 되는 거였다.

내가 만든 에덴이 세상에 뿌려지면, 아버지가 불주사처럼 지져놓은 에덴의 흉터는 흔적 없이 사라질 터였다. 누군가는 강박증이라 할지 모르지만 그것이 내 꿈이라면 꿈이었다. 나는 원재에게 내 꿈을 늘어놓았다. 원재와 함께 우리가 만드는 게임에 대해 이야기하고, 서로의 꿈을 주절거리며 휴식시간을 보내는 달달한 장면을, 그를 스카우트하면서 그려보지 않았다면 거짓말일 것이다.

"소문이나 마법이 너무 많아. 구원도 너무 많고 너무 흔해. 고만고만한 게임 스토리가 다 그런 설정으로 이야기를 다루고 있잖아. 설정이 가볍고 익숙하면 접근은 편한데 감동을 주기는 어려워."

게임만의 이야기는 아니었는데……. 나는 원재의 대답에 서운해지려는 감정을 수습하고 사장 모드로 돌아가곤 했다.

"구원의 땅이 누구에게나 허락돼 있다는 설정이 가벼운가. 아니, 또 가벼우면 어때. 게임에서 무게 잡을 일 있나?"

원재의 박한 평가에 속상한 티를 내고 싶지 않아 농담조로 반문했다. 원재는 옥상 난간을 손가락으로 두드리며 입을 열었다.

"질량의 법칙에서는 무게가 힘이야. 시간과 공간을 버티게 해주는 게 무게거든."

그런가. 뭔 소린지 모르겠지만 나는 일단 수긍했다. 원재는 내가 어렵게 모셔온 따끈따끈한 개발자였다. 내가 잘 알아듣지 못하고 대충 넘어가려는 눈치를 원재는 모른 척하지 않았다.

"꼼꼼하게 제대로 읽어봐. 시장평가도 참고하고."

원재의 말에 나는 눈을 끔벅거렸다. 갑자기 무슨 소리를 하는 건지 이해할 수 없었다.

"뭘 읽으라고?"

물어도 대답이 없다. 어디로 갔는지 원재가 보이지 않는다. 나는 주위를 둘러본다. 원재는 사라지고 없다. 옥상도, 빌딩숲도 보이지 않는다. 커다랗고 둥근 시계가 공중에 떠서 흔들리고 있다. 저게 왜 저기 떠 있나. 멍하니 지켜보는데 시계에서 위이이잉 소리가 나더니 바늘이 좌우로 움직인다. 시곗바늘이 돌기 시작하더니 점점 빠르게, 미친 듯이 거꾸로 돈다. 시곗바늘에 올라타고 시공을 가른 것처럼 속이 메슥거린다. 손을 내밀어 난간을 붙잡는다. 철제 난간은 잡히지 않고 나무의 감촉이 손바닥에 닿는다.

나는 내 책상을 앞에 두고 앉아있다.

"시중에 나와 있는 것까지 반영해서 만든 자료야."

원재가 소파베드에 앉아 나를 보고 있다. 여긴 옥상이 아니다. 사무실 한쪽에 파티션을 세워 구분해놓은 내 방이다. 옥상에서 원재와 함께 이야기를 나누던 장면이 어슴푸레 떠오른다. 그게 언제였는지 기억나지 않는다. 조금 전 일 같기도 하고, 아주 오래전의 일 같기도 하다. 지금 저 소파베드에 앉아 나를 보고 있는 원재도 내 상상인지 모른다. 상상에서 나왔을 원재가 내 책상을 턱짓으로 가리키며 말한다.

"이해가 안 되는 거 있으면 물어봐."

내 앞에 서류 파일이 놓여 있다. 원재가 처음 출근하던 날 아침에 건넸던 기획서와 브이알 시장평가서다. 뭐야, 지금 우리가 왜 여기에 와있는 거지. 튀어 나가려던 말을 삼킨다. 거슬리는 소리를 내면서 거꾸로 돌아가던 시계가 제 자리에 반듯하게 걸려있다. 내가 눈을 뜨고 꿈을 꾼 건가. 고무줄처럼 길게 늘어진 한순간의 꿈속에서 나는 내 기억 속을 헤매고 있는 건가. 볼살을 깨물어본다. 아프다. 나는 숨을 깊이 들이켜고 정신을 차린다. 진실이 무엇이든 내가 있는 곳이 나의 현실이라는 데는 변함이 없다.

"참, 전에 홍규가 이쪽 일 한다고 말한 거 기억해?"

원재가 묻는다. 나는 의자에 묶인 듯이 앉아 그의 말을 듣는

다. 지금 이 현실은 원재가 브이알 게임을 만들자는 내 제안을 받아들여 마블닷컴에 온 첫날이다.

"홍규가 합류할 마음이 있다고 하네. 우리 입장에선 홍규가 와 주면 고마운 일이지."

원재의 말에 나는 또다시 신경이 곤두서는 것을 느낀다.

"아직 기획 들어가기도 전인데…… 홍규하고 벌써 이야기가 다 된 모양이다?"

나는 홍규를 부르는 게 찜찜한데 원재는 기어이 홍규를 부를 것이다. 짐작이 아니라 예정된 일. 이미 그런 현실이 다른 시간 속에서 흘러갔다는 것을 내 몸속 어느 부분이 감지한다.

"벌어놓은 거 지구 한 바퀴 돌면서 몽땅 털어 썼다더만. 한동안 돈 되는 일은 다 할 거라더라."

그거야 홍규 사정이고. 나는 속으로 중얼거린다. 원재의 말투에 홍규에 대한 친근한 정이 묻어나는 게 마뜩잖다.

"홍규 건은 킵해 둘게. 이건 내가 읽어보고 내일 오전에 다시 이야기하자."

"홍규를 합류시킬 거면 기획서 검토 단계부터 같이 해야지. 디자이너도 필요하고……."

디자이너라는 말에 미림이 머리를 스치고, 목구멍 아래가 약간 쓸쓸해진다. 애틋한 감정이 일지만 애매하다. 나는 내가 참 달

갑지 않다.

"홍규 연락처를 줘. 내가 전화해볼게."

"홍규한테 내일 오전 중으로 여기 와보라고 말해 놨어. 실력은 내가 보장해. 홍규만큼 촉이 빠른 개발자 찾기 어려워."

원재가 말한다. 우리가 만드는 에덴에 무조건 홍규를 받아들이라고 강요하는 것 같다. 고등학교 땐 네 마음대로 했으니 지금은 자기 말대로 하라고. 결국 원재 뜻대로 될 것이다. 나는 원재를 막을 수도, 붙잡을 수도 없다. 무게가 버티는 힘이라면 확신은 밀어붙이는 힘이다.

원재가 마블닷컴행을 결정했을 때 이 정도로 작은 회사일 줄은 몰랐을 것이다. 사장실이랍시고 가벽을 쳐놓은 이곳을 보고도 돌아서 나가지 않은 게 고마울 따름이었다. 나는 사장실을 휘 둘러본다. 한쪽 벽면에 베니어판으로 만든 붙박이장 문이 열려있다. 이곳 사무실을 얻고 성용과 내가 졸속으로 만든 거라 잘 닫히지 않는다. 옷이며 이불이며 잡동사니를 넣어둔 꼴이 구차스럽다. 일어나서 붙박이장 문을 닫고 창문을 연다. 담배 냄새가 코끝을 스친다. 사내 하나가 옥상에서 담배를 피우고 있다. 나는 사내를 유심히 본다. 사내의 뒷모습이……. 문 두드리는 소리가 나고 현서가 들어온다.

"뭘 그렇게 넋을 놓고 보는 거야?"

나는 사내한테서 눈길을 떼지 않는다. 사내는 오른손에 담배를 들고 왼손으로는 옥상 난간을 짚고 있다.

"커피 마셔. 숙취에 커피가 좋대."

현서가 머그잔을 내민다.

나는 그대로 창가에 붙어 서서 옥상을 내다본다. 흐린 하늘이 통째로 내려앉은 날씨다. 마음이 무겁게 가라앉는다. 담배를 태우는 사내의 뒷모습은 원재를 닮았다. 아무래도 원재 같다. 원재가 담배를 난간에 대고 누르고는 아래를 내려다본다. 고개를 숙이고 등을 굽힌 원재의 눈에 까마득한 풍경이 들어오고, 원재를 통과한 풍경이 내 눈앞으로 날아든다. 소용돌이치듯 팽그르르 돌면서 날아오는 풍경 속으로 내가 빨려든다. 아아~ 나는 풍경 속으로 들어가며 비명을 지른다.

블랙홀 게임

창으로 흘러든 냉기가 목덜미를 스친다. 몸속에 숨어있던 한기가 깨어난다. 몸의 이쪽 끝에서 저쪽 끝으로 한기가 퍼진다. 춥다. 왜 이렇게 몹시 추운가. 나는 비틀거리며 일어난다. 원재는 풍경의 한가운데 식물처럼 서 있다. 내가 지켜보는 것을 모른 채 원재는 늘 내가 바라보는 풍경 속에 있다. 한 점, 분노 없이 알고 싶다. 원재는 왜 내가 죽기를 바랐을까. 나한테 친구라고는 원재밖에 없는데.

나는 사장실을 나가 사무실을 가로질러 옥상 문을 연다. 햇빛이 반사되어 반짝이는 옥상의 녹색 바닥을 밟으며 원재에게 간다. 얼굴에 와 닿는 햇볕에 사나워졌던 마음이 데워진다.

"망하고 나면 뭘 할지 생각 중이냐?"

나는 원재에게 농을 건다.

"우리가 망할 일이 있나."

원재가 내 말을 가볍게 받는다. 가을볕 때문인지 기분이 좋은 모양이다.

"원재야."

나는 원재의 이름을 불러놓고 말을 멈춘다. 뭔가가 목울대에 걸린 듯 잠시 숨이 가빠진다. 나는 심호흡을 하고 다시 입을 연다.

"원재야, 우리 고등학교 때 만들려고 했던 영화 기억나지? 에덴의 종말을 그리려고 했잖아."

원재는 우뚝우뚝 서 있는 빌딩숲으로 눈길을 보낸 채 고개를 건성 끄덕인다.

"그땐 그저 끝을 내고 싶다는 마음뿐이었어. 에덴이고 뭐고 다 박살을 내고 끝을 보고 싶었지. 고딩이 그렇잖아. 제 진심을 모를 때니까. 나는 에덴을 망치고 싶지 않아."

원재가 나를 돌아본다. 내 마음을 알고 있으며 이해한다는 듯 표정이 따뜻하고, 조금 어색하다. 나는 서툰 고백을 하듯 말을 이어간다.

"에덴 어드벤처, 무리해서 밀어붙이지 말자. 이번엔 우리 이름으로 출시 못 해도 기술과 노하우가 남잖아. 이번 경험을 바탕으로 업그레이드된 게임을 새로 만들자. 다 털어내고 새로 시작하자."

나는 한마디 한마디 진심을 담아 뱉는다. 원재는 무슨 말인가를 할 것처럼 머뭇거리더니 주머니에서 담뱃갑을 꺼낸다.

"피울래?"

원재는 담배를 입에 물려다 말고 내게 내민다. 나는 고개를 젓는다. 원재는 담배를 빨아들이고 난간 아래를 보며 연기를 뱉어낸다. 원재가 나지막이 웃는 소리를 낸다. 웃음소리와 함께 담배 연기가 밀려 나온다.

"고등학교 때 빚쟁이들이 우리 집에 몰려와서 며칠씩 눌러살았거든. 빚쟁이들 중에 하스리 아저씨라고 있었어. 그 아저씨가 방에서 담배를 그렇게 피워댔어. 머리가 아파서 인상을 쓰고 있으니까 담뱃갑을 던져주면서 그러더라. 너도 피워라. 피우면 안 아플 거다. 그래서 피웠는데 피울만하더라. 예닐곱 명이 둘러앉아 라면도 끓여 먹고 화투도 치고, 그러다 누가 우리 아버지를 봤다는 소문을 전하면 갑자기 정신이 들어서는 악다구니를 쓰고 그릇도 던지고⋯⋯. 그때는 몰랐는데 그 사람들이 우리 집에 몰려와 있었던 게 꼭 돈을 받기 위해서만은 아니었던 것 같아."

원재는 뜬금없이 옛날 기억을 끄집어낸다. 돈이 전부가 아니라는 말을 하고 싶은 건가. 아니면 불행을 이겨내기 위해서는 적과의 동침도 마다하지 말라는 건가.

"늙지도 않은 놈이 뭐 그런 옛날 일을 생각하냐. 난 어렸을 때

일은 잘 떠오르지도 않더만."

복잡한 머릿속을 털어내며 나는 퉁명스럽게 거짓말을 한다. 우리는 잠시 입을 다물고 건물 아래를 내려다본다.

"나는 그냥 별생각 없이 살아."

원재가 중얼거리며 난간 아래 놓아둔 깡통에 담배꽁초를 던져 넣는다.

"내가 가난해서 미림이하고 헤어졌던 건가?"

문득 원재가 묻는다. 자신도 모르게 질문이 툭 튀어나왔는지 원재는 다소 놀란 얼굴이다. 살면서 그 생각을 한 번도 해보지 않았던 건가.

"어머닌 괜찮으셔?"

원재 어머니는 내내 통원치료를 받으며 지내다 만 65세가 되던 작년에 자진해서 요양원에 들어갔다고 했다. 원재가 계속 모시겠다고 하고, 누나도 요양원이 웬 말이냐고 말렸는데 고집을 부려 들어갔다고 홍규가 귀띔해주었다.

"많이 좋아지셨어. 우리가 갈 때마다 바쁜데 뭐 하러 오냐고, 오지 말라고 질색이셔."

원재가 말한 우리가 미림일지도 모른다는 생각이 든다. 누나와 같이 갔는데 오지 말라고 질색할 엄마는 없을 것이다.

"미림이랑 다시 만나게 된 거, 괜찮냐?"

진작부터 궁금했던 것을 묻는다.

"괜찮지 그럼. 왜, 너는 불편해?"

원재는 심상한 투로 받는다.

"불편은 뭐……."

미림을 회사에서 보는 게 불편하지는 않았다. 결혼생활을 호되게 치르면서 서로의 바닥을 봐버린 탓인지도 모른다. 결혼하고 1년쯤 됐을 무렵 미림은 빌라에 딸린 지하실을 작업방으로 쓰겠다며 도배업체와 배관 기술자를 불렀다. 싱글침대가 배달된 날 미림은 장롱에 있던 이불과 옷과 커피포트를 나르고, 화구를 챙겨서 내려갔다.

아예 별거를 할 작정이냐고 묻는 내 목소리에 힘이 들어가지 않았다. 솔직히 미림이와 딴방을 쓰는 게 나도 편했다. 미림과 같이 침대에 누워있으면 눈에 보이지 않는 베드버그가 기어 다니는 것처럼 몸이 가렵고 불편했다. 미림이 잠들지 못한 채 깨어있는 것을 알면서도 나는 말을 걸지 않았다. 눈에 보이지 않는 게 베드버그만은 아니라는 걸 나도 미림도 알고 있었다.

미림은 내 의견을 묻지 않고 지하실 방으로 내려갔고, 나는 참견도 불평도 하지 않았다. 내가 한마디 하면 미림이 뭔가 결정적인 말을 할 거라는 예감이 들었다. 모르겠다. 미림이 이혼하자고 나올까 봐 겁은 나는데, 방을 나 혼자 쓰는 게 편한 것도 사실이었다. 예전에 아버지가 병에 걸리면서 우리 가족에게 평화가 찾아온 것처럼, 미림이 지하실로 내려가면서 평화 비슷한 게 찾아왔다. 날이 선 말도 사라졌고 의미를 읽을 수 없는 시선도 사라졌다. 위태로웠던 결혼생활이 위기를 넘긴 것 같은 느낌이 들기도 했다.

한 번씩 지하실 계단을 내려가 보면 미림은 문을 열어놓고 작업을 하고 있었다. 환기가 잘 안 돼 갑갑했을 텐데, 나하고 같이 지내는 것보다는 덜 갑갑했던 모양이다. 바빠? 물으면 잠자코 자기 일을 하다가 내가 돌아설 즈음 바빠, 하고 대답했다. 내가 가고 없는 줄 알았을 것이다.

"예전에 미림이가 그러더라. 내가 늘 화를 내고 있으면서 안 그런 척한다고. 그때는 그냥 쏘아대는 말이려니 했는데, 미림이 말이 맞는 거 같아. 나는 늘 화를 참고 있다는 느낌이 들어."

"뭐가 그렇게 너를 화나게 하는데?"

원재가 궁금하다는 표정을 짓는다.

"이것저것 그냥……. 내 성격도 그렇고 내가 하는 짓이 내 마음에 들지 않아. 당연히 화가 나지."

내 말에 원재가 웃는다.

"그러고 보니 원재 네가 화내는 걸 본 기억이 없어."

회사가 망하느냐 마느냐, 중차대한 문제를 앞에 놓고서 내가 왜 이런 쓸데없는 소리를 늘어놓고 있을까, 생각하면서도 나는 말을 계속 잇는다.

"다른 사람한테서 상처를 입기에는, 네가 좀 오만하긴 하지."

"내가 물고기로 보이냐. 나도 상처받아 인마."

원재가 농담 투로 말한다.

"그때, 상처받았냐."

내가 묻고, 원재는 그때가 언제인지 묻지 않는다.

"말했잖아. 난 별생각이 없는 놈이라고. 어떻게 할 수가 없는 일들은 그냥 받아들이는 거야."

안다. 원재는 자신의 상처를 오래된 영수증처럼 구겨서 던지는 녀석이다. 어쩌면 미림을, 원재는 그렇게 던져버린 건지도 모른다는 생각이 든다.

"그럼 이번 건도 그냥 받아들여 주라."

자신이 소갈머리 없는 쥐새끼 같다고 생각하면서 말을 던진다. 원재는 무슨 말인지 알아차리지 못하고 나를 본다. 미림을 버린 것처럼 네가 욕망하던 것들을 그렇게 버리란 말이야. 나는 하고픈 말을 눈길에 담아 보낸다.

"자이언트에서 딴소리 못 하게 계약은 내가 확실히 할게. 에덴 어드벤처, 그만 넘기자, 원재야."

원재는 대답이 없다. 원재가 다시 담배를 꺼내려는 순간 그의 주머니에서 휴대폰이 울린다. 원재는 발신자만 확인하고 도로 주머니에 넣고는 나를 똑바로 쳐다본다.

"우리 게임을 넘겨주면 그쪽 애들이 손을 댈 거야. 동작 인식 장치 하나만 삭제해도 게임 퀄리티는 엉망 될 테고……."

원재는 단호하게 말하지만 나는 원재의 말을 끊고 끼어든다.

"자이언트 대표가 약 먹었냐. 개발비를 지불하고 산 게임을 왜 망가뜨려."

"출시해서 바로 가라앉히고, 에덴 어드벤처에서 빼낸 기술로 자기들이 만든 게임을 띄울 거다. 우리 기술을 가져가면 해피랜드 연작을 완성하긴 쉬울 거니까. 나하고 홍규는 막대한 개발비를 쏟아부어 허접한 게임을 만든 프로그래머가 되는 거지."

정색을 하는 원재의 표정이 낯설다. 평소 물고기보다도 더 감정을 드러내지 않는 원재가 정색을 하면서 계속 내 눈길은 피한다. 나는 원재가 내 눈길을 피해 숨기려는 것이 홍규일 거라고 확신한다.

"조금 전 전화, 홍규 맞지? 내 그럴 것 같더라. 자이언트에서 해피랜드 만든 게 우연일 리가 없지. 자이언트 쪽에 입을 놀려댄 게 누군지 내가 몰랐을 거 같냐."

나는 원재의 주머니에 든 휴대폰에 손을 내밀며 고함을 지른다.

"홍규가 아니라 나야."

원재가 내 어깨를 밀어내며 말한다.

홍규가 아니라…… 나야.

공중에서 말이 부서져 떨어져 내린다. 원재는 방금 무슨 말을 한 건가. 원재는 난간에 한 손을 올린 채 말을 잇는다.

"자이언트에서 만든 해피랜드, 그거 우리 게임을 본뜬 거 맞아. 내가 흘린 에덴 어드벤처 정보를 입수했을 테지. 현도야, 흥분할 거 없어. 어차피 에덴 어드벤처 정도는 어지간한 실력이면 다 만들어."

원재가 아무렇지도 않게 하는 저 말을 나는 이해할 수가 없다. 도대체 왜, 왜, 그런 짓을……. 나는 가쁜 숨을 토해내다가 억지로 목소리를 끌어낸다.

"네가, 원재 네가 우리 게임 정보를 흘렸다고? 자이언트에?"

"자이언트는 어떻게든 우리 회사 서버를 해킹했을 거야. 나를 쫓아다녔으니까. 그래서 에덴까지 가는 모험을 해킹하게 걸어둔 거였어."

"어차피 해킹할 거라서, 그래서 우리가 만든 걸 고스란히 자이언트에 흘려보냈다는 거냐?"

나는 기가 막혀 잠시 화도 나지 않는다.

"에덴 어드벤처는 진짜 게임을 숨기기 위해 만든 거야. 그건 위장용이었어."

"위장용이라니 그건 또 뭔 소리야? 알아듣게 말 좀 해."

정보를 흘린 것만도 경악할 노릇인데 위장용이니 뭐니 하는 소리에 나는 불안해서 속이 터질 것 같다.

"현도야, 내가 만든 건 블랙홀 게임이야. 알파 에덴에 도달하기 위해 블랙홀을 통과하는 거지. 인간은 누구나 자신만의 알파 에덴을 갖고 싶어 하잖아. 네가 나를 찾아왔을 때 명상앱 이야기를 했잖아. 잊고 있었는데, 네 말을 듣고 나니 다시 만들고 싶더라. 에덴 게임을 조금만 업그레이드하면 될 것 같았거든. 블랙홀 게임은 네가 만들고 싶어 했던 게임과 다르지 않아."

원재는 눈을 반짝이며 말을 쏟아낸다. 그의 눈에는 내가 기막혀하는 꼴이 보이지 않을 것이다.

"내가 생각한 게임이 블랙홀이었다고? 내가 왜 그걸 몰랐지? 내가 왜 지금 네 말을 못 알아들어야 하는 거지?"

나는 화가 나서 고함을 지르는데 원재는 꿈적하지 않는다.

"말해봐. 블랙홀이 어떻게 에덴과 같은지 말로 설명해봐."

"네가 동두천으로 와서 했던 얘기를 생각해봐."

나는 입을 벌린 채 원재를 쳐다본다. 누구나 원하는 사람은 모두 갈 수 있는 곳, 행복한 에덴을 사람들에게 열어 보이고 싶다고, 지난 1년간 수시로 떠들지 않았던가. 대체 뭘 더 생각해보라는 건가.

"네 마음속을 제대로 들여다보면 정말 네가 원하는 에덴이 드러날 거야. 네가 네 아버지를 미워하고 아버지의 에덴을 지우고 싶어 한 건 하나님의 법을 핑계로 아버지 자신만의 행복을 우선했기 때문이지. 네가 말한 에덴 역시 네 아버지가 바라본 에덴과 다를 게 없잖아. 법도를 지키며 애써서 금욕의 고통을 즐기며 가느냐, 가상현실을 구동하는 기계의 도움으로 스릴을 즐기면서 가느냐의 차이 말고 뭐가 다르지?"

"뭐가 다르냐면⋯⋯ 확연히, 절대적으로 다르지."

나는 갑작스러운 질문에 버벅거리다 정신을 차린다.

"하나님의 규율에 복종하는 조건으로 선택된 자만 갈 수 있는 에덴은 그 자체로 폭력적인 세계일 수밖에 없어. 내가 만들고 싶은 에덴은, 백번도 더 말한 거 같은데 모든 사람에게 열려있는 에덴이야. 누구나 원하면 갈 수 있고, 가질 수 있는 에덴이야. 고난도의 모험을 선택해서 갈 수도 있고 장애물 따위 없는 단계를 선택해서 갈 수도 있는 에덴이 어떻게 같아."

내 말에 원재가 입술을 다문 채 생각에 잠긴 표정이다. 나는 흥분을 가라앉히며 그의 대답을 기다린다.

"인간은 이기적인 존재고 에덴은 본질적으로 개인적인 공간이야. 에덴은 수천 년간 개인들의 욕망으로 존재해왔어. 모든 사람이 원하는 대로 주어지는 에덴은, 모두가 다 같이 행복할 수 있는 에덴은 없어. 인간은 그런 곳에 갈 수 있는 존재가 아냐."

거기까지 말하고 원재는 나를 바라본다. 나도 그를 마주 바라본다. 내가 무엇을 원하는지 그는 정말 알까. 그가 바라는 것, 그가 욕망하는 것들을 욕망해온 나를 알까.

"사람들이 원하는 건 모두를 행복하게 해주는 에덴이 아니라 각자 자신을 행복하게 해주는 자기만의 에덴이야. 나는 그 에덴에 알파 에덴이라는 이름을 붙였어. 블랙홀을 통과해서 갈 수 있는 곳으로 설정했어."

"블랙홀이 거기서 나왔군."

빈정거리려고 했는데 말이 툭 끊긴다. 배꼽쯤에서 피어오른 이상한 열기 같은 게 조용하고 격렬하게 몸속에 퍼지는 느낌이다.

"블랙홀은 모든 것이 소멸하는 곳을 상징하는데 다르게 보면 다시 태어나는 공간을 의미하기도 해. 개개인들의 욕망이 해체됐다가 새로운 욕망으로 태어나는 곳이기도 하고. 말하자면 알파 에덴에 도착하기 위해 블랙홀이라는 일종의 통과의례를 거치는 거지."

원재는 말을 맺고서 나를 쳐다본다. 그의 눈빛은 확신에 차 있다. 자신을 해체하고 다시 태어나야만 갈 수 있는 에덴은 차라리 아버지의 에덴이지 내 에덴이 아니다. 에덴은 이미 내 손에서 그의 손으로 넘어가 버렸다.

"너는……."

분노인지 충격인지 모를 감정이 가슴을 짓눌러 나는 허덕거린다.

"네 마음대로 블랙홀 게임을 만들고, 그래서 직원들을 선동한 거냐? 홍규를 심복 삼아 나를 바보로 만들면서?"

"내가 늦게 남아서 혼자 작업한 거라 이 부분은 홍규도 몰라. 게임이 출시되는 날까지 극비로 할 거야. 홍규도 모르고 민주도 성용이도 몰라. 두고 봐. 내가 자이언트의 뒤통수를 칠 거니까."

원재는 내가 받은 충격을 무시한 채 그의 욕망을 드러낸다. 내가 그에게 주문했던 에덴은 처음부터 그의 안중에 없었다. 이번에도 그는 나를 제쳐놨던 거다.

"나를, 어떻게 이딴 식으로……."

목이 메어 말이 꺽꺽거리며 나온다. 에덴을 블랙홀의 거푸집으로 만들고, 내 인생을 거푸집으로 만들 권리를 나는 그에게 준 적이 없다.

"현도야, 네가 그랬잖아. 이번 브이알 게임을 내게 전적으로 믿고 맡긴다고. 끝까지 나를 믿고 맡겨주면 안 되겠냐."

원재가 달래는 투로 말을 건다. 내가 너한테는 몇 마디 달래는 말로 호출해서 쓰는 호구였구나. 충격으로 얼어붙었던 분노가 살아난다.

"아직 더 나를 속일 게 남은 거냐? 네가 무슨 소릴 하든 나는 에덴 어드벤처를 팔고 내가 만들고 싶었던 게임을 다시 만들 거니까 애쓰지 마라. 개발자는 너 말고도 많아."

원재의 얼굴이 굳는다. 나는 그의 얼굴에서 적의를 본다.

"블랙홀 게임의 패스워드는 에덴 어드벤처에서 서버를 업데이트할 때마다 새로 생성되도록 해놨어. 에덴 어드벤처를 저쪽에 넘겨버리면 패스워드 생성부터 그 뒤의 설정을 다 바꿔야 해. 프로그램도 다시 짜야 하고."

"에덴이, 고작 블랙홀의 패스워드 생성기였다는 거냐?"

원재가 고집을 부려온 내막이 이거였어. 내 가슴이 차갑게 식는다. 벼랑 끝에서 손을 내미는 친구를 외면하면서 스스로의 선의에 취해 죄책감조차 면제받는…… 너는 결국 이런 인간이었구나. 내가 그를 생각하듯 그가 나를 생각한 적이 없었던 것을, 그 뻔한 진실을 이제야 나는 받아들인다. 나는 허리를 구부리고 무릎을 짚은 자세로 숨을 토해낸다.

"현도야, 우리 블랙홀을 출시한 뒤에 에덴 어드벤처를 에이알 게임으로 수정해서 출시하자. 그쪽으로 콘텐츠도 보강하고……."

원재는 말을 끝맺지 못한다. 나는 숙였던 허리를 펴면서 원재의 다리를 힘껏 끌어안는다. 난간에 비스듬히 기대고 섰던 원재의 몸이 벌러덩 넘어간다. 나는 다리를 끌어안은 팔에 힘을 준다. 난간에 허벅지를 걸친 채 거꾸로 매달린 원재가 나를 본다. 왜? 왜 이런 짓을? 순진하게 커진 눈으로 원재가 나를 본다.

너는 너 자신이 무슨 말을 하는지 몰라. 네가 어떻게 나를 모욕했는지 몰라. 네 존재 자체가 나한테 어떤 의미였는지도 몰라. 너는 내 상처와 내 분노를 하찮게 만들고, 내 욕망을 우습게 만들었어. 너는 내 인생을 휘젓고, 나를 하찮고 부끄러운 존재로 만들어버렸어. 너는 네 존재 자체가 죄라는 것조차 몰라. 나는 내 속의 말들을 쏟아붓는다.

"현도야!"

원재가 나를 부른다. 나는 내 몸무게로 원재의 다리를 누르면서 그를 내려다본다. 그가 손을 내민다. 내 속에서 나를 파먹고 튀어나온 그것, 그 괴물을 나는 감당할 수 없다. 블랙홀처럼, 내 악의의 심연은 아뜩하다.

우주 끝에서 시소놀이

서늘한 기운이 발목에서부터 다리로, 허리로, 가슴으로 올라온다. 옥상 공간은 정오를 지나는 가을 햇살로 맑고 눈부신데 내 몸은 성에가 낀 양 서걱거린다. 나는 옥상으로 난 뒷문을 유령처럼 통과해 사무실로 들어선다. 왠지 정처 없는 심정으로 사무실을 둘러본다. 사무실 공간 전체가 미묘하게 틀어져 있다. 책상 위에 어질러진 서류와 필기구, 노트북, 컴퓨터의 조합 역시 어딘가 어색하다.

개발실로 들어가 나란히 놓인 헤드셋들 가운데 하나를 집어든다. 헤드셋을 쓰고 팔목에 컨트롤러를 찬다. 왼쪽을 먼저 차고, 손목에서 떨어지지 않게 턱으로 받치면서 오른쪽을 찬다. 외부 센서를 작동하자 비트가 강한 비지엠이 울리고 게임이 열린다. 듀얼로 뜬 화면이 합쳐지면서 토성처럼 띠를 두른 구球 모양의 로고가 뜬다. 라훌린섬을 닮은 로고는 지워졌는지 보이지 않는다. 원재나 미림한테서 로고를 바꿨다는 소리를 들은 적이 없다. 내가 듣지 못한 게 이것 말고도 더 있을 것이다. 새로 바뀐 로고는 영화 인터스텔라에서 본 한 장면과 유사하다.

패스워드를 넣자 게임을 처음부터 할지, 이어서 할지 묻는다. 당연히 건너뛴다. 몇 차례 게임을 했는데 내 역량으로는 3구역이 한계였다. 난이도가 너무 높은 거 아니냐. 내가 물었을 때 원재는 고개를 저었다. 애들은 이 정도에서도 핑핑 날아. 개발자가 그렇다면 그럴 것이다.

제1구역에서 구한 최초의 인류 루시는 방주에 태울 때 심리전을 써야 했다. 거대한 파충류에게 쫓기는 것을 구해주었는데도 루시는 경계심을 가지고 동굴 속에 숨으려 했다. 루시에게 달콤한 향이 나는 과일을 선물하는 전략이 의외로 몰입도가 높았다. 도입부에는 총과 칼과 레이저 광선이 날아다니는 것보다 게임 룰을 익힐 여유를 주면서 배경과 톤을 파악할 수 있게 하는 게 나으니까. 제2구역은 순하게 생긴 스텔라바다소의 캐릭터가 압권이었다. 스텔라바다소를 구하는 데 있어 가장 큰 방해물은 메갈로돈이 아니라 스텔라바다소 자신의 굼뜬 몸뚱이였다. 누가 봐도 호구처럼 생긴 호꾸피를 방주에 태웠던 제2구역 서브 퀘스트는 메인 퀘스트 못잖게 스릴 있었다. 제3구역에서는 하늘을 장악한 용들의 방해를 물리치고 사막여우를 구해 방주에 태웠다.

거기까지가 내 한계였다. 멀미 때문에 게임을 계속할 수가 없었다. 높은 파도를 타다가 아래로 곤두박질하는 것 같은 충격과 뒤이어 밀려드는 멀미에 번번이 나가떨어졌다. 다른 게임들을 하면서는 그렇게까지 멀미를 느낀 적이 없었다. 내가 3구역을 통과한 단계에서 더 나가지 못하도록 원재가 시스템에 어떤 조작을 해놓았던 거다. 그렇게 생각하니 게임을 하면서 암벽을 마주하고 있던 기분이 이해가 된다. 호꾸피가 아니라 내가 호구였다.

이번에는 멀미로 죽는 한이 있더라도 끝까지 갈 것이다. 원재가 내 에덴을 빼앗는다면 나는 원재에게서 블랙홀을 빼앗을 것이다. 원재가 내 에덴을 빼앗지 않았더라도 나는 원재의 블랙홀을 빼앗을 것이다. 그게 원칙에 맞아서는 아니고, 그것이 내 원칙이어서이다. 내 원칙은 원재였고, 나는 원재가 욕망하는 것을 욕망했다. 늘 그랬다. 죄를 짓는 사람이든 피해를 보는 사람이든, 사건의 중심에 휘말린 사람들은 진실을 알고 있는 법이다.

제4구역 스타트 버튼을 누르고 심호흡을 하며 기다린다. 로고가 사라지고 로딩이 되는 동안 화면이 점차 밝아진다. 이쯤이면 딱 좋다 싶은 지점을 지나 화면이 점점 더 밝아진다. 비트가 센 비지엠이 쾅쾅거리면서 점점 더 밝아진 화면이 눈을 찌른다. 백색 광선에 쯴 머릿속이 비스킷처럼 바삭바삭 부서질 것 같다.

탁, 금이 가는 소리를 들으며 나는 비명을 지른다. 더는 견딜 수 없다. 구역질하며 헤드셋에 손을 대는 순간 화면이 돌연 차분해진다. 내가 넘어올 수 없게 막아놓은 안전장치였을 것이다.

안전장치가 풀리자마자 악마의 골짜기가 펼쳐진다. 미림이 배경작업을 할 때 본 적이 있어 낯설지는 않다. 이곳 4구역의 퀘스트는 멧소를 구하는 것이다. 멧소를 구하기 위해 싸워야 할 대상은 체구가 큰 다섯 명의 사냥꾼이다. 해볼 만하다. 게임화면이 열리면서 똥 마려운 강아지처럼 분주한 사냥꾼을 먼저 쏜다. 나머지 네 명이 자기 자리에서 괴성을 지른다. 칼과 도끼를 휘두르는 움직임에서 엿보이는 내공이 다들 만만찮다. 나는 개중 띨띨해 보이는 사냥꾼에게 총구를 겨누고 쏜다. 빗맞았다. 귀를 괴롭히던 괴성이 뚝 그친다. 네 명의 사냥꾼이 달려오는 것을 보며 나는 총을 리피터로 바꿔 든다. 달려오던 사냥꾼 넷이 활강선수들처럼 날아오르는 순간 나는 지체하지 않고 총을 난사한다. 까딱 잘못하면 여기서 죽는다. 아까 죽은 놈은 맛보기고 저 네 명이 4구역의 진짜 적이다.

나무숲으로 흩어진 사냥꾼들이 등에 멘 활을 꺼내 든다. 나는 얼른 가상 망막 디스플레이를 띄우고 난이도를 가장 낮은 단계로 변경한다. 본격적으로 게임을 시도해볼 만하지만 에덴 어드벤처의 다섯 구역은 옵션에 불과하다. 원재는 출시할 때 다섯 구역의 모험을 낮은 레벨로 설정해 도입부로 삼을 작정이었다.

숲속에서, 나무 위에서, 바위 뒤에서 화살이 날아온다. 전방위 공격이다. 나는 지그재그로 달려 사냥꾼들의 반대쪽 숲으로 숨어든다. 난이도를 최하 단계로 낮추지 않았다면 방금 날아온 건 화살이 아니라 총알이었을 것이다. 나뭇잎이 흔들리고, 잔가지 부서지는 소리가 들린다. 숨을 죽이고 둘러보는데 내가 숨어있는 나무 위에서 사냥꾼 하나가 뛰어내리며 도끼를 휘두른다. 반사적으로 총을 치켜드는 순간 총구 끝에서 튀어나온 칼이 사냥꾼의 복부를 찌른다. 틈을 주지 않고 바위 뒤에서 달려오는 사냥꾼들을 향해 총을 발사한다. 화약 냄새가 떠돌다 사라진다.

멧소는 모래언덕 위에 반듯하게 서서 내가 사냥꾼을 처리하는 걸 지켜보고 있다. 황소와 표범을 섞어놓은 듯한 멧소의 모습이 홀릴 듯 아름답다. 나는 즉시 레이더건을 발사한다. 멧소가 레이더 그물망에 걸려들고, 안갯속에서 모습을 드러내는 외딴집처럼 공중에 나타난 방주에 홀로그램 된다. 방주가 공중에서 한 바퀴원을 그리다 천천히 아래로 움직인다. 나는 속도를 줄인 채 떠 있는 방주로 뛰어오른다.

방주에는 루시와 스텔라바다소와 사막여우가 제자리를 찾아 앉거나 서 있다. 서브 퀘스트로 출현했던 갈기늑대와 호꾸피는 자기들끼리 선미에서 오붓한 시간을 보내는 중이다. 내가 방주에 올라타자 사막의 공기가 차가워지면서 바람 소리가 거칠어진다. 방주는 바다에 떠 있다. 4구역의 서브 퀘스트는 잠수복을 입고 바다거북을 구하는 거다. 바닷속 어딘가에서 건져주기를 기다릴 바다거북은 안됐지만 내버려 두기로 한다.

나는 가상 망막 디스플레이를 켜고 제5구역을 선택한다. 방주는 파도가 출렁이는 바닷길을 버리고 공중으로 높이 올라간다. 나는 수도사들이 입는 칙칙한 색깔의 옷을 입고 있다. 수도사 복장이라니. 제5구역의 스토리를 바꾼 것 같은데 악마와 싸우는 건가. 방향으로 보아 방주는 천공의 섬을 향해 가는 중이다. 나는 버튼을 조정해 속력을 높인다. 섬의 모습이 시야에 잡히는 거리로 들어서자 천둥소리 같은 게 들린다.

천둥소리가 신호였던지 주먹만 한 돌 수백 개가 떨어진다. 머리와 어깨 위로 우박처럼 떨어져 내리는 돌멩이를 방어할 장비가 없다. 나는 허둥거리다 머리에 엄청난 통증을 느끼며 쓰러진다. ……죽었나. 반쯤 기절한 상태에서 나는 내 몸이 이대로 죽을 수 있음을, 현실 차원의 죽음이 될 수 있음을 받아들인다. 착잡하고 다소 허망한데 겁은 나지 않는다. 엄청나게 슬프지도 않다. 이상하지만 사실이다. 돌조각에 온통 찍히고 어딘가 깨진 몸을 놓아버리고 나는 정신을 잃는다.

정신을 잃은 상태에서도 귀는 열려있는지 소리가 들린다. 꽈아아악. 물개 소리다. 유튜브에서 물개가 저런 소리를 내는 걸 보고 웃은 적이 있다. 물개는 누가 밧줄로 제 몸통을 꽁꽁 묶는 것처럼 극렬하게 항의하는 소리를 질러댄다. 내가 도와줄 때까지 멈추지 않겠다는 듯 꽈아아악 질러대는 소리가 너무나 극성맞아 할 수 없이 깨어난다. 웬 물개가 천공까지 와서 난리를 치며 우는지 주변을 살핀다. 물개는 보이지 않고, 눈앞에 불칼을 든 천사가 성문 옆에 서 있다. 설마 저 천사가 물개 소리를 낸 건가. 이미지를 스캔해보니 불칼을 든 문지기는 베드로다. 그렇다면…….

여기는 에덴의 입구다.

나는 방주를 위로 띄운다. 성문으로 가려진 곳이 에덴이라면, 내가 읽은 대본과는 배경이 다르다. 대본에서는 제5구역에서 자이언트판다를 구하고, 그런 뒤에 에덴 입구에서 문지기를 상대하는 내용이었다. 제작비를 줄이기 위해 멸종동물 수를 좀 줄이라고는 했는데 판다곰을 없앤 줄은 몰랐다. 자금조달로 쩔쩔매는 꼴을 보면서 원재가 조용히 처리한 모양이다. 차라리 잘됐다. 자이언트판다를 구하느라 힘을 소모하지 않고 문지기를 바로 상대하는 게 유리할 테니. 지금 내 목적은 에덴이 아니라 에덴에서 출발하는 블랙홀이다. 블랙홀을 통과하고 난 다음의 문제는…… 가보면 알 것이다.

늙은 베드로는 간단히 처치된다. 칼을 들 힘도 없는 베드로라니. 에덴을 지키자는 게 아니라 일부러 내주려고 한 것 같다. 베드로를 총으로 어떻게 할 수는 없어 칼등으로 기절시키고 밧줄을 끊는다. 성문에서 에덴의 세계까지 가는 길에 어떤 장애물이 있을지 나는 전혀 모른다. 기절한 베드로를 성문에 기대놓고 방주에 올라탄다. 방주를 위로 올리면서 가볍게 성문을 넘어서려고 했는데, 이상하다. 어떻게 된 건지 방주가 올라가는 속도로 성벽이 위로 뻗어 올라간다. 저 성벽 자체가 5구역의 적인 건가. 성벽 뒤에 뭘 감춰 놓았기에…… 마음속에 이는 불안을 누르며 나는 상승속도를 최고치로 놓고서 공중으로 솟구친다.

빛이 스러지며 사방이 부예진다. 나는 계속해서 속도를 올리고 부연 공간은 끝나지 않는다. 갇힌 건가. 부연 공간을 지나고 나면 세상이 밝아지는 건가. 모험을 끝낸 플레이어는 페스티벌을 즐길 자격이 있어. 인류와 동물을 구하느라 겪는 고난이 신에게 바쳐지는 제의일 수만은 없잖아. 스토리 초고를 써온 원재에게 내가 했던 말이다. 모험을 완성한 주인공에게 인생은 자신을 위한 축제가 되는 게 마땅해. 큰소리를 쳤던 그때만 해도 나는 자신이 있었다.

"완성한다는 건 통과한다는 거지."

원재의 목소리다. 정신이 번쩍 든다. 그는 프로젝션 스크린으로 내 게임을 지켜보고 있을 것이다.

"들어왔어."

나는 주위를 둘러본다. 들어온 건 원재가 아니다. 내가 그의 세계로 들어온 거다. 필름을 거꾸로 돌린 듯 원재를 밀어 떨어트리기 직전의 옥상으로 나는 돌아와 있다. 원재는 오른손으로 난간을 잡고 왼손에는 담배를 쥐고 나를 물끄러미 본다. 악의로 채워진 내 상상 속에서 13층 건물 아래로 떨어져 부서졌을 원재는 멀쩡하다. 원재가 말을 계속한다.

"원한다면 블랙홀을 통과하지 않고 사라질 수도 있을 거야. 기어이 통과하기보다 그대로 사라지는 편이 나을지도 모르지."

무슨 뜻으로 하는 말인지 묻고 싶은데 원재는 빌딩숲으로 고개를 돌린다. 빌딩숲 너머로 저녁노을이 돋아나온다.

"사라지는 게 아니라 게임이 끝나는 거지."

내가 말한다. 퉁명스러운 내 말투가 마음에 들지 않는다. 저녁노을에 눈길을 둔 채 원재는 말이 없다.

아!

원재가 낮게 외치며 저녁노을이 펼쳐진 공간 어딘가에 눈길을 던진다. 나는 원재의 눈길을 좇는다. 주홍의 저녁노을이 서서히 붉어지는가 싶더니 수십 수백 개의 크고 작은 소용돌이로 흩어진다. 세상의 소음이 끊어진 듯 고요한 가운데 섞이고 겹쳐지며 뱅뱅뱅 돌아가던 주홍의 소용돌이가 어느 순간 사라진다. 나도 원재도 모든 것이 감쪽같이 사라지고 잠시 광활한 공간만이 존재한다. 낮도 아니고 밤도 아닌 공간 저 끝에서 한 점 빛이 반짝인다. 빛인지 불인지 알 수 없다. 둑둑둑 둑둑, 먼 데서 달려오는 기차처럼 심장 뛰는 소리가 몸 안을 채우기 시작한다.

가만가만 낯선 목소리가 말을 건다. 부드러운 기운이 밀려오고 누군가 움직이는 기척이 느껴진다. 원재인가 했는데 베드로다. 그는 어딘가 원재를 닮았다. 그가 원재든 베드로든 같이 방주를 탄 기억이 없다. 어떻게 탔는지 모르지만 베드로가 여기 있다면 저것은 에덴인가. 빛인 듯 불인 듯한 덩어리를 노려보는 순간 나는 깨닫는다. 방주를 끌어당기는 저 덩어리의 정체는 에덴이 아니다. 저건 블랙홀이다. 우리는 블랙홀의 자장 속으로 들어왔다. 블랙홀로 출발할 수 있는 전진기지로조차 에덴은 만들어지지 않았다.

"그래, 에덴은 없어. 부재해. 부재하는 방식으로만 존재하는 것들이 있지. 부재에 맞서서는 너의 에덴에 갈 수 없어."

먼 곳을 돌아오는 듯한 원재의 목소리에서 나는 희미한 애정과 조롱을 감지한다. 부재에 맞서지 말고 아무 생각 없이 받아들이란 뜻인가. 별생각 없이 산다던 원재의 무심함. 그의 무심한 욕망을 욕망했던 내 이 가난한 허기는 부재에 대한 욕망이었던가. 나는 고백하고 싶다.

"없는 것을 알면서도 찾아가고, 가서 안 될 길도 기어이 가는 게 인간이야. 제 욕망을 좇아 지옥으로도 뛰어들 수 있는 게 인간 이지. 에덴은 부재할 수가 없어."

간절히 손을 뻗었을 때 맞잡아주는 손의 존재처럼 에덴은 부재할 수 없다는 것을 나는 확신한다. 무심의 상태가 닿을 수 없는 지질한 사람들의 통찰도 있는 법이다.

"현도야, 네가 왜 나를 배신하고 미림이를 유혹했는지 생각해 봐. 너도 우리 셋이 함께 행복할 수는 없다고 생각했기 때문이 잖아. 네가 정말로 미림을 원했다면 내가 무슨 자격으로 널 비난 해. 사람이 저마다 마음으로 간절히 바라는 것, 그 마음의 밑바닥 이 블랙홀 아니겠냐. 너의 블랙홀로 들어가 네 심연을 들여다봐. 도원재의 욕망이 아니라 박현도 너의 욕망을 들여다봐. 그게 미 림이었다면 미림에게 손을 내밀어. 네 욕망으로 이뤄진 알파 에 덴을 찾아가 봐."

말하는 건 원재인데, 꽁꽁 싸매놨던 내 생각이 원재의 목소리 로 떠드는 것 같다. 내 마음의 밑바닥에 있는 게 미림이었나. 어 쨌거나 미림이어야 하는 건가. 나는 다시 원재에게 휘말리고 있 다. 내 마음이 이토록 혼란스러우며 이토록 블랙홀에 끌리는 것 이 그 증거다. 나는 불끈하며 내가 여행할 마지막 구역으로 눈길 을 돌린다. 사라졌던 주홍의 소용돌이들이 블랙홀의 가장자리로 끌려들어 가는 게 보인다. 방주가 빛과 불의 덩어리로 끌려드는 게 느껴진다. 시간이 없다. 여기서 피하면 끝이다. 나는 원재의 환영을 향해 목청을 높인다.

"도원재, 이 바보 같은 자식아! 내 블랙홀은 너였어. 미림이 아니라 네가 내 블랙홀이었다고."

그가 나의 블랙홀이어서 나는 늘 원재에게 끌렸다. 원재가 끌리는 모든 것에 끌렸다. 그가 좋아하는 미림을 좋아했고, 그가 미쳐서 빠져들었던 게임으로 나의 에덴을 꿈꾸었다. 에덴과 알파 에덴이 서로의 그림자로 존재하듯 나는 그의 그림자로 존재했다. 그가 사라지면 나는 그림자 없는 인간이 될 것이다.

"이제 때가 됐지. 통과하든 깨부숴 버리든."

나는 단호히 중얼거린다. 내 의도를 간파한 듯 시스템이 작동하면서 방주가 몸체를 떤다. 방주의 흔들림은 불안하다. 홀로그램으로 방주에 올랐던 루시와 베드로가 내 왼편에 어깨를 나란히 하고 선다. 방주 여기저기 흩어져 있던 멸종위기의 동물들이 슬금슬금 다가와 내 오른편에 선다.

"여행을 시작하지."

나는 소리가 들린 쪽으로 고개를 돌린다. 늙은 베드로는 입을 다물고 시침을 뗀다. 나는 가상 망막 디스플레이를 띄워 난이도를 적정레벨로 변경한다. 불안하게 흔들리던 방주가 중심을 잡는다. 최종단계에서는 그에 알맞은 속도와 난이도를 갖춰야 게임이 작동할 것이다. 우주먼지와 함께 우리 무리를 태운 방주가 블랙홀로 빨려들기 시작한다.

파도가 그르렁거리는 소리, 바람이 산을 쓸어내리며 달리는 소리가 들린다. 까마득히 먼 곳에서 별들이 타는 소리와 함께 빛의 파장이 거칠어지는 게 감지된다. 블랙홀의 바운더리가 커지는 건가. 의문을 품는 순간 쾅, 하는 폭발음이 들린다. 하늘에서 내려온 큰 뚜껑이 세상을 덮은 듯 사방천지가 캄캄하고 불시에 조용하다. 태초에 어둠이 있었다는 설정인가. 시스템이 내 생각까지 읽는 건지 우리를 어둠 속에 내던질 기세로 방주가 양쪽으로 휘뚝휘뚝 흔들린다. 아차 하면 뒤집힐 것 같다.

겁먹지 마. 이건 그냥 게임이야. 현실처럼 꾸며진 가상세계일 뿐이라고.

마음속으로 외치는 순간 어떤 장면이 재생된다. 나는 벼랑 위 너럭바위에 서 있다. 한 걸음만 뒷걸음질 쳐도 떨어져 내릴 벼랑 위다. 원재는 나를 보고만 있다. 뭔가가 그의 입을 막고 그의 몸을 꽉 붙잡는다. 그 자신조차 깨닫지 못한 악의를 꿰뚫어 보는 건 나의 악의다. 나의 악의가 없이는 그의 악의는 애초부터 없다. 너는 믿음이 없고 어리석어 스스로 죽을 덫을 놓을 놈이다. 아버지는 어린 나를 앉혀놓고 종종 그런 말을 했다. 어리석고 무지했던 인간. 어리석고 무지했던 DNA를 내게 물려준 아버지야말로 자신만의 알파 에덴을 추구했던 사람이었다.

10여 미터 높이에서 떨어진 나는 죽지 않고 살았다. 나뭇가지에 걸렸다가 무릎까지 쌓인 낙엽 더미에 떨어져 심각한 부상은 없었다. 살고 싶은 본능이 강했는지도 모른다. 원재가 119에 구조요청을 했고, 산봉우리로 올라가지 않고 뒤에 처졌던 홍규가 합세해 나를 돌봤다. 모든 것을 빨아들이는 블랙홀에서 나는 모든 것을 기억해냈다.

나는 쿵쿵거리는 심장박동을 느끼며 원재를 호출한다. 프로젝션 스크린으로 내 게임을 지켜보고 있을 원재는 나의 구조요청에 답이 없다. 호출을 거부한다면 나 스스로 구조하면 된다. 아직 시제품 단계인 시스템에 무리가 가더라도 레벨을 조절하면 될 것이다. 바이브를 벗어던지고 게임을 끝낼 수도 있다. 블랙홀과 알파 에덴을 포기하면 이 위기는 간단히 해결된다.

나는 컨트롤러 휠을 조정하고 호흡을 깊이 들이켠다. 바이브를 벗어던질 수도 있지만, 나는 정면을 노려본다. 그것, 블랙홀의 정면이 나를 노려본다. 그것이 뭔지 모르지만 끝장을 보기 위해서는 내 심연의 블랙홀을 들여다봐야 할 것이다. 그것이 너의 얼굴이 될지 나의 얼굴이 될지.

나는 속력을 높이고 쏜살같이 날아간다. 불빛을 지나 꽝꽝 뭉쳐진 어둠을 지나 아주 멀리, 아주 높이, 아주 깊이 간다. 천체를 관통하는 새처럼 블랙홀로 뛰어드는 순간 방주는 생명체들을 태운 채 블랙홀 저편으로 홀로그램 된다. 나는 혼자 남아 날아간다. 블랙홀의 중심으로 날아간다. 내 악의의 심연 속에서 공갈빵 같은 허공이 블랙홀로 밀려들어 온다. 13층 건물 아래로 떨어져 내리는 원재의 심장이 깨지는 것을 나는 본다. 수박처럼 깨진 심장에서 흘러나와 허공을 적시는 피를 본다. 붉은 피로 적셔진 어둠이 씻겨나가는 것을 본다.

"넌 처음부터 알고 있었어."

나는 또 다른 환각 속에서 나의 블랙홀을 바라보며 중얼거린다. 피 한 방울 흘리지 않고, 머리가 깨지지도 않고, 심장이 부서지지도 않은 원재가 뒤로 벌러덩 젖혀졌던 몸을 일으켜 세운다. 어지러운지 원재는 난간을 붙잡고 있다가 한참 만에 고개를 든다.

"그래, 알고 있었어. 우리는 각자 자신의 알파 에덴을 찾기 위해 통과해야 했던 서로의 블랙홀이지."

원재의 말이 이제는 다소 낡고 무심해진 내 마음속으로 스며든다. 우린 서로의 블랙홀이지. 마음속에 들어앉은 원재의 말이 달궈진 돌처럼 마음을 데운다. 어른거리던 기억의 조각 하나가 찰칵 맞춰진다.

"우리 중 누가 괴물일까. 너의 선의를 악의로 받아낸 나일까.

어리석은 나를 희롱한 너일까."

"우린 서로에게 괴물이 되지 않으려고 애를 써온 열일곱 살짜리 사춘기 어린애들이야."

흥, 나는 원재의 말에 코웃음을 친다. 원재가 웃는다.

"자이언트에서 계약금 받았다는 거, 거짓말이야."

나는 솔직하게 털어놓는다.

"거짓말이라고?"

"네가 자꾸 열 받게 하니까 받았다고 했지. 내가 바보냐. 이것 저것 알아보지도 않고 덥석 손을 잡게."

원재가 열일곱 소년의 표정으로 고개를 주억인다. 약간 감동했는지 입을 다문 채 어떤 결의를 드러내며 나를 쳐다본다.

"한번 해보자. 우리가 만든 게임, 우리 회사에서 내보내 보자. 폭삭 망해봐야 죽기밖에 더하겠냐."

나는 호쾌하게 소리를 높인다. 원재는 호출돼 온 아바타처럼 서 있다.

"블랙홀 게임을 출시하고 나서 에덴 어드벤처를 에이알로 만들자. 사람들이 실제로 오가는 장소에서 멸종동물을 구하는 거, 나쁘지 않아. 아주 괜찮을 것 같아."

내가 흥을 내어 떠들수록 원재는 조용해진다. 에너지가 소진되고 열기가 빠져나가면서 원재의 몸체가 줄어든다. 내가 내 마음의 심연을 통과해 걸음을 놓을수록 원재는 멀어지고 희미해질 것이다. 원재가 그의 삶에 가까워지기를, 내가 그의 삶에서 한없이 멀어지기를…… 기도하듯 중얼거린다.

그의 삶의 중심으로 원재를 밀어 올리고, 내 기억을 떠넘기고, 달궈진 돌에 데워진 심장을 넘기고, 잘못 날아와 퍼덕거렸던 욕망을 넘기고, 그리움마저 넘기고, 나는 가벼워진다. 공갈빵처럼 텅 비어 가벼워진 나는 에덴과 알파 에덴이 서로의 시원을 지탱하는 신의 시소에 앉는다. 앉아서 세계를 본다. 별을 본다. 무한히 거대한 유리구슬 하나가 쪼개지고, 쪼개진 조각들이 다시 쪼개져 허공에 피운 한 점 꽃들을 본다. 한 점 한 점의 꽃들이 다 별이다. 다 에덴이다. 에덴은 너무 많고 동시에 하나도 없다.

그 모든 것을 깨닫는 순간, 기쁨과 슬픔이 섞인 감정이 나를 채우고 심장이 죄어온다. 시소의 한쪽 끝이 바닥을 찍으며 일어선다. 벼랑처럼 일어선다. 지축이 흔들리고 산 정상의 삼나무가 무너지는 것을 본다. 뿌리가 뽑힌 삼나무의 거대한 몸체가 나를 덮친다. 쿠르르…… 뒤따른 낙석이 그 위를 덮친다. 시스템은 지금 설계가 아닌 내 감정에 반응한다. 나의 몸, 나의 영혼이 사정하기 직전처럼 경직을 일으키고 심장에 금이 가는 것을 느낀다. 몸이 찢기는 통증이 밀려오고, 뜨겁게 몸이 타오른다.

어릴 적 가족이 둘러앉은 밥상머리에서 내 몸의 절반은 늘 타

올랐다. 구원을 설교하던 아버지 곁에서 몸의 절반이 얼음처럼 굳을 때 내 몸의 절반은 타고 있었지. 아담과 이브를 꾀었던 뱀의 천사가 내 심장에 불을 질러 나는 불끈거리며 경박하고 조급하게 눈에 보이는 모든 문들을 열어젖히며 다녔어. 나는 아버지의 시간에서 에덴을 훔쳐 벼랑 아래로 내던졌지. 이제 겨우 아버지의 기억을 통과하고, 내 기억을 통과하고, 내가 살지 못한 시간마저 통과해서 이곳에 도착했는데…….

현도야.

누군가 나를 부른다. 발끝에 심장이 달린 블랙홀의 중심, 이생의 끝에서 누군가 나를 부른다면 그건 너일 것이다.

박현도!

선의로 가득한 목소리가 나를 부른다. 나는 그의 목소리를 받아 이미 상실된 세계에 담는다. 내 마음속 블랙홀에서 새로 태어난 그리움이 손을 내미는 순간 기울어진 허공이 가지런히 눕는다.

에필로그

현도는 점심을 종로에서 먹고 택시를 불러 홍대 정문 앞으로 가달라고 했다. 정문 아래쪽 어울마당로와 와우산로에 피시방이 빼곡하게 모여 있었다. 현도는 일반 피시방을 겸한 브이알 피시방 세 곳을 먼저 들른 뒤에 두 달 전에 오픈한 브이알 카페로 갔다. 커플이 와서 놀기 편하게 공간을 구성한 브이알 전용 피시방이었다. 스무 살은 됐을까 싶은 청년이 카운터를 지키고 있었다.

"컨셉이 뭔데요?"

매니저 명찰을 단 청년이 물었다.

"에덴으로 가는 모험을 즐기면서 사람들의 구원 본능을 충족하는 게임이죠."

요 며칠 하도 되풀이해 입에서 말이 저절로 흘러나왔다.

"그래서요?"

매니저가 이 정도 반응을 보이는 건 청신호다.

"워킹 멀티 에프피에스고 네 명까지 플레이 가능합니다. 다섯 개 스테이지에 13분가량 소요되는데 어지러움 없고요. 멀미약은 넣어두라고 하세요."

"일단은 재밌어야죠."

"자기가 주인공이 돼서 총 쏘고 전투하는 건데 재미가 없겠습니까. 재미는 보장하고요. 특히 마지막 스테이지는 죽입니다. 제가 게임 막판에 깜박 죽었다 살아난 사람입니다."

청년 매니저가 제 목덜미를 긁더니 굼뜨게 입을 열었다.

"에프피에스는 들어오는 업체 많은데…… 이따 아빠 오면 말해 볼게요."

"얼리 액세스로 푼 지 한 달 됐는데 고맙게도 반응이 좋더라고요. 참고만 하세요."

그렇게 말하면서 현도는 홍보용 패키지를 내려놓았다. 매니저는 루시에 눈길을 빼앗겼다. 육감미가 넘치는 야생녀 루시의 캐릭터는 홍규가 초안을 잡고 미림이 세부적으로 공을 들여 완성했다.

"앞에 인트로 잠깐 보면 안 돼요?"

매니저가 물었다. 안 되긴, 얼마든지 되지.

"보시죠. 얼리 액세스 기간에 구매하시면 확상팩노 드립니다. 1년 할인쿠폰도 드리고요."

현도는 선심 쓰듯 말하며 노트북을 열어서 매니저 앞으로 돌려놓았다. 매니저가 플레이 버튼을 눌렀다. 좀 과하다 싶게 우렁찬 BGM이 흐르고 곧 발랄하고 가벼운 음악으로 바뀌었다. 루시가 등장하는 장면이었다. 겁나 탱탱하네. 매니저가 코 옆의 여드름을 조심스럽게 뜯으며 화면에 눈길을 꽂았다. 현도는 매니저의 배웅을 받으며 피시방을 나왔다. 피곤했지만 피시방 한 곳을 더 들러 계약까지 마무리하고 사무실에 들어왔다.

"오빠, 자이언트에서 자꾸 전화 오는데 . 사무실로 전화 좀 안 오게 해줘."

현서가 툴툴거리며 배부른 소리를 했다.

"스팀 게시판에 외국어로 개선패치 올려야 하거든요. 국내보다 외국 유저들 다운로드가 훨 많아요."

"오큘러스코리아에서 내일 오후나 모레 오전 시간 괜찮으시면 뵙고 싶대요. 총무님이 통화 중이라 제가 받았어요."

현서의 말이 끝나기를 기다려 성용과 민주가 한꺼번에 떠들었다. 일이 많기도 했지만 매출 상승세를 타고서 다들 목소리가 들떠있었다.

"영어 알바 올 때까지 성용이 네가 스팀 피드백 좀 올려라. 뭘 또 그렇게 우는 상을 하고 그러냐. 문법 엉망이라도 진심이 들어가면 다 알아들어."

현도의 말에 성용이 큼직한 몸을 움츠리며 괴롭다는 시늉을 했다.

"오큘러스코리아에서 무슨 다른 말은 없고?"

현도는 민주를 돌아보며 물었다. 모른 척 물었지만, 왠지 좋은 예감이 들었다. 개발실에서 나오던 홍규가 혀를 찼다.

"딱 봐도 전용게임 건이구만. 그렇게 감이 없어서 워쩐디여."

"그건 아닐 거고, 우리가 참여할 만한 프로젝트가 있지 싶은데."

홍규 뒤로 원재가 스케치북을 들고 나왔다. 스케치북 겉장에 미림의 사인이 큼직하게 들어가 있었다. 미림은 블랙홀 게임을 얼리 액세스로 내걸던 날, 다른 데서 프로젝트 하나를 맡았다며 디자이너 후임을 구해달라고 했다. 여기 그만두려고? 현도가 묻자 미림이 어깨를 으쓱했다. 계약 끝났는데 전공 찾아가야지. 미림의 말에 어떤 대답을 해야 할지 현도는 마음을 정할 수가 없었다. 미림을 또 보내야 하나. 현도가 망설이는데 원재가 아주 잘된 일이라고 축하했다. 저 자식 저거 무심한 게 아니라 눈치가 없는 게 아닐까. 현도는 처음으로 그런 생각을 했다.

"잠시 회의 좀 하자."

원재가 회의 탁자에 스케치북을 놓으며 말했다. 알파 에덴을 찾아가는 블랙홀 게임이 날개를 활짝 펴면서 다들 붕 떠 있는 분위기인데 원재는 역시 원재였다. 원재의 관심은 온통 새로 만들 에이알 게임에 가 있었다.

"오빠, 자이언트에서 또 전화 왔어. 자기네 회사 대표님한테 전화해 달래."

현서가 전화기를 손으로 막고서 말했다.

"자이언트 대표가 직접 걸기 전에는 연결하지 마."

현도가 단호하게 말했다.

"오, 스웩!"

민주와 현서가 동시에 스웩을 외쳤다. 뭐라는 거여. 홍규의 말에 민주와 현서가 웃음을 터트렸다. 홍규가 무슨 말만 하면 웃어대는 게 아무래도 수상하다고 생각하며 현도는 두 사람을 번갈아 보았다. 분명 둘 중 하난데…… 뭔 일 생기기 전에 저것들 정신 차리게 해야지. 중얼거리는 현도를 원재가 불렀다.

"박 사장, 이거 봐봐."

원재가 스케치북을 펴서 내밀었다. 스케치북 양면에 하트가 그려져 있었다. 오른쪽 하트는 거꾸로 뒤집은 모양인데, 딱 여자 엉덩이였다.

"끝장까지 봐."

원재가 현도 앞으로 스케치북을 밀었다. 끝장 보는 거 징글징 글한데 또 보라고? 농담을 던지며 현도는 스케치북을 한 장 한

장 넘겼다. 스케치북 마지막 장까지 하트 디자인이 그려져 있었다. 모양이 조금씩 다르긴 했다.

"난 괜찮은데, 언제 보여?"

원재가 물었다. 하트가 미림이의 엉덩이를 연상시킨다고 말할 수는 없어 현도는 말을 돌렸다.

"이번 게임 로고인가?"

블랙홀 게임의 성공이 확실해지면서 마블닷컴은 이미 GPS(위치정보시스템) 기반으로 한 에이알 게임에 착수한 상태였다.

"이건 과녁 위치를 확인할 때 마커로 찍힐 디자인이야. 미림이가 올스캔스토리에 출근하는 전날까지 여기 나와서 작업을 해놓고 갔어."

원재의 말을 듣던 현도가 손을 들어 귀를 문질렀다. 올스캔스토리는 미림이 종종 일거리를 맡았던, HD아트센터에 있는 회사였다. 위이이잉 하는 소리와 함께 HD아트센터 정문 근처 놋쇠 벤치가 떠올랐고, 어슴푸레한 낮달처럼 미림의 얼굴이 돋아나왔다.

'네가 그랬잖아. 빈맥 때문에 가슴에 구멍이 뻥뻥 뚫렸다고, 인생이 그 구멍으로 다 흘러나가 버리는 거 같다고. 나는 왜 몰랐을까. 너는 아픈 사람이었는데……. 그래서 에덴 마커를 심장 모양으로 디자인한 거야. 네가 튼튼한 심장을 가졌으면 해서.'

미림이 현도에게 했던 말이었다. 미림이 놋쇠 벤치에 앉은 현도를 일으켜 중세유럽의 성처럼 생긴 건물에 들어갔던 날이었다. 잠깐 조는 사이에 찾아든 꿈이었나 했는데, 아니었던 모양이다. 꿈이었대도 상관없었다. 게임 속 환각에 불과하다 해도 그것대로 좋았다. 사실 더할 나위 없이 좋았다. 현도가 자신의 아바타를 벗어던진 순간, 구멍 난 가슴에서 흘러나온 못나고 아픈 마음이 마침내 천공의 섬으로 떠올랐으니.

우주 끝에서 만나

초판 1쇄 인쇄일 • 2021년 11월 10일
초판 1쇄 발행일 • 2021년 11월 15일

지은이 • 안지숙
펴낸이 • 임성규
펴낸곳 • 문이당

등록 • 1988. 11. 5. 제 1-832호
주소 • 서울시 성북구 동소문로 65-2 삼송빌딩 5층
전화 • 928-8741~3(영) 927-4990~2(편)
팩스 • 925-5406

전자우편 munidang88@naver.com

ISBN 978-89-7456-540-4 03810

값은 뒤표지에 표시되어 있습니다.

이 도서는 2019년도 아르코문학창작기금 지원사업에 선정되어 발간된 작품입니다